「……恐ろしいか、ティアエル。
我が技ではなく、
不撓《ふとう》のオスローの剣を恐れるか、邪竜！」
絶《ぜっ》対《たい》なるロスクレイ
黄都二十九官、第二将。その若き日。

「フハハハハ！　大したものだ！
本当に片脚なのか⁉」
「ケッ、オメェこそ、本当にやる気かよ？」
柳《やなぎ》の剣《つるぎ》のソウジロウ
異世界より現れた最強の剣豪。
一目で相手の殺し方を見出す超直観と
頂点の剣技を持つ。

整列《せいれつ》のアンテル
黄都二十九官、第二十八将。
ロスクレイの力術支援を行う。
速《はや》き墨《すみ》ジェルキ
黄都二十九官、第三将。
ロスクレイが信頼を寄せる優秀な文官。
白織《はくしょく》サブフォム
黄都二十九官、第十二将。
かつて魔王自称者・哨《みはり》のモリオと渡り合った
武官。

逆《ぎゃく》理《り》のヒロト

通称“灰髪の子供”。
その弁舌と謀略で盤面を支配する修羅。

異修羅 VIII

乱群外道剣

珪素

ILLUSTRATION
クレタ

あらすじ STORY

地平の全てを恐怖させた世界の敵、“本物の魔王”を何者かが倒した。
その勇者は、未だ、その名も実在も知れぬままである。
“本物の魔王”による恐怖は、唐突な終わりを迎えた。

しかし、魔王の時代が生み出した英雄はこの世界に残り続けている。

全生命共通の敵である魔王がいなくなった今、
単独で世界を変えうるほどの力をもつ彼らが欲望のままに動きだし、
さらなる戦乱の時代を呼び込んでしまうかもしれない。

人族を統一し、唯一の王国となった黄都にとって、
彼らの存在は潜在的な脅威と化していた。
英雄は、もはや滅びをもたらす修羅である。

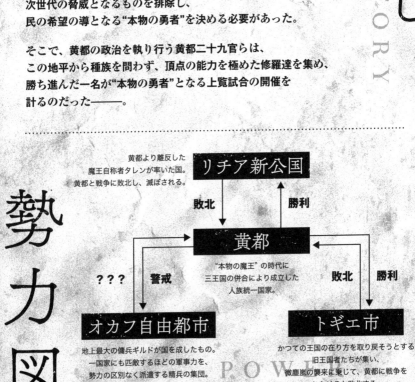

新たな時代を平和なものにするためには、
次世代の脅威となるものを排除し、
民の希望の導となる“本物の勇者”を決める必要があった。

そこで、黄都の政治を執り行う黄都二十九官らは、
この地平から種族を問わず、頂点の能力を極めた修羅達を集め、
勝ち進んだ一名が“本物の勇者”となる上覧試合の開催を
計るのだった——。

勢力図 POWER RELATIONSHIPS

“本物の魔王”の時代に
三王国の併合により成立した
人族統一国家。

警戒
敗北
勝利
オカフ自由都市
地上最大の傭兵ギルドが国を成したもの。
一国家にも匹敵するほどの軍事力を、
勢力の区別なく派遣する精兵の集団。
トギエ市
かつての王国の在り方を取り戻そうとする
旧王国者たちが集い、
微塵嵐の襲来に乗じて、黄都に戦争を
しかけるも敗北する。

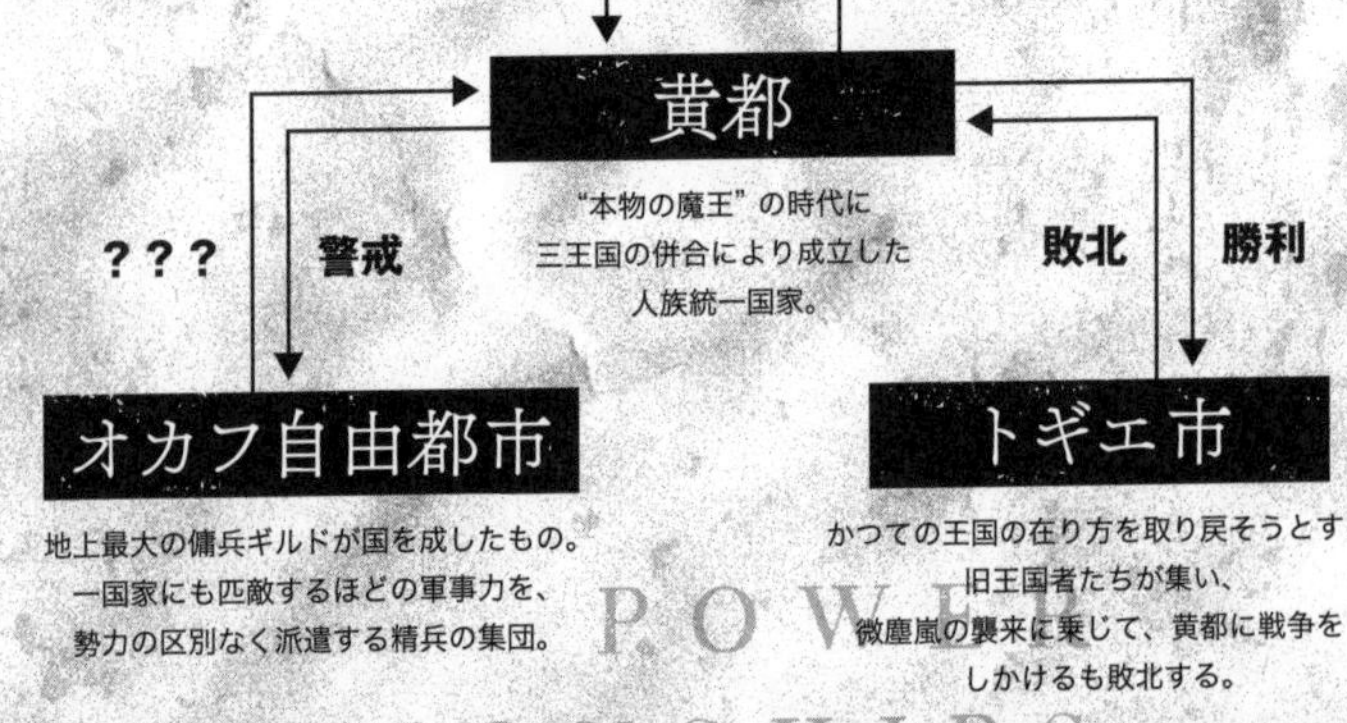

黄都より離反した
魔王自称者タレンが率いた国。
黄都と戦争に敗北し、滅ぼされる。
リチア新公国
敗北
勝利

用語説明
GLOSSARY

◈詞《し》術《じゅつ》

①巨人《ギガント》の体の構造など物理的に成立しないはずの生物や現象を許容し成立させる世界の法則。
②発言者の種族や言語体系を問わず、言葉に込められた意思が聞き手へと伝わる現象。
③また、その現象を用いて対象に“頼む”ことにより自然現象を歪曲する術の総称。
いわゆる魔法のようなもの。力術、熱術、工術、生術の四系統が中心となっているが例外となる系統の使い手もいる。作用させるには対象に慣れ親しんでいる必要があるが、実力のある詞術使いだとある程度カバーすることができる。

力術《りきじゅつ》

方向性を持った力や速さ、いわゆる運動量を対象に与える術。

工術《こうじゅつ》

対象の形を変える術。

熱術《ねつじゅつ》

熱量、電荷、光といった、方向性を持たないエネルギーを対象に与える術。

生術《せいじゅつ》

対象の性質を変える術。

◈客人《まろうど》

常識から大きく逸脱した能力を持っているがために、“彼方”と呼ばれる異世界から転移させられてきた存在。客人は詞術を使うことができない。

◈魔《ま》剣《けん》・魔《ま》具《ぐ》

強力な能力を宿した剣や道具。客人と同様に強力な力を宿すがために、異世界より転移させられてきた器物もある。

◈黄《こう》都《と》二《に》十九《じゅうきゅう》官《かん》

黄都の政治を執り行うトップ。卿が文官で、将が武官。
二十九官内での年功や数字による上下関係はない。

◈魔《ま》王《おう》自《じ》称《しょう》者《しゃ》

三王国の“正なる王”ではない“魔なる王”たちの総称。王を自称せずとも大きな力をもち黄都を脅かす行動をとるものを、黄都が魔王自称者と認定し討伐対象とする場合もある。

◈六《りく》合《ごう》上《じょう》覧《らん》

“本物の勇者”を決めるトーナメント。一対一の戦いで最後まで勝ち進んだものが“本物の勇者”であることになる。出場には黄都二十九官のうち一名の擁立が必要となる。

六合上覧
擁立者
静寂なるハルゲント
冬のルクノカ
凍術士　竜
擁立者
鎹のヒドウ
星馳せアルス
冒険者　鳥竜
擁立者
鉄貫羽影のミジアル
おぞましきトロア
魔剣士　山人
擁立者
蝋花のクウェル
無尽無流のサイアノプ
格闘家　粘獣
奈落の巣網のゼルジルガ
道化　砂人
擁立者
千里鏡のエヌ
窮知の箱のメステルエクシル
生術士／工術士　機魔／造人
擁立者
円卓のケイテ
魔法のツー
狂戦士
擁立者
先触れのフリンスダ
通り禍のクゼ
聖騎士　人間
擁立者
暮鐘のノフトク

絶対なるロスクレイ
騎士 人間
擁立者
赤い紙箋のエレア
世界詞のキア
詞術士 森人
擁立者
弾火源のハーディ
柳の剣のソウジロウ
剣豪 人間
擁立者
光量牢のユカ
移り気なオゾネズマ
医者 混獣
不言のウハク
神官 大鬼
擁立者
憂いの風のノーフェルト
千一匹目のジギタ・ゾギ
戦術家 小鬼
擁立者
荒野の轍のダント
音斬りシャルク
槍兵 骸魔
擁立者
遊糸のヒャッカ
地平咆メレ
弓手 巨人
擁立者
空雷のカヨン

黄都二十九官

第一卿
基図のグラス
初老に差し掛かる年齢の男性。二十九官の会議を取り仕切る議長を担う。
六合上覧においては派閥に属さず中立を貫く。

第二将
絶対なるロスクレイ
英雄として絶対の信頼を集める男性。
自らを擁立し六合上覧に出場。
二十九官の最大派閥のリーダー。

第三卿
速き墨ジェルキ
鋭利な印象の文官然とした眼鏡の男性。
六合上覧を企画した。
ロスクレイ派閥に所属する。

第四卿
円卓のケイテ
窮知の箱のメステルエクシルの擁立者であり、軸のキヤズナの教え子。
黄都から指名手配を受け、追われる身となる。

第五官
異相の冊のイリオルデ
枯木のように老いた男性。軍部のハーディ派閥および秘匿組織の国防研究院を裏から操る黒幕であり、黄都へのクーデターを引き起こしたが、裏切ったハーディに殺害された。

第六将
静寂なるハルゲント
無能と馬鹿にされながらも権力を求める男性。派閥には属さない。魔王自称者となった旧友・星馳せアルスを討つ。
冬のルクノカの擁立者だった。

第七卿
先触れのフリンスダ
金銀の装飾に身を包んだ肥満体の女性。
医療部門を統括する。
財力のみを信ずる現実主義者。
魔法のツーの擁立者。

第八卿
文伝てシェイネク
多くの文字の解読と記述が可能な男性。
第一卿　基図のグラスの実質的な書記。
グラスと同じく中立を貫く。

第九将
鏨のヤニーギズ
針金のような体格と乱杭歯の男性。
ロスクレイ派閥に所属する。

第十将
蝋花のクウェル
長い前髪に眼が隠れている女性。無尽無流のサイアノプの擁立者。血人《ダンピール》であり高い身体能力を持つが、星図のロムゾによって殺害された。

第十一卿
暮鐘のノフトク
温和な印象を与える年老いた男性。
通り禍のクゼの擁立者。
教団部門を統括する。現在はオカフ自由都市に捕縛されている。

第十二将
白織サブフォム
鉄面で顔を覆った男性。
かつて魔王自称者モリオと刃を交え、現在は療養中。

第十三卿
千里鏡のエヌ
髪を全て後ろに撫で付けた貴族の男性。奈落の巣網のゼルジルガの擁立者。黒曜リナリスの手駒だが、従鬼《コープス》ではなく自らの意思で黄都を裏切っている。

第十四将
光暈牢のユカ
丸々と肥った純朴な男性。
野心というものが全くない。
国家公安部門を統括する。
移り気なオゾネズマの擁立者。

第十五将
淵藪のハイゼスタ
皮肉めいた笑みを浮かべる壮年の男性。
怪物じみた筋力を持ち、密かにケイテ派閥に協力していたが、黒曜の瞳に操られ殺害された。

第十六将
憂いの風のノーフェルト
異常長身の男性。
不言のウハクの擁立者。
クゼと同じ教団の救貧院出身。
クゼとナスティークに殺害された。

第十七卿
赤い紙箋のエレア
娼婦の家系から成り上がった、若く美しい女性。諜報部門を統括する。六合上覧において不正を行ったとして、斬殺された。

第十八卿
片割月のクエワイ
高い計算能力を持つ、若く陰気な男性。
イリオルデのクーデターに協力するが、ハーディによって殺害された。

第十九卿
遊糸のヒャッカ
農業部門を統括する小柄な男性。
二十九官という地位にふさわしくなるため気を張っている。
音斬りシャルクの擁立者。

第二十卿
鎹のヒドウ
傲慢な御曹司であると同時に才覚と人望を備えた男性。
星馳せアルスの擁立者。
アルスを勝たせないために擁立していた。

第二十一将
紫紺の泡のツツリ
白髪交じりの髪を後ろでまとめた女性。
イリオルデのクーデターに協力し、冬のルクノカ討伐作戦の指揮を執った。

第二十二将
鉄貫羽影のミジアル
若干十六歳にして二十九官となった男性。
物怖じをしない気質。
おぞましきトロアの擁立者。

第二十三官
空席
黄都から独立したリチア新公国を率いる歴戦の女傑、警めのタレンの席であった。
彼女が離反した現在、空席となっている。

第二十四将
荒野の轍のダント
生真面目な気質の男性。
女王派であり、ロスクレイ派閥に反感を抱いている。
千一匹目のジギタ・ゾギの擁立者。

第二十五将
空雷のカヨン
女性のような口調で話す隻腕の男性。
地平咆メレの擁立者。

第二十六卿
囁かれしミーカ
四角い印象を与える厳しい女性。
六合上覧の審判を務める。

第二十七将
弾火源のハーディ
柳の剣のソウジロウの擁立者。ロスクレイ派閥の最大対抗馬と目されていたが、裏では共謀しており、クーデターに乗じてイリオルデ派閥を内側から崩壊させた。

第二十八卿
整列のアンテル
暗い色眼鏡をかけた褐色肌の男性。
ロスクレイ派閥に所属する。

第二十九官
空席

CONTENTS

十一節　異相政変

ISHURA

AUTHOR: KEISO
ILLUSTRATION: KURETA

十一節

異相政変

一◆薄銀の剣

「邪竜《じゃりゅう》よ！　邪竜よ！　天を穢《けが》す大敵の翼よ！」

大の大人が、庭木に向かって声を張り上げていた。二十をやや越えた年頃の、背の高い男だ。服膺《ふくよう》のナルタという。ロスクレイは十一になったばかりだから、二倍ほどの年齢差があった。

ナルタは腰に下げた長い木ぎれを大仰に円を描いて持ち上げ、真正面に構えてみせる。

「その口で我が名を問うたな！」

その木切れは、ロスクレイの家が泥かきに使っている木の板に過ぎなかったが、そのように重く、大きいかのように振り回されれば、美しく鋭い白銀の剣のようにも見えた。

「認めるがいい。貴殿はついに獲物の名を欲したのだ。王国の騎士の、人間《ミニア》の、ただ一人の男を討つ名誉を！　故に、邪竜よ！　此度《こたび》の戦いは、この偉力《いりょく》のアルトイが竜《ドラゴン》へと挑む戦いではない！　紫極《しきょく》の刃《やいば》のジグラディル、貴殿がこの私へと挑むのだ！」

はっきりと澄み渡った発声は、空気を強く打つかのようだ。

剣のように構えた木板の先端はぴたりと止まって、言葉の最中も震え一つない。

男のこめかみから一滴の汗が流れて、顎から落ちた。そして呟《つぶや》く。

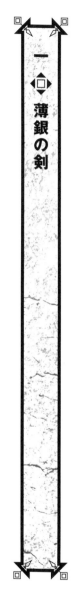

「……どう？」

「一ついい？」

ロスクレイは裏口側の軒先に座っていて、一部始終を眺めていた。やや伸びはじめている雑草を見て、そろそろ草刈りをしなければならないな、とも思う。

「名前を名乗る名乗らないで、普通、そんなだらだら喋《しゃべ》ったりしないと思う。言ってる間に斬りつけたほうが絶対いいと思うけどな」

「ええ～っ……そこ？　ここまで見てきて今更そこ言うの？」

「気になるよ。変だもん。かっこつけすぎ」

「ロスクレイ……！　夢がないよ夢が……！　あのね。英雄劇の名乗りだよ？　世界一大事なやつ」

服膺《ふくよう》のナルタは、劇団志望の若者である。父がいないロスクレイの家はナルタにいくらかの力仕事を任せており、仕事の報酬に加えて、自宅の庭を彼の稽古場として貸し出すこともあった。

「しかも、俺の超絶かっこいい演技見て出てくる感想がそれ！　悲しすぎる」

「いや、うん。上手《うま》くなってると思う。全体的に。大したもんだよナルタ」

「褒めかたが適当なんだよなあ」

ナルタはロスクレイの隣に腰を下ろして、置かれていた水筒の中身を一気に飲んだ。彼が見せていたのはもちろん本当の戦いなどではないが、真に迫った演技には、それに近い消耗があることも知っている。

「竜《ドラゴン》に勝てるもんなの？」

「ああ？　いやそりゃ勝つよ。偉力《いりょく》のアルトイの筋書きはロスクレイ知らない？　あの後、こう、ジグラディルとの死闘の果てだよ。『ジグラディル！　我が技を通さぬと驕《おご》るのならば、この一撃をも防いでみるがいい！』――で、生術士《せいじゅつ》ヒットリップから奪っていた矢を」

「……そうじゃなくて。知ってるよ。僕も台詞《せりふ》覚えちゃったもんそこ。現実的に人間《ミニア》が竜《ドラゴン》に勝てるもんなのかな」

「知らないけどー、アルトイはやるんだよ。できなきゃいけないだろ。そうじゃなきゃ伝説の英雄になれないんだからよ」

「授業で習ったんだけどさ。昔の人間《ミニア》と今の人間《ミニア》で、そこまで物凄《ものすご》く身体能力が違うとは思えないんだよね」

　この世界にも伝説がある。世代を超えて民の記憶に伝承され、劇団や詩人のように、それを生業とする者たちがいる。時には貴族文字で残された古い記録が見つかることもある。

　彼と同級の兵学校の生徒の中にはそうした伝説に憧れ、いずれ自らもそのような偉大な英雄になることを目指している者もいた。そのような憧憬はロスクレイにも理解できたし、自分の中にそうした部分があることも自覚している。

「そういう伝説って、実際はだいぶ作り話なんじゃないかって思うんだけど」

「だからそういう、夢をわざわざ壊すような発言！　モテないな〜！　ロスクレイくんそれ、典型的なモテない奴の特徴！」

「いや僕はモテるよ。この間なんか、将来子供をお嫁にもらわないかなんて言われたから。生まれたばかりの赤ん坊なのに」

「ク……ク、クソガキ……！」

「フ」

「顔がいいからってな～！　クソ！　俺だってガキの頃もっと女の子にちやほやされたかったんだ！　顔なんだよ顔！　世の中、顔ッ！」

ナルタとは、こうして意味も発展性もないような、他愛のない会話をよく交わした。

ロスクレイの美貌は父譲りだとよく言われたものだが、父の顔立ちを知らない彼には確かめようがなかったし、自分ではむしろ、母に似ていると信じていた。

彼が育ったのは暗黒の時代の只中《ただなか》である。――ロスクレイが生まれて間もない頃、父は〝本物の魔王〟の初期討伐隊として出征し、帰らぬ人となった。恐るべき魔王を相手にどのように戦い、死んでいったのかは、母が語りたがらないことなので、ロスクレイも聞かないようにしていた。あまり英雄的な死ではなかったのだろう。

「顔が良ければ、役者になれるかな」

「あー……役者？　王城騎士になるんだろ、ロスクレイ」

「まあね。うん。お母さんがなれっていうから。でも別に、騎士ってあんまり好きなわけじゃなくて」

「……それはちょっと初耳だぞ。あんなに真面目に剣やってんのに、嫌なんだ」

「嫌、じゃない。剣は好きだけど……騎士は死ぬかもしれないでしょ」

ナルタはどこか驚いたような困ったような、難しい顔になった。

「うん。そうだな……。いやいや、俺もさ。実はそういうのが嫌で芸の道に行ったみたいなところもあるから。分かるよ。魔王、怖いよな」

「……誰か、倒してくれるのかな」

兵学校の生徒達は伝説に憧れて、いずれ自分も伝説に語られるような、偉大な英雄になることを信じている。ロスクレイには、彼らのように夢を見る才能がない。

王城騎士として魔王軍に立ち向かうことを想像する。想像上のロスクレイは呆気《あっけ》なく死ぬ。ロスクレイは信じることができない。自分が何かを残せるとも、人間《ミニア》が竜《ドラゴン》を倒せるとも。

「じゃあロスクレイ！　いっそ役者やってみろよ。俺の弟子でさ！　やればできんじゃないの？練習さえ毎日やればいける。世の中顔だぜ」

「役者か……いや、分かってるよ。やっぱり無理。鍛錬と授業の時間があるから――毎日はできない。現実的に、無理でしょ」

「できるだろ」

「なに、ナルタ。どうやって？」

「剣と一緒にできる」

泥かきの板を取って、ナルタは立ち上がった。片手で剣を突き出して、構えた。演技以外で彼の真面目な表情を見るのは、とても珍しいと思った。

「兵学校ではどんな姿勢を教わっている？　半身になって後ろの足を前の足に対して横向きに……

重心をつま先に置いて、刺突の踏み込みをする。大体そんなとこじゃないの？」

「……うん。そんなとこだけど」

「でもさ、実戦や授業以外でも、いつもそうしている必要なんてないだろ。見ろロスクレイ。踵《かかと》から首まで、まっすぐ体幹を伸ばして立つ。顎をグッと引きながら、目は前方に向ける。こう構えるとどうなる？」

「それは……構えとして、全然弱いよ。筋肉が緊張しすぎだし、関節の動きは見たまんま硬くなるし」

「違うだろ！　答えはこうだ」

ナルタは不敵に笑った。

「強そうに見える」

「……」

彼はずっと演じてきている。決して力が強いわけでもなく、天性の才能があるわけでもなかった。それでもナルタは、ロスクレイと同じ年の頃から、役者なのだという。

「実戦でも、悪いことばかりじゃない。気を張って、筋肉をがっちり強張《こわば》らせる。他のやつにどう見られてるか意識して動いてみる。するとどうだ……びっくりするほど、疲れるんだよな」

「そりゃ、当たり前だと思うけど」

「疲れるってことは、それだけ体に負荷がかかってるってことだろ。立っているだけで鍛えられるってことにならない？　経験則としてだけどさ」

「フ。そんな都合のいいことは、さすがにないよ」

「待て。格好をつける訓練は他にもある」

ナルタは屈《かが》んで、ロスクレイの肋骨《ろっこつ》の下側辺りに手を置いた。

「――呼吸の方法だ。兵学校では腹式呼吸を教えているだろうが、声のでかさなら、演劇の世界のほうが千年前から専門だぞ。正確には腹の筋肉で吐くんじゃない。その内側、横隔膜だけを使って息を吐き出す。ロスクレイはできないだろ？」

「……うん」

「じゃあ訓練だ。大きく呼吸ができて、声がよく通れば、他のどんな奴よりも動けるし、強く見える。剣と演技、両方やればいい。というか……俺はそれで後悔したから、ロスクレイはやれ。将来的には、どっちの道も選べるようになる」

「それも気休めだよ。ナルタ、根拠とかなくて言ってんるでしょ」

「まあ。まあ、そうかもしんないけどさ」

「……っはは」

ナルタの煮え切らない反応に苦笑を返しつつも、憎まれ口を叩《たた》いていても、ロスクレイはやってみようと思った。本当に効果があるのか――それ以前に可能かどうかすら分からなくても、そこには夢があるような気がした。

命を賭して戦いに挑み、英雄になれずに死んでいくだけのロスクレイの想像よりは、余程そう思えた。

「やっぱ面白いよ、ナルタは」

「だろ？　俺ってばいずれ主演男優の座を射止める男だからさあ」

「その顔で？」

「はあああ!?　俺だってな！　顔くらいなあ！」

――世界に落陽が訪れて、少しずつ闇の帳《とばり》が覆うように、〝本物の魔王〟の恐怖が広がりはじめていた時代だった。

旅劇団の一員として王国を旅立ったナルタも、魔王軍による虐殺の狂乱に呑《の》まれて死んでいった。五体を引き裂かれた、惨めな死だったという。

服膺《ふくよう》のナルタの最後の役柄は、偉力《いりょく》のアルトイでも、他の英雄でもなく、取るに足らない舞台掃除の雑用だったと、誰かから聞いた。

◆

月日が経《た》った。十五になったロスクレイは、その頃には中央王国の王城騎士であった。

〝本物の魔王〟の時代は、強く壮健な大人達から死んでいった時代だ。高い能力さえ認められれば、ロスクレイのような若者が王国の精鋭部隊に採用されることも珍しくなかった。

――外縁防衛兵として採用された王城騎士には、大一ヶ月に二度、訓練用の重い全身鎧《よろい》に身を包んだ実戦形式の訓練が課せられている。

一対一の決闘に近いかたちで、練習剣も実際に対戦相手の体に当てる。新兵にとっては特に過酷な訓練である。終わった後、兜《かぶと》を脱ぐと滝のように汗が流れる。

だがロスクレイは、そんな時にはいつも人の見ていない間に汗を拭っていた。いつでも、疲労や弱みを誰かに見せないよう徹している。

対戦相手の兵士も同じ更衣室を使っていたが、そうしたロスクレイの演技に気付いている様子はない。その点だけは、ロスクレイには自信があった。

「ロスクレイさんは、やはり騎士の家系だったんですか？」

「いいえ。父は騎士でしたが、農民から徴兵されただけでしたから」

「そうなると、血筋というより才能ですかね。努力の差もあるか……いや、全く当てられる気がしませんでしたよ」

――強みとする部分は、より強く見えるように。弱みとする部分の披露からは巧妙に逃げ、あるいは隠す努力を講じる。

ロスクレイは実力面において既に一流の騎士であったが、そのような、ある種の子供じみた見栄《みえ》を貫き通して、ここまで戦い続けてきた男でもある。

「ここだけの話、次期の副長はロスクレイさんという噂《うわさ》もありますよ」

「……まさか。自分では若すぎるでしょう」

「けれど、オスロー将軍に認められるほどの腕です」

――不撓《ふとう》のオスロー。弾火源《だんかげん》のハーディや破城《はじょう》のギルネスといった中央王国二十九幕僚の猛将達の中にあって、更に最強の英雄として名高い、第二将。

ロスクレイの属する外縁防衛部隊は、この中央王国が魔王軍の侵攻を受けた場合、最初の盾となる者達だ。不撓《ふとう》のオスロー直属の精鋭部隊でもある。ロスクレイが望み、努力の末に手に入れた地位である——だがロスクレイは、それ以上の出世の道を歩む気もなかった。

このまま王国の防衛部隊として留まることができれば、かつてロスクレイやナルタが望んだように、〝本物の魔王〟と戦うことなく生を終えることができる。少なくとも王国が滅びるまでは。

幸いにもロスクレイが着任してから、魔王軍は一度も攻め込んできてない。戦うための力を鍛え続けてきたが、その力で誰かの命を救っているわけではない。志半ばで死んだナルタに報いる道があるとすれば、彼から習い覚えた技で、同じように戦いを望まなかった自分自身を生かし続けることであるはずだ。そうロスクレイは信じていた。

「それに、ロスクレイさんがここ最近詞術《しじゅつ》の鍛錬を積んでいるのは、昇格試験に臨むためじゃないんですか？」

「どこからその話を？」

「食堂で聞いた話ですが、誰かが噂していましたよ」

「……そうですか」

全く身に覚えがない話だ。天才騎士という評価には、時折こういった根も葉もない噂が尾ひれの如くついて回る。

そうした買《か》い被《かぶ》りにも、ロスクレイはできる限り否定しないよう立ち回っていた。詞術《しじゅつ》の披露を誰かに求められた時のために適切な言い訳を用意すべきかもしれない。

（……できない、と断言してしまえば、そんな努力もせずに済むんだろうな）

だが同時に、そうした巨大な期待に追い立てられていなければ、ロスクレイは今ほど強くなることはできなかったはずだ。ロスクレイの血筋は平凡である。戦死した父は、取るに足らぬ一兵卒のまま死んでいった。

周囲からの視線と風評に気を配り続けることで、他者の考えを推察する。強者を装い、あらゆる手段で望まれた結果を出し続けることで、実力を欺瞞《ぎまん》に追いつかせているのだ。

虚飾を取り払って弱さを曝《さら》け出《だ》し、演じることを止めてしまえば、取るに足らぬ一兵卒としての末路が待っているような気がしてたまらなかった。

「実際のところはどうなんですか？」

「攻撃詞術《しじゅつ》など、とても。自分は……皆さんに見せられる技しか見せないと決めていますから。昇格試験にも、今回は挑戦するつもりはありませんよ」

「はは。残念です――」

その笑いを遮るように、早鐘の音が鳴り響いた。同僚の兵士の顔から血の気が引いた。自分が同じように動揺を露《あら》わにしていないか、ロスクレイは最初にそれを思った。

「南門です」

「……」

二人はすぐさま実戦用の装備を身に着け、合流地点へと向かった。途中の路地で訓練場を飛び出してきた幾人かと合流し、広場の青旗の下へと集う。

その場には騎士のみならず、骨《ほね》の番《つがい》のオノペラル率いる詞術《しじゅつ》兵の部隊までも揃《そろ》っていた。ただの魔王軍の接近警報ではない。並ならぬ事態であることが分かった。

そして広場に立ち並ぶ精鋭兵の最前、木造の台上に立つ長髪の偉丈夫がいる。王国の誰もがその名を知る無敵の第二将、不撓《ふとう》のオスロー。

「……全員集ったか。危急の任務を伝える」

オスローの年は四十ほどだが、表情も血色も若く、生気が漲《みなぎ》っている。

屈強な見た目以上の筋肉の密度があるように見えた。

彼が持つ幅広の両刃剣は、触れる者の生体電流を乱す魔剣なのだという。

「現在、南方に魔王軍が迫っている！　外縁部隊の総員をもってこれを迎撃する！」

「――隊長！」

部隊の誰かが声を発した。オスローの方針により、外縁防衛部隊では、このような隊員からの疑義や提案がむしろ奨励されている。

「敵の総数は如何《いか》ほどですか！」

「質問の理由を聞こう！」

「は！　敵兵力の把握は現場における行動方針に大きく関わるためです！　場合によっては、市街警備の者と連携を取る必要があり……」

「正しい答えだ。しかし今回、迎撃以外を考慮する必要はない！」

オスローは断言した。

「理由を述べる！　この戦闘は市街との連携を取った時点で、我々の敗北を意味するためだ！　敵総数に関してもここで知らせる！　総数は一柱！　これは王国の存亡を背負う一戦となる！」

警備兵の間に、畏れのざわめきが広がった。

この地平広しといえど、個体数を一柱と数える種族は、ただ一種しか存在しない。

「——敵は竜《ドラゴン》！　拉《ひし》ぎのティアエル！　今一度告げる！　王国の存亡を背負う一戦である！　例外はない！　全員、この日を死に場所としろ！」

オスローの演説には、配下の兵に対する絶対的な信頼の熱があった。彼らは作戦行動に対する意見が許されている。〝本物の魔王〟に立ち向かうことはなくとも、外縁防衛の任につく兵は一人の例外もなく、オスローの不撓の誇りを体現する、国家最後の盾であった。

「この日のためだ！　お前達はこの日のために鍛錬を続けてきた！　英雄となるため、立て！」

声に応じて、ざわめきは困惑から昂揚《こうよう》に、昂揚から戦意に変わっていった。

〝本物の魔王〟の恐怖は、この世界の至る所に名誉なき死を振りまき続けている。

かつてのロスクレイやナルタと同じように、若き兵士達も無為な死こそを最も恐れていた。

彼らの心の奥底にはまだ、少年の滾《たぎ》りがある。伝説に憧れ、いずれ自分もそのような偉大な英雄になることを望んでいる。

（……無理だ）

ロスクレイの心もやはり、少年の頃のままだ。今も信じてはいない。

（全員死ぬ）

人間《ミニア》が竜《ドラゴン》を倒すことはできない。

◆

ナルタに演技を教わるよりも前――十の頃の記憶だ。

ロスクレイは隣家の庭で、木剣の素振りに没頭していた。

この日は、隣家の夫人が開いたささやかな昼食会に招かれていた。同年代の子供の姿もなく、客は夫人の親戚が大半である。

大人達と話すのは気まずかったし、日々休むことなく続けている鍛錬を行うことにした。多少無愛想な印象こそ与えるだろうが、ロスクレイのそうした姿勢は、真面目で立派な子供のように評価されることも分かっていた。

「ロスクレイ。こっちに来て」

家の中から、夫人がロスクレイを呼んだ。

「静かにね。足音を立てないで」

「今行きます」

上靴の土を払って、開け放たれたままの庭の戸口から入る。居間の安楽椅子には夫人が座っていて、白く真新しい布に包まれた、小さなものを抱えている。

生まれたばかりの、夫人の娘だった。

「……他のお客さんはもう帰ってしまったんですね」

「ええ。私もあなただけまだ帰していないって、今になって気付いて。ごめんなさいね。退屈だったでしょう」

「俺の家はすぐ隣なんですから、全然、困ることなんかないです。それよりも、大丈夫でしたか。その……俺なんかが来てしまって」

ロスクレイは、静まりかえった室内を眺めた。大人達の会話に交じりたくなかった理由はもう一つある。この日の集まりは、遠いどこかの地で戦死した、彼女の夫の弔いだったはずだ。

「……良い報《しら》せと、悪い報せが重なってしまったわね。本当は、いつも仲良くしてくれているあなたと、あなたのお母さんに……最初にこの子を見せたかったけど」

夫人は、生まれたばかりの赤子を手渡して抱かせる。大人しく、機嫌が良いように見えた。けれど無垢《むく》な瞳で笑いかけられても、ロスクレイは全く嬉《うれ》しくなかった。

（……これから、この人達はどうなるんだろうな）

この夫人が娘を育てていくのに、王国から支給される遺族手当がどれだけの助けになるだろうか。先ほど見た親類のうちの誰かに、遺《のこ》されたこの家族を養う力があるだろうか。

同じく父を亡くしたロスクレイの家でも、市場で職を持つ母からの収入に加えて、ロスクレイが兵学校から得る給金をいずれ生活に充てなければならない。

「……。きっと幸せになりますよ」

軽い赤ん坊の体温を腕に感じながら、そんなことを言ったように思う。

「そうねぇ。ロスクレイはいずれ王城騎士様になるのだから、きっとこの世界も良くしてくれるって信じてるのよ」

「それは……」

「せっかくだから、この子をお嫁さんにもらってもらおうかしら。ね？」

そう言って、娘に向かって微笑《ほほえ》んでみせる。ロスクレイは閉口した。

彼女ら大人は、しばしばそんな無責任な冗談を言う。その時も、適当な愛想の一つでも返せば良かったのかもしれない。

けれどロスクレイには、とてもそのようなことは無理だった。ロスクレイのこの先の人生の余白は、自分が生き残り、母との生活を支えることで、とっくに埋められてしまっていた。

そんな自分自身の領分を越えて他の誰かに手を差し伸べることなど、ましてや〝本物の魔王〟の絶望から世界を救うことなど、不可能だ。

そしてロスクレイは、嘘《うそ》をつきたくはなかった。

「そ……そういうのは。できれば俺じゃなくて、他の人に頼んでください」

「じゃあ、ロスクレイには別のお願いをしようかしら。この子の――」

◆

絶叫を聞いて、ロスクレイは意識を取り戻した。

自分自身の声であると気付いた。血の混じった砂煙が視界の右側から洪水のように襲いかかって、その重みだけでロスクレイは倒れそうになった。辛《かろ》うじて踏み留まる。軍靴が土を嚙《か》む。折れた長槍を、杖《つえ》のように使っている。

「はーっ、はーっ……!」

攻撃の余波に巻き込まれれば死ぬ。足を止めてしまった以上はすぐに身を伏せるべきだったが、それを選んでしまえば二度と立ち上がれぬであろう疲労が蓄積している。

その次の優先順位にある行動をとる。その場で、呼吸を整えることだ。

酸素を取り込み、判断能力を取り戻す。

自分の受けている負傷を確認する。右上腕が醜く爆《は》ぜ裂けて、脂肪が露出している。動脈の損傷はない。戦闘は続行できる。あと一度は斬りかかれるだろうか。

習った通りの、正しい判断手順だ。

正しい記憶を辿《たど》る。意識が混濁して、過去の光景を見ていたのだ。あの日の隣家の居間などではない。ナナガ村落だ。周囲一帯は壊滅していて、村落の跡形もない。

拉《ひし》ぎのティアエルを食い止めるためだけに、それほどの破壊が起きた。

――ロスクレイは今、死域の只中にある。

(ティアエル。ティアエルはどうなった。倒せたのか。オスロー隊長は……)

ロスクレイがこの程度の負傷で済んでいるのは、ティアエルの爪を直接受けなかったからだ。

拉《ひし》ぎのティアエルを長槍で押さえつける役目の一人だったロスクレイは、ティアエルが薙《な》いだ竜爪の間合いの、僅かに外にいた。

右上腕の傷は、音速を超える空気の爆裂がロスクレイの肉を吹き飛ばしたせいだ。

（これが竜《ドラゴン》なのか。本当の、化物……）

どう、という音が鳴った。別の方向から砂塵《さじん》の波がロスクレイを打つ。

ティアエルとオスローの戦闘の余波だと分かった。目まぐるしく、互いに死角を攻めながら、戦闘領域が移動し続けているのだ。ロスクレイが意識を失う前から、不撓《ふとう》のオスローは戦っている。竜爪の衝撃波すら回避し続けているのだろうか。

「シィイイイッ！　恐怖を、恐怖を知るかオスロー！　きッ、貴様は知っているか！」

「……ッ、全員止まるな！　三人以上で編成を立て直せ！　槍で動きを止めれば、私がやれる！」

長槍で竜《ドラゴン》の動きを制する場合、後方からでは却《かえ》って危険だ。そこは尾撃の可動圏内である。

ロスクレイの判断力が戻りつつある。

極限の戦闘の中で隊長が発する指示の内容も、理解できる。

（そうだ。僕が助けなければ、隊長が死ぬ。あの英雄が）

ロスクレイの視界はようやく、ティアエルとオスローの戦闘の様を捉えた。

兵士達が次々と突き出してる長槍は当然竜《ドラゴン》の膂力《りょりょく》の前に破壊されていくが、その一つ一つが初動の速度を殺し、そうして生まれる紙一重の間隙を縫って、不撓《ふとう》のオスローが竜爪を躱《かわ》す。

オスローだけは、槍を構えていない。生体電流遮断の魔剣を――テミルルクの眠りの魔剣だけを振るい、ティアエルの注意をその一撃だけに注視させ続けている。

遭遇の最初、詞術《しじゅつ》兵の莫大《ばくだい》な犠牲の果てに、風の力術《りきじゅつ》でティアエルを地上へと叩《たた》き落《お》とした。

その千載一遇の機に、片翼と左前腕の動きを奪った魔剣だ。眠りの魔剣に斬りつけられた部位は、そこから先の末端に神経の電流が届くことなく、機能を麻痺《まひ》させる。

王国の第二将。無敵の英雄。不撓《ふとう》のオスローの全力の戦いを実際に見たという者は少ない。ロスクレイも民の多くと同じように、数々の伝説からその強さを想像していただけだ。

――伝説以上だった。

(もしかしたら。もしかしたら、僕達でも)

竜《ドラゴン》を倒せるのかもしれない。

不撓《ふとう》のオスローは確かに、ロスクレイの想像をも越える強者だった。

「【サンガの風へ《jojingepf》――】」

ぞわりという悪寒が走った。

「息《ブレス》！　退避！」

オスローの声。

槍を取り戦列に復帰しようとしていたロスクレイも、最優先で退避を選んだ。

群がっていた兵士も、オスロー自身も、全速力で射線から逃れる。

一呼吸の間があり……そして何も起こらない。

「はぁ、はぁ……」

恐怖の息遣いが、自分のものなのかそれ以外の誰かのものなのかも分からない。

(不発、か……！)

ティアエルが詠唱を止めたわけではない。ティアエルの領土から遥《はる》か離れたこのナナガ領では、土地を焦点とした詞術《しじゅつ》が極めて不安定になるためだ。よって竜《ドラゴン》は本来、棲家《すみか》と定めた領土から離れることのない種族である。

拉《ひし》ぎのティアエルは、竜《ドラゴン》を超える脅威に追い立てられたのだ。

かつてそんなものはこの世界に存在しなかったし、今も存在するべきではない。

〝本物の魔王〟は、あってはならない恐怖だった。

「往《ゆ》きます、オスロー隊長！」

「ご無事で！」

「……向かえ！」

短いやり取りで、五名の兵士が一斉にティアエルへと挑みかかる。地面を薙ぐ竜爪の光が走り、全員が血煙となって死ぬ。ロスクレイが先程浴びた土煙の中に、生暖かい液体が混じっていたことを思い出す。

膨大な死を乗り越えて、第二波の兵士達がやはり捨て身で竜《ドラゴン》を押さえ込んだ。オスローはその一瞬を逃さず、竜爪の内側へと果敢に飛び込んでいく。

「……ッ」

ロスクレイは取り落とした長槍を拾い上げたところだった。

自分もあの兵士達のように戦うべきだ。ロスクレイ達の後ろには莫大な民草の命があって、自らの命を捨ててでも人々を守ることが、希望なき世の中で唯一、英雄となり得る道だった。

死んでいった者達を立派だと思う。ロスクレイも彼らに恥じない、勇気ある者でいたい。真の超人である不撓《ふとう》のオスローの役に立ちたい。それが正しい。

兵士として、それ以上に価値のあることはない。そうであるはずだ。

「――大丈夫だ！」

極限の戦闘中、そのような余裕などないはずなのに、オスローは叫んだ。

人間《ミニア》は竜《ドラゴン》の間合いに入った瞬間死ぬ。オスローは超人的な戦闘勘で、ティアエルの可動の限界を見切っているのだ。

ロスクレイが受けたような衝撃の波を幾度も受けながら、全身が破裂して骨まで砕けながら、不《ふ》撓《とう》のオスローは闘志を失っていない。

振るわれる爪が、放棄された家屋を土台ごと崩していく。抉《えぐ》れた大地には、どこかの用水路からの濁流が流れ込んだ。紙屑《かみくず》のように舞った一人の兵士がその中に落ちたが、その体に残っている肉は、半分よりも小さかった。

破壊された地形以上に、攻撃の余波でそこかしこに堆積した土砂の山が、刻まれた兵士たちの死体が、戦闘の凄惨さを克明に示していた。

「私は……戦う！　何も変わらん！　お前達と同じだ！　死の旅路にもついていってやる！　いいか！　王国を……ゲホッ、民草を、守れ！」

「グウゥウゥッ……人間《ミニア》……人間《ミニア》…………！　目が、黒い目が、目が……！　俺を見るな！　貴様ら、誰も……！　オオオオオッ！」

「オスロー隊長！」

「隊長！」

「隊長ッ！」

槍の折れた者達に代わって、新たな一団がティアエルを囲んだ。ロスクレイもその中に加わっていた。石突の側を突き出し、押し止める。竜鱗《りゅうりん》に刃は通らないためだ。

「ッ、ぐぅぅ……ッッ！」

ロスクレイは限界を超えた死力を引き出しているというのに、ティアエルの動きを止められている気がしない。星の地殻を押し返そうとしているかのようだった。

「グルルルウゥウゥッ！」

「……！　隊長……！　首を！　ティアエルの首を！」

オスローはずっと、即死の一撃を――首への魔剣の斬撃を狙っている。

だがティアエルは超絶の膂力と速度だけで、それを許していない。

絶大な恐怖に錯乱して、判断能力すらも喪失していながら――ただ竜《ドラゴン》であるというだけで、人間《ミニア》の生んだ究極の英雄でも、及ばない。

「死ね！　そ、それが救いだ！　貴様らに与えてやるッ！　…………サ、【サンガの風へ《jojingepf》――】」

「退、避ィッ！」

満身創痍《そうい》のオスローは、この時も全力で射線から逃れた。

長槍兵達はそうしなかった。極限の死闘の中で、今回も息《ブレス》が発動しない可能性に賭けていた。一度ティアエルを解き放ってしまえばまた先程のような犠牲を払わなければならないことを、もはやそれに費やせるだけの数が残っていないことを知っていた。

「……！」

ロスクレイだけが飛び離れていた。一人だけ。

「【――崩れる黯黒を沸かせ《jekremjedorh》】！」

ばつん、と。

ティアエルの前方に立っていた兵士たちの鎧が内側から弾《はじ》け飛んだ。

瞬時にして膨れ上がった内圧によるものだった。一瞬の後、彼らは莫大な熱光を伴って爆発した。

続いて木々が。石造りの井戸が膨れ上がった。爆発した。家屋が、大岩が。見通す限りの直線上の物体が続けざまに――爆発した。

生まれ育った土地ではない地での詞術《しじゅつ》は、確実ではない。拉《ひし》ぎのティアエルとて、正常な判断力があればそのような隙は曝さなかったのかもしれない。だが、絶対に起こらないものではない――

「あ……あ、あああ……！」

ロスクレイの口から、ひどく情けない、不明瞭な息が漏れた。

逃げてしまった。

逃げなかった者が死んでいったのを見た。

「動ける者……動ける者はいるかッ！　継続しろ！　戦え……！」

爆ぜた兵士の鎧の破片を弾丸のように浴びたオスローは、刻まれた真っ赤な肉塊のようになり果てていた。

彼はその有様《ありさま》でなお、一度だけは竜爪の軌道を見切って躱した。天が与えた奇跡のようだった。

「僕……ッ、自分がいます！　隊長！　自分が！」

ロスクレイは立っている。王国最精鋭の兵士は、もう殆《ほとん》ど残っていない。きっと戦えるのは自分だけだ。そう思わなければ立ち続けていられない。土砂に混じった血が全身の傷口を苛《さいな》んでいる。

なぜだ。

どうして、今の息《ブレス》から逃げてしまったのか。

「お前」

オスローは答えたロスクレイを振り返った。

そして、恐ろしいことを言った。

「後を頼むぞ」

ティアエルの竜爪が振り抜かれた。オスローは肩の筋肉から初動を見切って、地面を蹴った。僅かに竜爪の軌道の外に逃れる。彼は避けた。だが、音速突破の衝撃波が顔面の肉を削《そ》ぎ飛ばした。

夥《おびただ》しい血を散らせながら、大きな体が地面に叩きつけられた。

オスローはそれでも動いていた。砂煙の中で魔剣を投げ捨てて、短剣を抜いた。見えぬ目で抵抗を続けようとした。

ばちん、という音が響いて、その上半身が砕けた。

ティアエルの前腕が、無敵の英雄を踏み潰して殺した。

「……な、なんで」

ロスクレイは絶望した。

――なんで、自分を見た。

他の誰でも良かったはずなのに。ただ近いというだけで、絶望と戦うことを託された。

それは人々の盾となるべき兵士として、何にも勝る栄誉であるはずなのに――

「……っ、く、なんで……なんでだよ……！」

逃げてしまいたい。本当はずっとそう思い続けていた。

ティアエルは今、動きを止めている。呼吸を整えている。

オスローの奮戦は、邪竜の片翼と左前腕を奪った。幾度か与えた斬撃は、少なくない面積の皮膚感覚も麻痺させているはずだ。

この竜《ドラゴン》を放置したとして、錯乱し手傷を負ったこの状態で、中央王国にまで辿《たど》り着《つ》くとは限らないはずだ。この負傷が元で、どこかで命尽きる可能性もあるのではないか。

自分は戦わなくてもいいのではないか。

（……ああ。だからなのか。こんなことを思っていた、報いか）

最後まで王国のために戦い、壮絶に散ったオスローを見ても――ロスクレイは。

（僕は、一人だけ死にたくなかったんだな……）

死んでいった彼らに恥じない、勇気ある者でいたい。真の超人である不撓《ふとう》のオスローの役に立ちたい。それが正しい考えだと思っていた。

……けれど心の奥底で、ロスクレイは信じていなかったのだ。

父のような、取るに足らぬ一兵卒として死んでしまいたくない。

真の勇気があったとしても、正義に恥じぬ行いの結果だとしても――命を賭して戦いに挑み、英雄になれずに死んでいくだけの何者かになりたくはなかった。

死にたくない。死にたくない。

生死の間際で引き伸ばされた時間で、ロスクレイは必死に生き延びる道を探った。栄誉ではない。勝利が欲しい。思考と、観察の力。今こそ、それが必要だった。

「……た、隊長。……オノペラル……隊長」

ロスクレイが呟いたのは、全滅したはずの詞術《しじゅつ》兵の隊長の名であった。骨《ほね》の番《つがい》のオノペラルという。詞術《しじゅつ》兵の力術《りきじゅつ》は空からティアエルを墜とすために不可欠な働きをしたが、それでも竜《ドラゴン》の暴威を前に、詞術《しじゅつ》兵が長く生存できるはずもない。

骨《ほね》の番《つがい》のオノペラルも、他の詞術《しじゅつ》兵と同じく敗れ、屍《しかばね》の山の中にいる。

「……死んだふりをしているでしょう」

「……！」

「……分かるんです。自分も、演技が……得意なので……」

責める気持ちはなかった。そのような余裕があるはずもない。

似通った心を持つロスクレイには、オノペラルがなぜそうしたのかも分かる。

オスローの戦闘の最中に、彼を巻き込まずに詞術《しじゅつ》による補助を行うことは不可能だった。それならば死を装ったほうが、好機を窺《うかが》えると考えたのではないか。

「頼みます。詞術《しじゅつ》で……剣を、渡してくれますか……！」

「……ロスクレイ。ああ。分かった……」

「アンテル」

すぐ近くに一人だけ、まだ立っている兵がいた。同期の兵士だった。

「……アンテル。魔剣を取りに向かってください。自分と同時に」

「ロスクレイ……た、頼む。俺は無理だ。竜《ドラゴン》の間合いの内になど、行けない」

「自分だって、そうです。……けれど、オスロー隊長はたった一人で戦っていた。三人でなければ、勝てない。自分がやります。自分に、任せてください」

体の中に残っている力を計算する。オスローが最後に投げた魔剣の位置まで走り、そこからティアエルの首元へ。十分可能だ。それを分かっていて、オスローは自らを守ることもできた魔剣を最後に投げ捨てたのだ。

オノペラルが詞術《しじゅつ》を紡ぐ声が聞こえる。

「【オノペラルよりナナガの土へ《ownopellalionan》。切り欠く影《serpenomer》——】」

「グ、グルルッ……グ、グ……剣……剣は」

ティアエルは、自らを害した魔剣がオスローの手元にないことを、やっと理解したようだった。

何度も叩きつけられ、引き裂かれた不撓《ふとう》のオスローの身体《からだ》は、今は骨にまとわりついた肉の紐《ひも》のような何かだった。

これが死。悍《おぞ》ましかった。

ティアエルが叫ぶ。

「どこ……どこだ！　剣は！」

ロスクレイはすぐさま走った。それに追い立てられるように、アンテルも走っていた。

ティアエルが、テミルルクの眠りの魔剣の在《あ》り処《か》を見た。

竜《ドラゴン》の両足が大地を蹴って、巨体は怪物的な砲弾と化した。ロスクレイ達よりも遥かに速い――地表ごと、眠りの魔剣を微塵《みじん》に粉砕した。

だが、錯乱したティアエルも、すぐに自らの誤認に気付く。

「……グ、これは！　これはァァッ……！」

彼が轢《ひ》き潰した剣だけではない。あの眠りの魔剣のような形状の紛《まが》い物《もの》が、オノペラルの工術《こうじゅつ》によって形作られた偽剣が、いくつも地に転がり、突き立っている。

ロスクレイ達が走っていたのは、ティアエルの突撃地点と別の方向である――

「こ、この……この俺を謀《たばか》ったか！　あの目が！　あの目がなければ！　ウウウウウッ！　〝本物の魔王〟……！」

「【オノペラルよりテミルクの剣《ownopellaliotem》へ！　砕け舞う水面《epthortemken》！　天上の橋《modkeportes》！　軸は六脚《haspe6kormt》……！　選べ《artes》！】」

無数に散らばる剣の一つがオノペラルの力術《りきじゅつ》の詠唱で飛び、ロスクレイの手の内へと収まる。

ロスクレイも、逆方向からティアエルに迫るアンテルも、魔剣を構えている。麻痺のために、ティアエルの動かせる前肢は一つしかない。オスローとの激しい戦闘で消耗し尽くした今、どちらかを選ばなければならなかった。

「——オオオオオオッ！」

竜《ドラゴン》が危機を覚えたのは、死角の左側から迫るロスクレイの方だった。到達の寸前、竜爪がすぐ目の前をを通り過ぎて、衝撃波がロスクレイの体を撃った。肉と、皮が弾ける感覚。

だが深手を負う間合いの寸前で、ロスクレイは足を止めていた。陽動。

ティアエルの背後からはアンテルが接近している。

——その時、長大な尾撃がアンテルの進行を阻んだ。アンテルも尾の攻撃範囲を前に、足を止めてしまう。

最後の反攻は停止した。命を賭した覚悟すら無に帰す、突破不能な種族の差が存在する。

恐怖で狂ったティアエルは、むしろ懇願するように言った。

「こ、これで終わりにしてくれ。その剣も……俺は、もう、恐ろしい……！」

「……」

竜《ドラゴン》がそのようなことを言う。

〝本物の魔王〟は、どれほど恐ろしく、計り知れないものなのだろうか。

ロスクレイには、英雄になる資格はなかった。魔王を倒して世界を救うこともできないのだろう。——どこまでも。

あと一歩ティアエルが踏み込めば、それでロスクレイの命は終わる。

死にたくない。

「……恐ろしいか、ティアエル」

それでも彼は立っている。踵から首まで、まっすぐ体幹を伸ばして、顎を引いて、目を前方に向けている。まるで眼前の死を恐れていないかのように。

逃げてしまえばよかった。犠牲など見ぬふりをすればそれで済んだ。

それでも戦うことを選んでしまった。

英雄であることを託されてしまったから。

ロスクレイは今、自分自身の心を欺かなければならなかった。

「魔剣を……！　我が技ではなく、不撓《ふとう》のオスローの剣を恐れるか、邪竜！」

ロスクレイは自らを竜爪に差し出すが如《ごと》く、走った。死への突進だった——だが彼は同時に、手にした魔剣をあらぬ方向へと投げ放っていた。

ティアエルは反射的に剣を目で追い、撃ち落とした。その魔剣だけが、ティアエルを滅ぼし得る最後の手段であるから。

その時。

「ロスクレイ！」

呼びかけと共に剣が飛来した。竜《ドラゴン》の巨体を挟んだ反対方向からだった。

アンテルが投げ渡した魔剣だ。白銀の剣を手にしたその時、ロスクレイはまさに竜《ドラゴン》の喉元へと潜り込んでおり――

「拉《ひし》ぎのティアエル！」

「ミ、人間《ミニア》……！　人間《ミニア》めッ！」

――我が技をまさに通さぬと驕るのならば。

「この一撃をも防いでみるがいい！」

ロスクレイが振り抜いた眠りの魔剣は、竜鱗に阻まれて折れた。

しかし一撃は、拉《ひし》ぎのティアエルの脊椎の神経を、永遠に停止させていた。

◆

王国に迫っていた邪竜は滅んだ。

それは屍の山で築いた壁で、辛うじて災厄を食い止めたというだけのことに過ぎない。

犠牲が大きすぎた。死んでいった者達は一人残らず、過酷な鍛錬を経た王国最強の精鋭だった。

ロスクレイ達は乱戦を生き残った者を探したが、生還者は彼らを含めて八名しかおらず、その内二名は、深い負傷のために間もなく死んだ。まして決着の瞬間を目視できた者など、アンテルとオノペラルの他にいるはずもなかった。

「……これでは……いけない」

最後の負傷兵の応急処置を終えて、疲れ果てた体を石垣に預けながら、ロスクレイはアンテルとオノペラルに言った。

「皆、絶望しています。自分達が無力だと思っている……」

「……もう俺達は駄目かもしれんな。たった一柱……錯乱した一柱の竜《ドラゴン》で、これだけの犠牲を出してしまった。オスロー隊長も死んだ……あの人抜きでは魔王どころか、魔王自称者の侵攻を防げるかも分からない」

「オスローは天才でした」

アンテルの悲観に、オノペラルも同意する。

詞術《しじゅつ》兵隊長であるオノペラルはロスクレイ達よりずっと階級が上であるはずなのに、ひどく萎《しお》れて、弱々しく見えた。

「彼の代わりを務められる者など、いるとは思えない……」

「ならば……ならば、作ればいい。それしかありません」

〝本物の魔王〟の恐怖が、人々を絶望の闇に沈めようとしている。

民には英雄が必要なのだ。

そのままでは倒れてしまう足を支える、象徴が。

「この三人のうち誰かが、一人で竜《ドラゴン》を討ち果たしたことにします。不撓《ふとう》のオスローは非業の戦死を遂げ、しかし遺志を継いだ英雄が、拉《ひし》ぎのティアエルを殺したと」

「……馬鹿な。すぐにバレる嘘だぞ」

「それでも、やらなければ。オノペラル隊長の意見を伺いたい」

「ロスクレイ……君が、やるつもりかね」

「……。そのつもりです」

あの時、オノペラルに剣を渡すように、アンテルに魔剣を取るように、最後には自分に任せるように命じていた。ティアエルに作戦を気取らせることのない、最低限の表現で。

指揮の才能が開花していた。一手の過ちが絶対の死を意味する一瞬で、迷うことなく、それだけで仲間に伝わると信じることができた。

「証言してください。二人は何も手助けしていない――倒れたオスロー隊長から託されたティアエルの討伐を、私がただ一人で成し遂げたのだと」

「もちろんだ。すまない」

「辛《つら》い役だが、頼む」

……英雄を演じる。

竜《ドラゴン》を倒す英雄は存在しない。それが現実だ。ならば現実に英雄を実在させるためには、誰かが嘘をついて演じる以外にない。

けれどそれだけはロスクレイが、師であった服膺《ふくよう》のナルタが、いつも続けてきたことだ。

言葉の通り、ロスクレイは王国を守る絶対の盾として、民を守った。

最初こそ竜《ドラゴン》殺しの非現実的な偉業を疑う声もあったが、それでもロスクレイはあらゆる戦闘で膝を突くことすらなく、無敵であり続けた。

ティアエル討伐に向かった精鋭部隊の中にあって数少ない生還者となったロスクレイに並ぶ剣の使い手も、もはや王国に存在しない。

以降の戦闘で詞術《しじゅつ》を用いるようになったことも、彼にまつわる噂が真実であったことを証明した。

何よりも、そうして人望と権威を伴った智謀《ちぼう》の力が、疑念と悪評の尽《ことごと》くを封じていった。

王国が滅び、黄都《こうと》と呼ばれるようになっても、無敵の第二将であり続けている。

かつての不撓《ふとう》のオスローと同じように。


「――名前がいる」

ティアエルを討ったその日、アンテルはふと、そのようなことを言った。

「竜《ドラゴン》を討った以上は、相応《ふさわ》しい二つ目の名が必要だ。今みたいな平凡な名でいることはできないぞ。ロスクレイ」

「……」

ロスクレイは、英雄のことを思った。

偉力《いりょく》のアルトイ。不撓《ふとう》のオスロー。

彼らは何を思って、そのような二つ目の名を名乗っていたのだろう。

正しく戦い、あらゆる技を使いこなし、全ての敵に打ち勝つ、竜《ドラゴン》を倒した英雄。

きっと物語の中の彼らも、そのようなものが実在しないことを知っていた。

それは願いだ。

そんな英雄があってほしいと願う。

曇り空からは、淡い雨が振りはじめていた。

ロスクレイは、小さく呟く。

「〝絶対〟」

何よりもロスクレイが信じぬ言葉こそ、相応しいような気がした。

「絶対《ぜったい》なるロスクレイ」

二◆求心

試合そのものよりも早く、六合上覧《りくごうじょうらん》の戦いは始まっている。

謀略を武器とする修羅の一角、逆理《ぎゃくり》のヒロトと千一匹目《せんいちひきめ》のジギタ・ゾギにとっては言うまでもなく――第一試合の開始から小四ヶ月を遡るこの時点ですら、さらに以前から続いている巨大な計画の内の一点でしかない。

ヒロトが黄都《こうと》で活動するにあたり最初に必要としたのは、応接室である。

黄都《こうと》の高級住宅地に設《しつら》えられた、大きくはないが小さすぎもしない事務所。客が直接触れる長椅子や調度の質には特に気を配り、茶や菓子を切らすことなく備えた、それだけの設備だ。

ジギタ・ゾギが六合上覧《りくごうじょうらん》を活用する戦術を組み立てている間、ヒロトは貪欲な情熱を以《もっ》て、高級官僚から中小商店主まで様々な社会階層の者と交流し、成果の多寡を問わず、この事務所で協力関係を深めることに注力した。

「逆理《ぎゃくり》のヒロト様。本日はお招きいただきありがとうございます」

「私の方こそ、お会いできて光栄です。エルプコーザ行商組合本部長、紅水《こうすい》のカタラさん」

客である禿頭《とくとう》の老紳士に対し、それを迎える逆理《ぎゃくり》のヒロトは、幼い。高く見積もっても、十三か十四の子供の見た目である。しかしその身なりは〝彼方《かなた》〟のスーツを思わせる仕立てであり、老紳士の佇《たたず》まいと並んでもなお、不思議と見劣りしない風格があった。

「〝灰髪の子供〟の名は、我々商人の間では偉大な伝説の一つでした。本当に実在するのか、どのような技術を持っているのか……私のような者がこうして直《じか》に話をする機会をいただけるとは、どうも不思議な気分ですよ」

「伝説というなら、カタラさんの方こそ――あの摩天樹塔《まてんじゅとう》への交易路開拓は、並大抵の事業ではないでしょう。個人的にですが、以前から応援しておりました」

「なんと。私のことをご存知でしたか」

「むしろ驚いているくらいです！　私の如き新参者が、こうしてカタラさんのような方とお話できるとは……！　エルプコーザ行商組合様は、この商談に大きく期待をかけてくださっているようです。ぜひ、実りある取り引きにいたしましょう」

ごく自然に、時に大袈裟《おおげさ》なほどの感情表現を以て、相対する者の心を開く。

紅水《こうすい》のカタラの名と経歴については事前に調査していたが、それはヒロトにとっては呼吸の如く常に行っている事柄に過ぎない。必然の出会いが予測できている限り、全ての出会いのために全力を尽くすのは、ヒロトにとって当然のことである。

「そちらは、黄都《こうと》二十九官のダント将軍。本日はよろしくお願いいたします」

老紳士の礼に応じて、やや離れた席に座っていた坊主頭の男が口を開く。

「黄都《こうと》第二十四将、荒野《こうや》の轍《わだち》のダントだ。……邪魔になるかもしれんが、今回の交渉の席に立ち会わせてもらう」

「もちろん、私は構いません」

「逆理《ぎゃくり》のヒロトは勇者候補の重要関係者だ。仮に試合に関する不正があれば、双方にとって不利益になる。それを未然に防ぐためにいると考えてもらいたい」

「ええ。厳正な監査をお願いします」

老紳士は穏やかに答えてはいるが、内心いい気分ではないはずだ。

大きな取引であるほど、その最終的な成否は議会側の法令改正や基準変更に左右され得る。商人ならば誰でも、重要な決定をその場で黄都《こうと》議会に知られたくはないだろう。

しかし、ヒロトはダントの監視を重みには感じていない。むしろ交渉を有利に動かす材料として用いてすらいる。

黄都《こうと》第二十四将が交渉の席に居合わせていれば、あたかもヒロトの存在が黄都《こうと》議会に認められたものであるかのように印象づけることもできる。

「――つまり我々は、従来よりも自由度の高い従業員をご提供できるというわけです。六合上覧《りくごうじょうらん》に伴う労働力需要の急激な拡大は確実ですが、もちろん、その好景気が六合上覧《りくごうじょうらん》終了後も続くわけではないこともお分かりかと思います。……我々と契約すれば、必要に応じて人を増やすような事業計画が可能になる、ということです」

「確かに。通常の労働者ギルドとは規模の違う人材を動かせることも優位点でしょう。いわば小都市規模のギルドなわけですから――しかし、技能習熟についてはどうでしょうか？　これに関しては、一朝一夕で教育するというわけにはいきませんが」

「その点も、ご心配には及びません。我々が誇る小鬼《ゴブリン》の技能は保証いたしますし、オカフ自由都市からも、十分な基礎技能を有する人材を派遣できるものと考えております。何しろ彼らは一つの都市を運営していたのですから——どのような業種であれ、従事経験者が存在します」

「なるほど、仰《おっしゃ》るとおりです。ご提示いただいた額で契約できるのならば、大変良い取り引きだと思います。この件は一度組合に持ち帰りますが……後日、また席を設けていただければ」

「ええ。こちらこそ。実りのある商談でした。事業の成功を心から祈っております」

雑談から商談まで——六合上覧《りくごうじょうらん》開始前ですら休むことなく、様々な相手とヒロトは話し合った。

もちろん一対一の、礼節ある相手との交渉ばかりではない。ヒロトの立場の弱さに付け込み不利な条件を押しつけようとしてきた者も、虚偽のような手管で〝灰髪の子供〟を利用しようとしてきた者もいる。そのような相手とも、根気強く関わり続けていく。

日々そのような激務をこなしながら、疲労はなかった。ヒロトに戦闘や運動に関する適性は一切ないといってよかったが、交渉事であればたとえ一日中でも続けることができた。ヒロトには十代の若者の活力がある。〝客人《まろうど》〟の肉体が衰えることはない。

強大な勢力と戦う時にこそ、絆《きずな》と信頼を積み重ねる必要がある。

「こんにちはヒロトさん！　今日も面白いお話を聞かせてくれるのよね？」

「勿論！　ご期待に沿えて光栄ですよ。勇者候補について、こちらで調べたことがいくつかあります。メルマーク探偵社様にとっても非常に有益な商品になるはずです――」

記者の〝客人《まろうど》〟である黄昏潜《たそがれもぐ》りユキハルとの繋《つな》がりは、ヒロト陣営にとって強力な優位性であった。黄都《こうと》議会の計画内容、重要人物の動向調査、紛争や事件事故の速報など、相手が必要としている情報である限り、大きな見返りを求めることなく共有した。

特に機密を要する接触には応接室を用いず、ヒロト自身が動いた。

例えば、勇者候補である通り禍《とおりか》のクゼ。

「こいつの情報をただでくれたのは、そういう理由ってわけかい」

「――我々の力ならば、地平全土の、〝教団〟の子供達の行方を追跡可能です。既に把握している組織の情報もいくつかあります」

例えば、黄都第二十五将である空雷《くうらい》のカヨン。

「第七試合の試合場を変えるつもりはないわ。アタシは、マリ荒野で開催させるつもり。……けれどその流れを確実にするために、ドガエ盆地で決まりそうだって噂を流してほしいの」

「確かに、ドガエ盆地での開催となれば商人達の損害は大きく、危機感を覚えるでしょう。皆さん、マリ荒野での開催を前提に準備を始めていますので」

「アタシにできる範囲の見返りは提供するわ。メレを動かすか動かさないかの決定にも、少しは融通を効かせてあげられるかも」

「カヨン閣下がそこまで頼まれるのでしたら、喜んでお受けしましょう。ただし噂は、誰にとっても損にならないかたちで流す必要があります――」

逆理《ぎゃくり》のヒロトの戦い方は、黒曜《こくよう》リナリスとも、絶対《ぜったい》なるロスクレイとも違う。
彼の戦いは暗躍ではない。民の中にあって、公然と信用を積み上げる戦い。
いつどこで役に立つともしれぬ、ただひたすらに広い人間関係の構築。
それこそが最大の切り札であると、逆理《ぎゃくり》のヒロトは信じていた。

三◇欠落

六合上覧《りくごうじょうらん》第九試合の結末を、証明できる者はいない。

無尽無流《むじんむりゅう》のサイアノプと冬《ふゆ》のルクノカとの対戦は観客不在のまま決行され、黄都《こうと》市民は何が起こったのかを知らされぬまま、サイアノプが勝利したらしいという結末だけを伝えられた。

サイアノプ勝利という結果そのものが信じがたい話であったこともあり、黄都《こうと》市民からは——特に商売や賭博に携わっていた者からは、大きな抗議の声が上がった。

曰《いわ》く、ルクノカが勇者として勝ち進むことを恐れ、黄都《こうと》が何らかの取引によって敗退させたのではないか。ルクノカはあまりにも劣弱な粘獣《ウーズ》との対戦を、自主的に放棄したのではないか。

いずれにせよ第九試合は行われておらず、無尽無流《むじんむりゅう》のサイアノプが冬《ふゆ》のルクノカを殺せたわけがない。妥当な見解ではあった。

しかしそのような疑惑の声も、日が経つにつれて収まりつつある。代表として選ばれた少数の市民が、冬《ふゆ》のルクノカの死体を実際に見せられたのだという。

代わりに囁《ささや》かれはじめた噂があった——第九試合にて実際に冬《ふゆ》のルクノカを殺したのは弾火源《だんかげん》のハーディ率いる黄都《こうと》軍であり、勇者候補最強とされるルクノカに匹敵するほどの力を、彼ら軍部派は有しているのだと。

ロスクレイの改革派にそれを止める力はないのではないか。六合上覧《りくごうじょうらん》は本当に存続するのか。黄都《こうと》政権はこのまま維持されるのか——政情への不安と憶測が、第九試合への疑念とともに囁かれはじめている。

いずれにせよ、無尽無流《むじんむりゅう》のサイアノプに勝者としての名誉が与えられることはなかった。冬《ふゆ》のルクノカを討つという真の偉業を成し遂げてもなお、それを心から信じる者はいない。誇りのために戦い、勝利し、生き延びた彼は、ただ失った。

◆

雨が降り続いていた。

サイアノプがロモグ合同軍病院を訪れるのは、これで五度目になる。

第九試合前日に病室を抜け出した蠟花《ろうか》のクウェルの足取りは未《いま》だ分かっていない。

関係者や目撃者から情報を募るとしても、獣族《じゅうぞく》の身では如何ともしがたい。

(……どこへ行った)

ひどく悪い予感が、体の内で煮え続けていた。

試合直前に、なぜ抜け出す必要があったのか。仮にクウェルがそうしたのならば、その後、どのような末路を辿ったのか。

クウェルでない誰かに起こった出来事であれば、サイアノプはすぐさま正解を見立てただろう。連日の無為な捜査は、その見立てが間違いである証拠を求めてのことだとも自覚している。

クウェルの生存は絶望的だった。

「蠟花《ろうか》のクウェルを探してるんですか？　――ああ構えないで」

サイアノプが注意を向けただけで、その男は降参したように両手を挙げた。

小太りの、首から写真機を下げた男だ。背中には簡素な木箱を背負っている。

「えーと、敵意はないんですよ」

「そもそも構えていない。黄昏潜《たそがれもぐ》りユキハルだな」

「よくご存知で。長々とした自己紹介はいりませんかね。〝客人《まろうど》〟の記者。つまり情報を売る仕事ってわけですが」

「……」

オカフ陣営の有利になる情報に限った話だろう、と問い詰める気にはなれなかった。

普段から人通りの少ない路地だが、周囲の光景はやけに静かだ。そのような時間帯なのか、あるいは偶然に過ぎないのか。人目が存在しない機会を狙い澄まして現れたかのようでもある。

「僕が追っているネタの中に、国防研究院っていう話がありましてね。魔王自称者を使って秘密裏に魔族《まぞく》や兵器を作っている研究機関って与太話なんですが、ご存知ないですか」

「……。心当たりはある」

サイアノプの知識に存在しない異形の生命体、彙《たぐい》のアクロムド。謎めいた飛行機械を操る方舟《はこぶね》のシンディカー。紫紺《しこん》の泡《あわ》のツツリがどこからあのような戦力を動員できたのかは、全くの謎だった。

しかし、そのような機関が実在するというのなら説明はつく。

「まさか、その裏付けを取るための取材か？」

「それもあります。お互い、情報の確認と行きましょう。国防研究院らしきものが動いていたとして……サイアノプさんは、どこでそれを見たんですか？」

「マリ荒野だ」

「あっさり言いましたね」

「隠し立てすることでもない」

サイアノプの勝利はツツリ達の横槍《よこやり》ありきのものに過ぎない。サイアノプが正しい勝者だと見做《みな》されないのも、むしろ正当な扱いだと認識していた。

誰よりも冬《ふゆ》のルクノカの名誉のために、第九試合の真実を伏せるべきではない。

「植物を起源とする鬼族《きぞく》や飛行する機械、竜の屍魔《ドラゴンレヴナント》と思《おぼ》しきもの――第九試合には、未知の兵器らしき代物がいくつも投入されていた。国防研究院なるものが仮に実在しているのなら、それは弾火《だんか》源《げん》のハーディや、紫紺《しこん》の泡《あわ》のツツリと繋がっているのだろう」

「いわゆる軍部派ってやつですね。僕の方の調査結果とも一致しています」

ユキハルが、紙片の束に何かを書き記した。

「第九試合の最中は、マリ荒野への出入りが封鎖されてまして。警戒が本当に厳重で、僕も実際の試合の様子は確認できなかったんですよね。深夜になってからようやく入れました」

「……まさか、ずっと待ち続けたのか？　夜にも兵士は残っていただろう」

「ええ、まあ。しかし、そうまでした甲斐《かい》はありました」

ユキハルが写真を差し出す。焚《た》き火《び》に照らされた夜のマリ荒野の大地に、砕けた金属の欠片《かけら》が散らばっていた。マントを留《と》める金具である。

「……こちらの心当たりは？」

「……」

クウェルのものであることはすぐに分かった。

金具が砕けるような何かが、そこで起こったということになる。

「もう一つ。国防研究院の拠点と思しき施設が特定できています。つい最近になって、そこにわざわざ運び込まれた死体があるんですが――」

「いい」

サイアノプは小さく呟いた。

「……どうしてだ？」

ユキハルへと向けた言葉ではなかった。

怒りでも悲しみでもなく、悔しさだけがあった。

――なぜ、言いつけを守らずに抜け出してしまったのか。なぜ、試合場に来てしまったのか。

クウェルの心が分からないのではなく、分かってしまう。

種族が違ったとしても、六合上覧《りくごうじょうらん》の一時だけの関わりだったとしても……蠟花《ろうか》のクウェルとは、ただ一つの価値観を共有した師弟だったのだ。

「どうして……」

クウェルの心ならば、全て分かる。

「……どうして殺された？　第九試合の仕掛けの邪魔だというだけなら、殺す必要はなかったはずだ」

「少なくとも黄都《こうと》側の理由は、薬のためでしょうね」

ユキハルはサイアノプに、小さな瓶を投げ渡した。

細長い、人族《じんぞく》の指先ほどの小瓶だ。透き通った薬品が入っている。

「それは抗血清です。〝見えない軍〟――六合上覧《りくごうじょうらん》の裏で動いている血鬼《ヴァンパイア》の話は、星馳《ほしは》せアルス暴走を説明するための方便じゃありません。黄都《こうと》議会は実際に感染対策に追われています。特に今、特効薬になり得る抗血清の価値は極めて高いわけです」

「これ、が……そうなのか」

サイアノプは瓶を透かすようにして見た。

瓶の中の薬品は、夕方のガス灯の光で、きらきらと光った。

(クウェル)

体の内から爆発しそうなものを、意志の力で押し留める必要があった。

目の前のユキハルに何かをぶつけたところで、この男は何の関係もない。

冷静であり続ける必要がある。二十一年をかけてその訓練をしてきたはずだ。

「僕のいた世界にもこういう薬はありましたよ。こっちの世界じゃ、たぶん王国の技術力でもなければ作れない代物なんでしょうがね。蠟花《ろうか》のクウェルは血人《ダンピール》だったのでしょう」

蠟花《ろうか》のクウェルは、感染能力を持たない血鬼《ヴァンパイア》だった。血人《ダンピール》と呼ばれている。

生まれつき他の人族《じんぞく》より優れた血鬼《ヴァンパイア》の肉体を持っていて、それ故に、悩み苦しんでいた。

「血鬼《ヴァンパイア》との戦いの歴史の結果として、血鬼《ヴァンパイア》のウイルスに抗体がある血人《ダンピール》の骨髄から、抗血清を精製する方法を確立しているはずです。生産可能な数にいつも限りがあったのは、材料が希少だったからでしょうね」

詳細を説明された上でも、なぜ、と思う。

勝ち上がった自分を、擁立者不在で蹴落とすためか。

精製した抗血清を、政治の取り引きに使うためか。

(そんなことが)

どこか遠くで、鳥の群れが飛び立つ音があった。

(殺す理由になるのか)

誇りのために戦い、勝利し、生き延びた彼は、ただ失った。

◆

魔法《まほう》のツーを収容できる牢《ろう》は存在しない。

星馳《ほしは》せアルス襲来事件で擁立者の政治的調整を無視して出撃し、監視者のクラフニルを撃破したのみならず、アルスとの戦闘や被災者の救助を独断で行ったツーの行動は、黄都《こうと》から見れば暴走と判断して差し支えないものだ。

魔法《まほう》のツーは既に、擁立者であるフリンスダの制御を離れている。

しかし彼女は自主的にフリンスダ邸に留まっていた。恐らくはフリンスダと、保護者代わりでもあるクラフニルへの罪悪感のためなのだろう。

今のツーには、クラフニルの監視すらない。星馳《ほしは》せアルス襲来に伴う顚末《てんまつ》は、真理《しんり》の蓋《ふた》のクラフニルほどの詞術士《しじゅつし》をもってしても、ツーの拘束が不可能であることを証明しただけだった。

ツー自身は第五試合後のようにひどく塞ぎ込んでしまったわけではないが、代わりに、何かを考え込んだり、落ち着きをなくしたように動き回るようになった。

誰かから叱られることを分かっている子供のように、その日も、フリンスダから声をかけられるのを待っていたのかもしれない。

「ツーちゃん。こちらにいらっしゃいな」

フリンスダが呼ぶと、ツーは恐る恐る近づいた。ばつが悪そうに、泥の塊のような球体を抱きしめている。星馳《ほしは》せアルスの遺した腐土太陽《ふどたいよう》を、ツーは肌見離さず持ち歩いていた。

「フリンスダ……」

ツーの緑色の瞳が、心配そうにフリンスダを見る。

先触《さきぶ》れのフリンスダの髪型は乱れていた。

肥満体を飾る装飾品もいつもより少なく、爪も磨けていない。

平時心がけている優美さを後回しにせざるを得ない状況にあった。

フリンスダは、医療部門の長である。星馳《ほしは》せアルス襲来事件に伴う重症患者の治療に加え、相当数の感染が確認された従鬼《コープス》の特定および対策といった業務が積み重なる中で、現場における補佐であった蠟花《ろうか》のクウェルまで行方不明となった。

「近頃はツーちゃんに構ってあげられなくて、ごめんなさいね」

「……ううん。そんなこと」

ツーは、弱々しく首を振った。

「あの、フリンスダ……ごめん。アルスと戦った時のこと……」

「そうねェ～。まずはその話をしようかしら。ツーちゃんは、あたしが黄都《こうと》議会とお話をまとめるまで待てなかったのね」

ツーはぎゅっと目をつぶって、ひどく申し訳無さそうな表情になった。

彼女の感情表現は常に素直だ。人族《じんぞく》以上に人族《じんぞく》らしい。そう感じさせる振る舞いをする。

「クラフニルにも……えっと、迷惑かけてないかな……だけど、聞いて！　クラフニルはちゃんと仕事をしたから……」

「ツーちゃん。クラフニルへの報酬は削ったわ」

「で、でも……！　あれはぼくが悪いんだよ！」

「違うわ。クラフニルはあなたの手綱を握ることも含めて、私と契約をしていた。クラフニルが一生懸命やっていたのだとしても、できなかった分は、クラフニルが責任を負う必要があるの」

「責任……」

「そう……責任。この世界では……心や強さに関係なく、皆が責任を果たしているわ。それがお互いの信用を守るということだし、仕事に見合った責任を取らせることは、結果的にはクラフニルのためでもあるのよ」

フリンスダは、徹底した拝金主義者だ。

医療という力で命を換金し、善悪を問うことなく、金による契約で動く。利を与えれば、その分の利を取り立てて良い。

フリンスダを二十九官の地位へと至らしめたのは、そうした単純な取り引きの原理だ。

しかし、魔法《まほう》のツーにそのような単純な原理を当てはめるべきではなかった。どれほどの恩を与えたところで、この少女の意志を真に縛ることはできないことが分かった。

「ツーちゃん。黄都《こうと》は、あなたを制御不可能な勇者候補だと見做しているわ」

フリンスダは肥満体を椅子に押し込めるようにして、長く息をついた。

「――それが可能な機会があれば、擁立者の手で処分するよう指示されているの」

「う……」

ツーは、恐れるように後ずさった。

自分が殺されることへの恐れでないことも分かる。信頼する誰かに恨まれて、責められることへの恐れ。魔法《まほう》のツーは、無敵であることを除けば何もかも子供だ。

「ホホホホホホ！　もちろんこれは、勇者候補に言っちゃいけないことなのよ？　けれど、どんな方法でも傷つけられないツーちゃんのことを、どうやって殺せばいいのかしらね？」

それが可能であれば、初めから勇者候補に選ばれることすらない。

それでもなお、いざという時に備えて、勇者候補の制御と抹殺のための手段を可能な限り用意することも、擁立者の義務の一つである。

暮鐘《ぼしょう》のノフトクや鎹《かすがい》のヒドウも、手に負えなくなった自らの勇者候補を抹殺することに全力を尽くしていたはずだ。フリンスダも、そのようにすべきだろうか。

「……フリンスダは」

意を決したように、ツーが口を開く。

「どうして、そんなにお金を欲しがるの？　あの時、フリンスダがお金を欲しがっていなかったら……人助けを選んでくれてたら……ぼくは、喜んで助けに行ったよ。フリンスダだって、みんなの命を助けたかったんだよね？」

「そうね。私はお金が大好きなの」

フリンスダは窓の外を眺めながら、背もたれに深く体重を預けた。肥え太った肉に、内臓が締めつけられるような感覚。

夜空の星は見えず、その代わりに地上で瞬《まばた》いているのは、ガス灯の、橙色《だいだいいろ》の星だ。

「ツーちゃん。例えばこの中央市街に住めるようなお年寄りは、余命を一年伸ばすためでも、たくさんお金を出すわ。いくら払っても、自分の命より大事なものなんてないんですものねェ……」

先触《さきぶ》れのフリンスダは、黄都《こうと》に技術医療を導入した張本人でもある。

それは医師に外科技術を習得させ、生術《せいじゅつ》のみでは治療の叶《かな》わなかった患者を治すためでもあったが――主目的は、生術《せいじゅつ》医療が行き詰まっていた患者に高額な先端治療法を提示することによって、医師の収益をより多く上げるためであった。

「私はね……お医者さんこそ、誰よりもお金を稼げる職業じゃなきゃいけないと思うわ。重い責任があって、大変な技術と知識を身につけて……それでも、貴族のように偉そうに振る舞ってはいけない。自分よりも患者さんのことを一番に思わなければいけないわ。そんな職業をみんなが目指したがるためには、お医者さんがお金持ちでないといけないでしょう？」

「う、フリンスダ……でも、その……ぼくは、思って……お金がない人達や、お医者さんにみてもらえない人達だっていて…………」

「ツーちゃんは、皆を助けたいのね」

フリンスダは非情だ。全ての人々を助けたいと願うツーの目には、なおさらそう映るだろう。

彼女が〝教団〟の救貧院に通い詰めていたことは知っている。取りこぼされていく人々を一人でも減らしたいと考えていたからこそ、アルス襲来の日に戦いに出たということも。

「貧しい人達を助けることはね、ツーちゃん。本当なら老衰で死んでしまうようなお金持ちを延命するより、ずっと簡単なことなのよ。栄養を与えてあげて、生術《せいじゅつ》をかけてあげて、薬を処方してあげて……どうしても悪い部分があるなら、切ったり縫ったりしてあげればいいだけ……だけど、その治療にだって全部、お金はかかるわ」

貧民達の死因の多くは、ありふれた風邪や脳炎にすぎない。

技術医療の普及が満足でなかった頃は、患者は互いによく知るかかりつけの医師に、生術《せいじゅつ》で治療してもらうしかなかった。契約を必要としない、情や義理のみで医療が成立していた時代。

孤独な者は孤独なまま死に、あえて貧しい患者と関係を結びたがる医師はおらず、高潔な志を持つ医師ほど、不遇のまま終わっていった時代があった。

「だから私は、一人のお金持ちの命を一年伸ばすようなお金を、たくさん取れるようにしたいと思ったの。そのお金があれば、二十人の貧民の命を、四十年買えるのだものね」

「……」

「弱者にとっての命は、たった一枚の金貨。救う者にとっても、見捨てる者にとっても――」

ならばその金貨を無数に所有できれば、無数の命を救うことができる。

死期の迫った誰かを騙《だま》すことになるのだとしても、眼前の何人かの命を見捨てることになるのだとしても、一つの命を、より多い命へと両替できる。それがフリンスダの拝金の医療だ。

「だから、あの時火事に襲われた人達を見捨てたのは本当よ。――その時間を使って稼いだお金で、もっとたくさんの人達の命を救えると私は考えたの。ツーちゃんは分かってくれるかしら？」

ツーは視線を彷徨《さまよ》わせて、右下を見た。

何かを言おうとして唇を開いて、けれど閉じた。

胸元で、腐土太陽を強く抱きしめている。

「……うん」

最後には、素直に頷《うなず》いた。

「フリンスダが……みんなのことを考えてくれていて、よかった。フリンスダが……本当は悪い人かもって思うのは、ぼく、すごく辛かったから……」

もしもツーが本当に納得してフリンスダの示す方針に従ってくれるのであれば、彼女を処分する必要もなくなるのだろう。そうはならないだろうことも分かっている。

「だけど、一人……助けたんだ。あの日」

「そうね」

「瓦礫《がれき》に埋まって……助けを求めてた男の人を……助けたんだよ」

報酬額の交渉のために、フリンスダが見捨ててしまった命があった。

きっと、ツーが言っている一人だけではない。ツーが真っ先に現場へと向かって、星馳《ほしは》せアルスを足止めしていたからこそ助かった命は、いくらでもあったはずだ。

「その人にとっては、全部なんだ。この世界の全部がなくなっちゃうかもしれなかった。……だから、ぼくは……ぼくのしたことが間違いだって、思いたくないよ……」

「ホホホホホホ！　その通りよ、ツーちゃん。あなたがしたことは……」

フリンスダの信念など、対価と契約という枠組みの中の、偽りの正義だ。

本当の医師ならば、対価も契約もなく、全ての人々の命を救うべきなのだ。

フリンスダはもはや、そのような医師にはなれない。

「……立派なことだったわ。よく頑張ったわね。ツーちゃん」

ツーは、泣きそうな顔をした。

正体不明の、魔王の落とし子。先触《さきぶ》れのフリンスダにとって、彼女は六合上覧《りくごうじょうらん》に乗じて金を稼ぐための実験動物に過ぎなかった。

過酷な実験を課しても心は傷まなかった。彼女は最初から医師が救うべき人族《じんぞく》ではなく、何をしたところで傷つくこともないのだから。

表向きには甘く接していても、苦労して取りつけた契約を台無しにして、思い通りに動かない彼女に苛立《いらだ》ったことが何度もあった。

それでも長く接しているうちに、クラフニルの病が伝染してしまったのだろうか？

何もかもが違うというのに、フリンスダにはツーの思うようなことが分かる。

それはきっと、人が生まれつき望むような、素朴な善性でしかないからだ。

魔法《まほう》のツーは、何一つ正体不明の生物などではなかった。

「もう行きなさい。ツー。ここにいたままでは、私にまた迷惑がかかってしまうわ。あなたを殺したくても、私には殺すことができないものね！　ホホホホホホ！」

魔法《まほう》のツーはきっと、一枚の金貨なのだ。

量や価値に関係なく、解き放たれることで多くの誰かの命を救うことのできる、特別な金貨。

富める自分は今、それを手放さなければならないのだろう。

「フリンスダ。ぼくは考えるよ。リッケと約束したんだ」

夜風の吹き込む窓に足をかけて、ツーは真剣に言った。

「どうすれば……みんなを救えるのか。なにが一番いい方法なのか」

フリンスダは、小さく頷きを返す。

――怪物を解き放つことになる。

けれどその怪物こそが、恐怖の影が覆うこの世界で何かを見つけ出してくれるのかもしれない。

次に風が吹き込む時には、少女の形をした怪物の姿はない。

ひらひらと舞う白いカーテンは、魔法の残影のようでもある。

四　オーデ旧市街

遠《とお》い鉤爪《かぎづめ》のユノが六合上覧《りくごうじょうらん》の表舞台から離れて久しい。

柳《やなぎ》の剣《つるぎ》のソウジロウを黄都《こうと》へと引き入れた功績で弾火源《だんかげん》のハーディに雇われていたユノは、第三試合の直後、偶然にもハーディ陣営の機密を目撃した。共犯者となってしまった黒曜《こくよう》リナリスとともに逃走し、隠れ潜みながら、短くない時を過ごした。

そして第八試合の日、館に戻ってきたリナリスは、身体的にも精神的にもひどく消耗していた。今も回復していない。ただの子供であるユノに可能なことは、きっと少なかった。

それでも。ナガンが死に絶え、リチアが滅んで、六合上覧《りくごうじょうらん》の壮絶な動乱に巻き込まれる中で得てきたものはある——手の届かぬような強者達の存在を知れたということだ。

第十試合開始日まで八日。

ユノは再び、〝灰髪の子供〟と面会した。

「またお会いできて光栄です。遠《とお》い鉤爪《かぎづめ》のユノさん」

「ど、どうも……お久しぶりです、逆理《ぎゃくり》のヒロトさん」

おずおずと一礼する。黄都《こうと》市街の一角にあるこの事務所は、彼が所有する迎賓室なのだという。

ユノの隣には、頬のこけた男が座っていた。生気が薄く、大きな人形のようだ。他ならぬユノが伴ってきた男なのだが、素性については殆ど知らない。

「私は無垢《むく》なるレンデルト。お初にお目にかかる。逆理《ぎゃくり》のヒロト殿」

レンデルトは丁寧に一礼した。

ヒロトと接触するユノの動向や言動を監視するための、〝黒曜の瞳〟の工作員である。とはいえ黒い館での滞在中、ユノは彼の姿を一度も見たことがなかったし、レンデルトという名を聞いたこともなかった。

万一にも〝黒曜の瞳〟本隊の情報が暴かれることのないよう、このような他組織との接触に従事するための工作員なのかもしれない。それもユノの想像でしかないが――

ユノが考えを巡らせている間にも、ヒロトとレンデルトの会話は続いている。

「……しかし、ユノさんのご無事が確認できて良かった」

自分の名前を耳にして、ユノは反射的にヒロトの顔を見た。

ヒロトは穏やかに笑って言葉を続ける。

「第三試合の直後、姿を消してしまったという噂を聞いていたもので。例の狙撃事件の直後のことでもあります。何かの事件に巻き込まれたのではないかと心配で――」

「それは……まあ……」

実際に巻き込まれていたのだ。ユノは答えに窮した。

復讐《ふくしゅう》の炎に魂を焚《く》べ続けることを望んでいるのに、多くのしがらみが、そうさせてはくれない。

しかし、ユノの状況を説明するよりも優先すべきことはある。

「ヒロトさんこそ。厳しい状況の中お会いくださって、本当にありがとうございます。あの……私の情報が何か助けになるといいのですが……」

これも、レンデルトの受け売りでしかない。

オカフの傭兵《ようへい》と小鬼《ゴブリン》が連合したヒロト陣営は、ジギタ・ゾギの第八試合敗退によって政治的に大きな劣勢に立たされている。彼らが勇者候補としての庇護《ひご》を失った一方、対抗陣営の殆どを排除したロスクレイ陣営はさらに影響力を強めつつあり、人族《じんぞく》社会の異物である小鬼《ゴブリン》達は、将来的に黄都《こうと》から排除されることになるだろう。

——ユノとリナリスが持っている情報が正しければ、その未来はより確実になる。

「まずは、こちらの文書を見ていただけますか？」

「……なるほど。天言語《てんごん》で書かれた手紙みたいですね。読めなくはないのですが……やや苦手ですね。ユノさんの方からご説明いただけますか？」

「はい。これは城下劇庭園で、ハーディ将軍の部下が秘密裏に受け渡していた情報の写しです。私と……ある人が、暗号を解読して、その意図するところに気付きました」

ヒロトに向けて手紙の意味を説明しながら、かつてリナリスとともにこれを読み解いた日のことを思い出している。

柔らかな日差しの中で見る彼女は聡明《そうめい》で、美しかった。

その隣に座って、ユノ自身にもまた、知識を活《い》かす喜びがあった。ナガンは滅んでしまっても、ユノがそこで生きて学んできたことは無駄ではなかったのだと分かった。

　書簡はこのような文面で始まる。

〝大脳〟から〝脳幹〟へ。結果如何では〝末端切除〟の時期修正の必要有――

「……ここまでが、復元された文面から読み取れる内容となります。そして先程述べた理由で、書簡内で示されている〝大脳〟はハーディ。〝脳幹〟はロスクレイと解釈できるでしょう。そして〝末端〟はイリオルデ。ハーディ将軍はイリオルデ卿《きょう》と手を組んでいるように装っていますが、然《しか》るべき時を見計らってイリオルデ卿を切り捨て、ロスクレイ様の陣営に合流しようとしていますね」

「ありがとうございます。ユノさんの説明を聞く限りでも、その解釈が正しいように思えます」

「これは……両陣営の合流は、この黄都《こうと》を変えるために戦っているヒロトさんにとって、今後の方針に関わる重大な脅威のはずです！　すぐさま対処すべきではないかと……」

「これが実際に存在した文書であるという証拠はどこかにありますか？」

「えっ……えっ？」

「これを読んだ証拠を残さないために、手紙そのものではなく手紙の写しを取った。信じましょう。けれど私達が現物を確認できない以上、こうした文書は好きなように捏造《ねつぞう》できてしまう、ということになります。それでは情報の確度としては不十分です。人を動かすためには信頼が必要ですからね」

「う、それは……そ、その通り……です……」

　ユノはひどく恥ずかしい気持ちになって、テーブルに視線を落とすしかなかった。

六合上覧《りくごうじょうらん》そのものを揺るがしかねない情報を、ユノは確かに摑《つか》んでいたのだ。そうだというのに、ユノ自身に、それを取り扱うだけの器量が追いついていない。

「ですが、ヒロトさん。私の証言以上は……ありません。ハーディ将軍の陣営に証拠が発見されれば、その場で処刑されかねないことだと思って……信じて、くれないでしょうか……」

「信じますよ」

ヒロトは朗らかに笑った。

「あははは！　もちろん信じます。――ユノさんの言っていたことは、千一匹目《せんいちひきめ》のジギタ・ゾギが可能性の一つとして危惧していたことでもあります。ジギタ・ゾギですら確証を持てなかった話に、具体的な証言者が現れたのです。これは渡《わた》りに船ですね。ありがとうございます」

ユノは口を半分開いたまま、吐息のような声を漏らすしかなかった。

「え……はぁ……？」

「緊張させてしまいましたか？　申し訳ないことをしました。ユノさんはこの部屋に入ってからずっと、相手への言葉遣いや正確さや利害を気にしてくれていたと思うのですが――誠意が十分に伝わりさえすれば、相手方だって細かなことを追求したりしません。あなたの申し出を断る理由ではなく、助ける理由の方を探すようになる。ユノさん自身も危険な状況の中にあって、誰よりも真っ先に私を頼ってくれた。それだけでも、私がユノさんを助ける十分な理由になります」

逆理《ぎゃくり》のヒロト。この男は、ユノの知る柳《やなぎ》の剣《つるぎ》のソウジロウと同じく、〝彼方《かなた》〟の条理を逸脱した〝客人《まろうど》〟の一人だ。だが実際に対面してみれば、その強さの性質はソウジロウのそれとは全く異な

るものであることが分かる。

ソウジロウの逸脱が人を恐れさせる強さだとすれば、ヒロトの逸脱は人を魅了する強さだ。

「そちらの誠意は、十分に受け取りました。利害の話については……レンデルトさん。あなたの方から伺いましょうか」

「ええ」

レンデルトは口を開いた。ユノとは対照的に、ずっと落ち着き払っているように見える。ヒロトとの交渉がこのように運ぶことを、彼は初めから予期していたのだろうか。

「我々の素性に関しては、改めて説明するまでもないでしょう。私は〝黒曜の瞳〟七陣前衛、無垢《むく》なるレンデルト。人間《ミニア》です」

種族を強調して名乗ったレンデルトの意図は、ユノには知る由もないことである。

〝黒曜の瞳〟は血鬼《ヴァンパイア》が率いる従鬼《コープス》の集団である。彼女らは従鬼《コープス》からの感染によってその支配を広げることが可能だが、そうした危険性故に、このような交渉の席に立つ際には、相手方の安全の保証が必要となる。

無垢《むく》なるレンデルトはそのための人員であった。空気感染のウイルスの保有者であるリナリスとは一度も顔を合わせることなく、自らは未感染のまま組織への忠誠を保ち続けている。

「ヒロト様にとって……〝黒曜の瞳〟が許しがたい、憎むべき仇《かたき》であることは承知しています。私の首でよろしければ、いくらでも差し出しましょう。ですが今、黄都《こうと》は一つの巨大な怪物となりました。誰かが立ち向かわなければ、彼ら以外の誰一人として、勝利することはできません」

「……」

ヒロトは笑みを崩すことこそなかったが、底にある感情は窺えない。
窺えなくなった、と言うべきだろうか。先程ユノへと笑いかけてくれた時には、確かに本心を垣間見せてくれたように感じたのだから。

「ロスクレイ陣営が勝利し勢力図が固定されてしまうまで、猶予は長くありません。ヒロト様の陣営が劣勢にあるというなら、我々はあなた方と関わりのない影の行動者として、現状の盤面を動かすことができます。これから黄都《こうと》で起こる巨大な紛争のために、〝黒曜の瞳〟を雇っていただく。……それが、我らの主の望みです」

「待って！」

ユノは思わず立ち上がった。

「そんなことは聞いていません！　私の要求は……すぐにでも治療が必要な、重体の患者がいます！　ハーディ様のところにいた時、調査結果を聞かされました！　移《うつ》り気《ぎ》なオゾネズマは優秀な医師で、ヒロトさんと繋がりのある勇者候補だって……！　私はヒロトさんに、友達を助けてもらうために来たんです！」

「――ユノさんよりも後に、私は主からの指令を受けていました」

ユノの叫びを遮って、レンデルトははっきりと通る声で言った。

「ユノさんが情報と引き換えに〝灰髪の子供〟の助力を得るつもりなら、命よりも組織の存続を選んでほしいと。主が死んだ後であれば、ヒロト様も〝黒曜の瞳〟を受け入れやすくなるはずです」

「……親個体が死ねば、あなた方が外から操作されることはない。そう言いたいのですね？」

ユノには分からない何かを納得したかのように、ヒロトが返す。

耐えがたいことだった。

「逆理《ぎゃくり》のヒロトさん！」

ユノは怒りをぶつけたくなった。心の奥底にある狂気と憎悪に任せて言葉を叩きつけてしまえば、強者に立ち向かう恐怖を噛《か》み締《し》めずに済む。

心の中身をありのままにぶつけてしまえば、もしかしたら、全てが上手くいくかもしれない。

「……！　ヒロト、さんは」

大きく深呼吸をした。

「今しがた、仰ったはずです。交渉に必要なのは利害や正確さではなく……誠意なのだと。ならば私が……ヒロトさんから見て、誠意を以てこの席に臨んでいるように見えたのだとしたら。そ、それは――友達の命を助ける話だったからです」

考える。考える。

衝動に突き動かされるままでいるなら、今までの自分と全く同じだ。

復讐の炎に魂を焚べ続けることを望んでいる。そうできていないのはなぜか。

強者の抑圧から抜け出したいがあまりに、その場の衝動に全ての選択を委ねてしまっていたからだ。

その結果が今だ。復讐したい相手からはどんどん遠ざかって、ユノ自身が望んでいたようなことは叶えられず、何もかもが状況に流されるままだ。

自分自身の思考で、行く先を決めなければいけないのだ。

たとえリナリス本人の願いなのだとしても、曲げるわけにはいかない。

「レンデルトさんの申し出だって、とても切実な問題なのだと思います。けれどこの情報を入手して解読したのは……私と、その友達です。この席に直接赴いて、ヒロトさんと言葉を交わしている私の頼みを……聞いていただきたいのです。お……お願いします。どうか……」

深い呼吸とともに、頭を深く下げる。

激情の爆発を最後まで起こさずにいられた。

ユノ自身にとっては、信じられないことだった。

「ヒロト様。我々は信頼とは最も縁遠い組織です。故に交渉は利害を以て行う他ありません」

ユノの感じている緊張や恐怖とはほとんど対照的に、レンデルトは冷静だった。

「お察しの通り、ユノさんの救いたい患者というのは、我らの主のことです。彼女をご助命いただけるのであれば、それは望むべくもないこと。〝黒曜の瞳〟は、誠意をもってあなた方に尽くすことを誓いましょう。しかし、命か〝黒曜の瞳〟か。その選択権はヒロト様にあることも承知しています。いずれか一つを選ぶのであれば、〝黒曜の瞳〟を。無論この取り引きの内容は、他の構成員も知りませんし、私から他言することはありません」

リナリスの死を待ってから〝黒曜の瞳〟を引き入れる選択肢が存在する。

話の流れだけでも、それがきっと極めて重要な要素になるのだと分かる。

ヒロトは答えた。

「〝黒曜の瞳〟は盟友の仇です」

応接室は、水を張ったような静寂に満たされていた。

ヒロト自身が発した憎悪の重みを、ユノも、レンデルトも感じていた。

しかしその空気も、まるで錯覚のように消える。

「ですが、この状況を作り出したのも、その盟友自身です。難しく考えることはありません。とどのつまりは、私のもとに助けを求めに訪れた者と……仲良くするか、仲良くしないか」

ヒロトはその言葉とともに、カップを置いた。

立ち上がり、ユノ達へと手を差し伸べる。

不倶戴天《ふぐたいてん》の〝黒曜の瞳〟へ差し出された握手であった。

「お二人の願いを、叶えましょう」

◆

ジギタ・ゾギが死んだあの日、偶然の流れが逆理《ぎゃくり》のヒロトを救ったかのように見えた。

それは違う。

〝黒曜の瞳〟は、戦乱の中でしか生きられない破綻者達であった。

故に彼女らの目的は、彼女らが生き続けるための、戦乱の世界を作り出すことにある。

そのための戦略は、千一匹目《せんいちひきめ》のジギタ・ゾギの排除と、それに続く大量感染によるヒロト陣営の支配。哨《みはり》のモリオや逆理《ぎゃくり》のヒロトをはじめとした陣営の首脳陣を操作し、黄都《こうと》と新大陸との長きに渡る冷戦状態を人為的に作り出すことこそが、〝黒曜の瞳〟の勝利ということになる。

しかし、その戦略は潰《つい》えた。黒曜《こくよう》リナリスは千一匹目《せんいちひきめ》のジギタ・ゾギを相手に勝利を収めながら、彼の最後の策謀によって、戦略の変更を余儀なくされた――

ならばジギタ・ゾギの最後の策謀とはなんだったのか。

――ほんの一時、自分が本当は生きているのではないかと疑わせること。それは本質ではない。ジギタ・ゾギが生きており、全てが計画の内にあるという疑念の影を植えつけることで、支配の戦略を続けることの危険性を引き上げることが、真の狙いだ。

進むべき道が危険であると分かってしまえば、安全な道へと逃げ込むしかなくなる――逃げ道の存在に気付くことができる、聡《さと》い者ほどそうするしかない。

逃げ道とは、〝灰髪の子供〟の陣営との共闘関係を結ぶということ。

ハーディの策謀が実を結べば、黄都《こうと》において大きな軍部政変が必然的に発生する。その結果がどちらに転ぶにせよ、黄都《こうと》とヒロト陣営との緊張は大きく高まることになるだろう。

長い戦乱ではないかもしれない。いずれ切り捨てられるだけの雇用関係に過ぎないかもしれない。

しかしそれは、〝黒曜の瞳〟が望み続ける、彼女らが生きるべき戦場そのものでもある。

本当の罠《わな》とは、最善手を遂行しながらも脳裏から振り払えぬ、次善の策だ。

黒曜《こくよう》リナリスは、千一匹目《せんいちひきめ》のジギタ・ゾギの戦略を理解したが故に降伏を選んだ。

死という一手が、勢力図の全てを変えることがあり得る。

戦術の要であるジギタ・ゾギを失ったヒロト陣営は、〝黒曜の瞳〟のような実働部隊を確実に必要とする。そして逆理《ぎゃくり》のヒロトが生存している限り、敵対している相手を味方につけることができる――ジギタ・ゾギはそう信じていた。

ヒロトも、終わらないと信じていた。故に哨《みはり》のモリオを黄都《こうと》入りさせ、黄昏潜《たそがれもぐ》りユキハルに調査を継続させ、必ず訪れる好機に備えていた。

その時を信じて待つだけで良かった。

（――私は負けてはいないぞ。ここからだ。ジギタ・ゾギ）

まだ戦い続けることができる。

（信頼こそが、何よりも強い）

五　ヤトマイース駐屯地屋内訓練場

第十試合開始日まで、残り五日。

この日、いずれの部隊の利用予定も入っていない屋内訓練場が一つあった。

珍しいことではない。単純な偶然の一致である。しかしその偶然を利用して、この施設を使う者が二人存在した。黄都《こうと》第三卿、速《はや》き墨《すみ》ジェルキ。そして黄都《こうと》第二将、絶対《ぜったい》なるロスクレイ。

「ちょうど、他の誰かの目が欲しかったところです」

ロスクレイは、白と黄を基調とした軽装である。

ジェルキを呼び出したのは作戦決行に向けての軽い確認事項のためだったが、訓練の様子を見てもらうためでもあった。

「自分では上手く動けているつもりでいても、傍《はた》から見て違和感があるようなら、十全とは言えませんので」

ジェルキは、訓練場の端の椅子に座っている。僅かに眉根を寄せた。

「……今、十全に戦闘できる状態なのだとしたら……治療にもっと時間をかけるべきだった。医者からはそう言われなかったのか」

「言われました」

第四回戦で破壊された両脚の再建のためには、あらゆる手段を尽くさなければならなかった。四肢丸ごとを急速に再生させるだけでも、相応の細胞寿命を消費することになる。治療時間と引き換えの副作用もある。歪んで再生した部位は切除する必要があった。そうして切除した傷に、再び生《せい》術《じゅつ》を施すのだ。

専属生術士《せいじゅつ》達がそのような治療法を勧めたわけではない。ロスクレイ自身が望んだことである。

「それでも、最善を尽くしますよ。試合開始の当日に絶対《ぜったい》なるロスクレイが戦えないなどということは、万が一にもあってはいけませんから」

「……万が一にもその試合を起こさないようにすることが、私の仕事だ」

ジェルキの答えを聞いて、ロスクレイは小さく微笑む。

「いずれにせよ、黄都《こうと》が大きく動きます。私も仲間に任せてばかりではなく、あらゆる可能性に備えるべきです。見ていてください」

ロスクレイは片手を前に差し出して、ごく小さな布片を指先から離した。

真下に落ちる。

長剣を顔の真横に立てるようにして構えている。

何気ない日常動作からの戦闘姿勢への移行は、瞬きのように自然で、速い。

「ふ」

短い呼気とともに踏み出し、斜めに切り下げる。

強撃とも呼ばれる、長剣のごく基本的な技巧であった。

宙に舞うほどの面積もない、親指の先ほどの布片は、落下よりも早く二つに割れた。

「――どう見えますか？」

ロスクレイは、床に落ちた布片を拾った。正方形の布片が、ちょうど中心線で分割されている。

「私には、君達武官のような戦闘経験はない」

ジェルキはやはり、険しい顔のままで評する。

「……だが、素晴らしいと思う。以前までの君と全く同じだ」

「戦闘経験のないあなただからこそです。……これで、万全」

絶対《ぜったい》なるロスクレイの剣は、ただ強いだけのものであってはならない。何も知らぬ素人から見ても美しいものでなければならなかった。

例えば柳《やなぎ》の剣《つるぎ》のソウジロウの技は、ある程度以上の強者ならば誰もが最強と認めるものだろう。しかしそれは、常人からすれば奇怪に過ぎる――ともすれば醜い剣に見えるはずだ。

「もう一度言うが、ロスクレイ。戦うつもりで臨むべきではない。第十試合は開催しない。柳《やなぎ》の剣《つるぎ》のソウジロウから棄権の申し出があったと告知して、ソウジロウを失格させる手筈《てはず》だ。擁立者のハーディが離反してしまえば、〝客人《まろうど》〟であるソウジロウに抗議の手段はない」

「……ええ」

初めから計画されていたことである。ロスクレイと対戦するこの時点で脱落させることを見越して、ハーディは来訪して間もない〝客人《まろうど》〟を勇者候補として擁立した。

柳《やなぎ》の剣《つるぎ》のソウジロウはこの世界で、他に頼る術を持たない。加えてオゾネズマとの第三試合で片脚を喪失した彼は、生かしたとしても今後の脅威にはなり得ない。

「しかし、彼自身が六合上覧《りくごうじょうらん》を戦えなくとも、他の勢力が利用しようと考える可能性はあります。ソウジロウに他の二十九官や〝灰髪の子供〟……あるいは旧王国主義者が接触する可能性は？」

「白織《はくしょく》サブフォムがロモグ合同軍病院を見張っている。あの病院には我々の情報統制も効く。ソウジロウに何らかの接触があれば、確実に摑むことができるだろう。我々の対応に不安があるなら言ってほしい」

「……確かに。念のためとはいえ、少々失礼な物言いをしてしまいましたね」

先程と同じ完璧な微笑みを浮かべてみせるが、この笑みは半ば自嘲的なものだ。

(絶対ではない)

絶対《ぜったい》なるロスクレイは、徹底した慎重さで、時に臆病なほどにことを進める。

そのように思われている。

だが、ロスクレイは自覚している。それは自らの保身に関する事柄に限ったことでしかない。

自分が本当に全ての事柄において慎重を期す性質であったなら、イリオルデに冬《ふゆ》のルクノカを討伐させ、反乱を起こさせる大規模な策は、実行に移すことすらできなかったはずだ。

ロスクレイが真に徹底するのはいつでも、恐怖を遠ざける策だった。破城《はじょう》のギルネスを心理的に追い込み、キアの詞術《しじゅつ》を封じるための水を撒《ま》き、六合上覧《りくごうじょうらん》の試合表を操作して、安全な相手とのみ戦うように仕組む。

正体を知り、志を同じくする仲間に対しても、真の姿を曝け出しているわけではない。

（――何かが欠けている。私は、まだ怖い）

第十試合開催当日に、イリオルデは反乱を実行する。ハーディがそのように事を運ぶ。

王宮攻撃を含む大規模政変は、歴史に刻まれる事件となるだろう。それは絶対《ぜったい》なるロスクレイの試合という大興行すら塗りつぶして余りある。何よりも運営側として六合上覧《りくごうじょうらん》を操作する自分達が、試合を開始することはない。規則上も、擁立者を失ったソウジロウが今後試合を行うことはあり得ない。第十試合はロスクレイの不戦勝となる。

「警戒すべき者がいるとすれば、オカフ自由都市だが――」

ジェルキが、開いた手で眼鏡の位置を直す。

「彼らがイリオルデ陣営と接触している可能性はない。ハーディが流している情報だけでなく、こちら側で送り込んでいる間諜《かんちょう》の報告からもそれは確実だ。しかしイリオルデ陣営は、元よりオカフのような反黄都《こうと》の者達を取り込んできた勢力でもある。イリオルデが大きく動いたことを見て、オカフが独自の判断であちらに味方する可能性はあり得る」

「そうですね。私が引っかかっている点の一つは、〝灰髪の子供〟です」

逆理《ぎゃくり》のヒロト率いるオカフがイリオルデに与《くみ》したとすれば、その討伐は予定よりも僅かに手間取るはずだ。とはいえ、オカフ傭兵の大半は六合上覧《りくごうじょうらん》初期に〝黒曜の瞳〟が関与したと思われる連続死を境に自由都市へと帰還している。ヒロトの私兵である小鬼《ゴブリン》軍だけでは、どれほど上手く運用したとしても、戦争のような大局を動かすには至らないだろう。

むしろロスクレイとしては、彼らがイリオルデ陣営に与することを期待していた。王に刃を向けるのであれば、イリオルデ共々、正当性を以て彼らを討伐することができる。

(だから、逆理《ぎゃくり》のヒロトは動かないはずだ。……動く理由も、利得もない)

ならば、他に脅威となる敵はいるのか？

旧王国主義者には既に戦力自体がない。〝黒曜の瞳〟の詳細な情報は不明だが、徹底した従鬼《コープス》の検査と、追加生産した抗血清による備えがある。即座の行動はできないはずだ。

「……第十試合当日のことを考えていました」

考えても無意味かもしれない、と思う。

「当日に不測の事態が起こった時、あなたが即座に動くことは、恐らくできないでしょう。試合中止に伴って発生する事務作業は、事前準備を差し引いたとしても莫大なものになる。何かが起こったとして、あなたが対応することのできない唯一の機会……この日だからこそ、イリオルデ達を釣り出すことができるのですから」

「事務作業と並行して、あらゆる事件の対処に全力を尽くすつもりでいる。六合上覧《りくごうじょうらん》の成功と女王の身の安全に比べれば、どれほどの仕事量になろうが、たかが一日の業務だ」

黄都《こうと》転覆を目論《もくろ》むイリオルデ陣営への対処は、女王の身柄を直接的に左右する作戦でもある。

ジェルキは、間違いなく全力を尽くすだろう。

「ありがとうございます。そう言ってくれると信じていました」

そう答えて再び、剣の鍛錬に戻る。

足運び。手捌《さば》き。呼吸。

ロスクレイは独闘でそれら全てをこなしながら、同時に脳を回し続ける。

(全てを疑うべき六合上覧《りくごうじょうらん》にあって、ジェルキは数少ない、信頼の置ける仲間だ)

信頼こそが、最も強い力だ。ロスクレイがここまで勝ち続けていられたのはジェルキの協力があってこそだし、ここから先のことについてもそうだろう。

(……だから、切り札をここまで温存した。私が、あの男を動かせるということを)

◆

柳《やなぎ》の剣《つるぎ》のソウジロウがロモグ合同軍病院に入院している期間は、もしかしたらそれ以前に黄都《こうと》で過ごした期間よりも長いかもしれない。

計算上はそこまで長い日数ではないはずだが、少なくとも、ソウジロウの体感時間はそうだ。

移り気《うつりぎ》なオゾネズマとの死闘はソウジロウにとって何もかもが初めての経験だったが、それと引き換えに右脚を失い、動くことのできない退屈を強いられている。これも初めての経験だった。

後悔はしていないが、物足りないとも思う。

「フハハハハハ！　毎日毎日、窓から何を見ている！　柳《やなぎ》の剣《つるぎ》のソウジロウ！」

隣の病床から、男の大声が響く。

黄都《こうと》第十二将、白織《はくしょく》サブフォムという患者だ。凹凸のない鉄板で顔面を覆っているのは、皮を鼻ごと削がれたためである。

「貴様、そこまで黄都《こうと》の街が恋しくなったか！　嬉しいぞ！」

「オメェは毎日うるさすぎなんだよ。絶対退院できるだろ……」

サブフォムもソウジロウと同じく傷病を癒やすべく入院しているはずだったが、負傷部位が顔のみであるためなのか、むしろ健常者以上に生気に満ち溢《みあふ》れている。

星馳《ほしは》せアルス襲来にあたっては、市民の救出を行うべく先陣を切って大火へと飛び込んでいったのだという。明らかに傷病者扱いするべきではない。

「どれ。何度見たところで同じ景色ではないのか？」

「いや……店が広告用の気球を上げてンだろ。いろんな柄があるなあって思ってよ。この世界の連中は文字が読めねェんだったか？」

「おお、そういえば〝客人《まろうど》〟は文字をよく使うのだったな！」

サブフォムは驚いたように叫んだ。

とはいえ、驚こうが驚くまいが、この男の発声は常に大袈裟なほど大きい。

「――特に大きな商店は、固有の色の組み合わせで広告や看板を出すのだ。印章よりも遠目から判別できて、気球に記したとしても、どの方向からでも分かる利点があるということだ！　確か、色の組み合わせは議会への申請が必要だったかな。とはいえ、色の組み合わせを除けば気球に施す図柄は自由だ。個性的で凝った図柄も多い」

「文字がありゃ一発なのに、面倒くせえ仕組みしてんな」

「全ての商店が使える色もある。例えば赤一色ならば、商品の三割以上で、二割引き以上の安売りをしているという印になるわけだな！　役に立ったか!?　フハハハハハ！」

「ああー……ありがとよ。退院したら、まあ、買い物もするかもだしな」

サブフォムは剛毅《ごうき》で世話焼きな男だが、常に言動が暑苦しいという欠点があった。

ソウジロウにとっては耐えられないほどではなかったが、他の入院患者が同室したとすれば、心労でますます病状が悪化しそうだ。事実、いつか共闘した静寂《せいじゃく》なるハルゲントは、サブフォムが同じ病棟に存在するというだけで相当に参っていた。

（……そういや、ハルゲントのオッサンはどうなっちまったんだかな）

あの日以来、ハルゲントはロモグ合同軍病院にも戻っていない。

宿敵である星馳《ほしは》せアルスに戦いを挑み、倒し、名声を得た。

全てがハルゲントの望んだ通りの結果になったはずだった。

だが、その後はどうなったか。

（性に合わねェな）

戦って倒せないような何かが、真綿で首を締めるようにソウジロウの状況を狭めていると感じる。

暗殺の恐れを感じているわけではない。むしろ逆だ。以前ユノから聞いた話によれば、生術《せいじゅつ》で治療できるほど患者を熟知した医師であれば、生術《せいじゅつ》の直接行使による殺傷も容易なはずだが、ここにはそうした攻撃の気配すらなかった。

退屈のあまりそうした襲撃を期待していたこともあったが、実際に起こったとしても、勝負にすらならなかったかもしれない。詞術《しじゅつ》の言葉が届く距離は、ソウジロウの一刀の射程内でもある。

……だが攻撃に対する究極の直感も、攻撃しないことに対しては働かない。

病院の外で情勢が激しく動いていても、この病院まで危害が及んだことはなかった。

患者の不安を煽《あお》らぬようにとの配慮なのか、黄都《こうと》で発生した事件の噂も大半は届かない。

平和過ぎる。

「なあ。サブフォム。次の試合はいつ始まる。俺はいつ戦えばいい」

「その日が近づけば告知もあるはずだ。何しろロスクレイも重傷を負っている！　互いの完治を待って対戦するほうが、貴様にとっても公平だろう！」

「……。いいや。あと五日だ」

「ほう、よく分かるものだな！」

「ロスクレイとやらの試合なんだろ。噂してる連中はいくらでもいるぜ」

柳《やなぎ》の剣《つるぎ》のソウジロウを六合上覧《りくごうじょうらん》から排除しようとする、目に見えない力がある。

だが、漠然とそれを理解していても、戦いを挑むことができるわけではない。

第二回戦に、正常に成立した試合は一つも存在しない。

――第十試合は開始しない。

第十試合開始日まで、残り五日。

◆

黄都《こうと》とは、中央王国の王都が、三王国の併合に伴い姿を変えた都市である。長い歴史を経た市街のどこかに、黄都《こうと》議会の記録にすら残されていない旧《ふる》い時代の構造が残っていたとしてもおかしくはないし、事実、都市開発の結果そうした地下構造や遺構が再発見された例がいくつもある。

そして中央王国時代からの構造を利用することにかけては、イリオルデ陣営よりもヒロト陣営よりも〝黒曜の瞳〟よりも、最も長《た》ける組織がいた。旧王国主義者である。

かつての黄都《こうと》第四卿、円卓《えんたく》のケイテは、第六試合にて勇者候補であったメステルエクシルを強奪され、軸《じく》のキヤズナとともに〝黒曜の瞳〟の追撃から逃亡する中、半ば脅迫めいたかたちで旧王国主義者にその身柄を確保された。

彼は今、他の旧王国主義者の軍勢とともに、地下水道跡にいた。

いつの時代の遺跡かも分からない。使われなくなって久しいものだが、壁面には加工された凝灰岩が敷き詰められており、多数の兵が生活可能なだけの空間もあった。

もっともその暮らしは、ケイテにとって到底生活と呼べる水準に達するものではない。

「なんだこのパンは……!? ほとんど木の塊じゃあないのかッ! 生地が完全に詰まっていて膨らんでないぞ……！」

「食い物に文句つけんじゃねェよ、バカ弟子が」

隣のキヤズナは毒づくケイテを横目に、ガツガツとパンを平らげていた。

そんな食べ方をすれば歯の一、二本は欠けそうな硬さだったが、齢《よわい》八十を超えているであろうこの老婆は、この年まで全ての歯が健在である。

「昔から好き嫌いが多すぎンだお前は！　甘ったれた生活しやがって」

「婆《ばあ》ちゃんが野蛮すぎるだけだろう！　工術士《こうじゅつ》のくせになんでこんな暮らしに慣れてるんだ⁉」

「長いこと魔王やってたからだよ！」

拠点や食糧事情だけに留まらず、旧王国主義者の置かれた状況は悪い。

かつての旧王国主義者には強大な指導者として破城《はじょう》のギルネスが立ち、異相《いそう》の冊《ふみ》のイリオルデや逆理《ぎゃくり》のヒロトといった強大な後ろ盾による支援が行われていた。

しかしヒロトは六合上覧《りくごうじょうらん》に参戦するための仕掛けとして旧王国主義者のトギエ市蜂起を利用し、イリオルデもまたその結果を受けて、組織として急激に弱体化した旧王国主義者を見捨てるかたちで支援を打ち切った。それどころかイリオルデは、反黄都《こうと》を目的として活動していた者の多くを吸収していったのだという。

すなわち、今に至ってもこの軍団に残っている者は、意地と信念だけで勝ち目のない戦いに食らいつこうとする、無謀な抵抗者ということになる。

「くそっ……勝てると思うか、婆ちゃん」

ケイテは、自分達と同じように地下水道に並んで座り食事を取っている、薄汚れた一団を見渡した。

「何にだよ」

「何もかもだ。どんな計画だろうと成し遂げられる気がしない。婆ちゃんの造った機魔《ゴーレム》で黄都《こうと》を襲撃するとして、どこを攻め落とせば勝てるのだ？　こいつらが何を主張しようが、ロスクレイが牛耳った黄都《こうと》の風向きを変えられるとも思えん」

裏を返せば、旧王国主義者がこれほどまでに弱体化していること自体が、絶対《ぜったい》なるロスクレイの凄《すさ》まじさの表れともいえる。

彼らは黄都《こうと》による印象操作戦略として旧王国主義者と名付けられているが、本来の姿は、彼らが自称する通りの王国軍だったはずだ。中央王国時代の、強大を誇った王国軍そのものである。

西連合王国から招き入れた女王セフィトを戴《いただ》く三王国併合にあたり、その決定に反発し、王国軍を二つに割った軍部の強硬派が、旧王国主義者の原型となった。

〝本物の魔王〟の時代から、彼らは本来の王国の姿を取り戻すべく、黄都《こうと》を切り崩そうと幾度も攻撃を試みていた。しかしそのたびに、切り崩されていくのは旧王国主義者の側であった。

黄都《こうと》の成立過程に鑑みれば一定の正当性があったはずの彼らの主張も、黄都《こうと》を揺るがすことができなかった。恐怖の時代にあって、民は正当性よりも英雄に縋《すが》った――絶対《ぜったい》なるロスクレイに。

およそ人倫に属するもの全てを踏みにじって憚《はばか》らぬケイテといえど、その事実がどれほど大きな意味を持つのかは理解できる。この旧王国主義者が絶対《ぜったい》なるロスクレイに挑んだところで、勝算は皆無に等しい。

つまりケイテ達が旧王国主義者達のもとに身を寄せている理由は、黄都《こうと》を覆すためではない。

「どうしようもねェ連中だからこそ、こっちから馴染《なじ》んでやる必要があるのさ」

キヤズナは、支給された干物を齧《かじ》る。

「食い物は同じモンを食べて、服も同じモンを着る。たったそれだけでも、アタシらを仲間だと思い込んでくれるもんさ。他の連中からは負け犬扱いしかされてねェんだからな——何もねェところから部下を増やす方法ってやつだ。だからお前も我慢しろ」

「そうは言うがな、婆ちゃん」

軸《じく》のキヤズナが人族《じんぞく》の配下を率いた話など、一度も聞いたことがない。

「そういう馴染み方は、負け犬に仲間だと思われるってことだぞ……。そいつらの誰かが婆ちゃんにナメた口を利いたらどうするんだ」

「ブッ殺す！」

「……そうだな」

ケイテは、むしろ穏やかな目でキヤズナを見た。

軸《じく》のキヤズナは、本質的に人族《じんぞく》に敵対的な存在である。

「——だがな。子供の命が懸かってるンなら話は別だ」

既に干物も食べ終わっている。キヤズナの食事は昔から速いが、旧王国主義者と合流してからの振る舞いには、別の感情も垣間《かいま》見《み》えるような気がした。焦りだ。

「このクズどもを利用して……メステルエクシルを取り返す。どうせ戦争の役には立たねえんだ。

アタシらが有効活用してやろうじゃねェか。エエッ？」

ケイテもキヤズナも、元より中央王国の復権などという話に興味はない。

勝ち目がない以上、黄都《こうと》を覆しケイテが権力を再び取り戻す筋書きも非現実的だ。

それでも、メステルエクシルを取り返すという一つの目的には活用できるかもしれない。

旧王国主義者にそれができるのならば、キヤズナのみならずケイテにとっても、多くの問題を解決するための突破口となるはずだ。

「そうだな婆ちゃん。こいつらを〝黒曜の瞳〟とぶつける。乱戦の隙を突いてメステルエクシルの核となる造人《ホムンクルス》を一度破壊して、血鬼《ヴァンパイア》の支配から制御を取り戻す……」

自分達の計画を改めて口に出して、どうしても考えてしまう。

「……そんなに上手く運ぶものか？」

「ヘッ、他に手段があるってのか？　アタシとお前の二人でメステルエクシルを押さえようとしたって、絶対に二人ともブッ殺される！　しかも〝黒曜の瞳〟には、アタシらを追ってきた連中の他にも従鬼《コープス》がいやがるはずだ」

（メステルエクシルは絶対に必要だ。……俺は科学技術による黄都《こうと》の改革を諦めたわけじゃない）

窮知《きゅうち》の箱《はこ》のメステルエクシルは、ただ最強であるだけの勇者候補ではない。大陸を滅ぼして余りある戦略兵器だ。〝彼方《かなた》〟の兵器について十全な知識を持たぬ〝黒曜の瞳〟の下では、恐らくその全性能の二割も発揮できないはずだ――そうだとしても、六合上覧《りくごうじょうらん》を最後まで勝ち上がる程度の戦力にはなるのかもしれないが。

再びメステルエクシルの制御を取り戻せるのなら、今度は穏当に進める必要も、真価を伏せる必要もない。その札一枚でも黄都《こうと》から大きな譲歩を引き出せる自信が、ケイテにはあった。

「問題は、黄都《こうと》の情勢が今どうなっているかだ。情報が少ない……！　例の魔王自称者アルス襲来にしたところで、本当にあの星馳《ほしは》せアルスが復活したと考えていいのか？　ハーディ辺りの派閥との戦闘被害を、ロスクレイがそのように発表しているだけかもしれん。旧王国主義者どもの動きを誘導するにしても、ある程度正確な情報源がなければ……」

その時点で、ケイテは言葉を止めた。

自分達に向かってくる者がいる。会話内容を聞かれる距離ではなかったはずだが。

「摘果《てっか》のカニーヤだ」

「分かってる」

カニーヤは現在の旧王国主義者を率いる、事実上の指揮官であった。

この場にいるどの男よりも逞《たくま》しい筋骨と長身は、遠目からでも目立つ。

「円卓《えんたく》のケイテ。保存食は口に合いませんか」

まだ半分近く残っているケイテのパンを見て、カニーヤが笑う。

もっとも、この女の表情は常に笑んでいるように見える。心と表情が連動していない。

「ああ、口に合わんな」

ケイテは、ほぼ反射的に返答していた。

「半死半生の貴様らに温情で手を貸してやっている相手に、この扱いは一体どのような了見だ？

こっちの干物など、人というより蟻《あり》の餌だ」

「他の者と全く同じものが支給されています。黄都《こうと》と違い、我々は平等を旨としていますのでね」

「ほーう。ならば俺達も一兵卒と変わらぬ仕事で応えて構わんということだ。無論、貴様ら旧王国主義者の、蟻の如き一兵卒の程度に合わせるがな」

「これは失礼しました。我らの援助が気に障ったのであれば、蟻の巣穴から出して日の当たる地上に送り届けてもよろしいのですがね？」

「貴様ら旧王国主義者は前々から気に食わなかったのだ。この場で叩《たた》き切《き》ってから――」

「そろそろやめろケイテ、このバカ」

キヤズナは、ケイテの頭を無遠慮に叩いた。

「なんで毎度毎度抑えが効かねえんだ」

「痛い！　なぜ頭なんだ！」

「ケッ。これ以上悪くなる頭でもねェだろ」

気に食わない相手に阿《おもね》ることができない。血の繋がりこそなかったが、その点でケイテはキヤズナの性質を強く受け継いでいた。

ケイテとキヤズナは、依然として黄都《こうと》から指名手配されている。旧王国主義者の土地勘がなければ今頃はロスクレイ陣営に逮捕され、人知れず始末されていたかもしれない。あるいはそれよりも早く〝黒曜の瞳〟に口封じをされ、従鬼《コープス》にでもされていたか。

「くそっ……本題を言え摘果《てっか》のカニーヤ。無意味な用件でその不愉快な面を見せに来ただけなら、俺は本当に斬首するぞ」

「決起の日時を伝えようと思いまして」

「フン……どうせ最初から第十試合当日に事を起こすつもりだろう。捻《ひね》りのない作戦だ」

「ええ。ご明察です」

「明察なものか。この程度」

片頬《ほおづえ》杖を突いたまま、不機嫌に呟く。

数は少なくなったとはいえ、これだけの数の旧王国主義者が何の行動予定もなく地下に潜伏して備えているというのは考えづらいことだった。遠からず何らかの作戦を決行する予定があると判断すべき状況である。第十試合開始まで四日に迫った今になってケイテとキヤズナへの伝達が行われたのは、恐らく外様《とざま》である彼らから情報が漏れるのを警戒してのことだ。

「ロスクレイの上覧試合では、大量の黄都《こうと》市民が、決まった時に決まった場所へと一斉に動く。予測が容易なその流れに乗じて兵力を送り出せる上に、試合場を標的にすれば大量の市民を攻撃に巻き込むことができる……稚拙な連中め。黄都《こうと》軍がその程度の事態を想定していないはずがあるまい」

「民を攻撃する、というのは心外な表現ですね。我々はあくまで民を黄都《こうと》議会の支配から解放するために活動しています」

「そうか。結構なことだな」

言うまでもなく、ケイテは悪意を込めてそのような表現を用いている。

旧王国主義者のみならず、自分以外の二十九官の殆どもそうだったが、彼らはまるで正義のため、他の誰かのために暴力を振るっているかのように言う。

（くだらん欺瞞を）

嘘をつくこと自体が許せないのではない。すぐにバレる嘘をつくことが許せない。

ケイテには正義や民のために奉仕する心は欠片もなかったし、正直にそう振る舞ってきた。黄都《こうと》転覆の計画を進めていたのも、あくまでケイテ自身にとって合理的な世界を構築するためだ。

無意味な嘘で遠回りを続ける彼らのやり方では、千年経っても世界は変わらないままだろう。

「——ともあれ、私としても試合中の城下劇庭園を攻めるのは無謀な考えだと思っていました。配下の中には、ギルネス将軍の仇であるロスクレイへの報復を望む声は少なくなかったのですが……珍しく意見が合いましたね」

「何も嬉しくないぞ」

「結果としてですが、城下劇庭園への攻撃案は却下されました。試合は行われないからです」

「……なんだと？」

確かに、六合上覧《りくごうじょうらん》の性質を考えれば、不測の事態による試合中止の可能性は常にあり得る。

特にロスクレイは、第四試合で重傷を負った身だ。傷の程度については公表されておらず、二十九官時代のケイテでも十分に探ることはできなかった。

故に旧王国主義者に過ぎないカニーヤが、ケイテが知らぬ試合中止の話を始まる前から断言できるのは、奇妙なことだった。

「第十試合が中止になるのだとしたら、なぜ俺やキヤズナがその情報を知らない？　そんな話は一般市民にも届くように告知しなければ意味がないぞ」

「何かが起こる予定ってことだろうよ」

隣のキヤズナが、吐き捨てるように呟く。

「あるいは、何かを起こすか、だ」

「仰るとおり。第十試合は緊急で中止される予定、ということになります――弾火源《だんかげん》のハーディの主導で、黄都《こうと》議会に対する大規模政変が計画されています。その決行日が、第十試合の開催予定日なのです」

「……ハーディが」

ケイテは、口元に手を当てた。

黄都《こうと》転覆を企《たくら》むハーディの計画がロスクレイに漏れたため、第十試合を中止する予定でいる。そのような単純な話ではないはずだ。ならば最初から、試合中止を告知すればいい。つまりロスクレイ陣営はこの計画を知っていて、ハーディ陣営を釣り出すために試合を行うように見せかけているということになる。ロスクレイは反乱軍を迎え撃つつもりなのだ。

加えて、摘果《てっか》のカニーヤがそれらの内情を知った手段がどこかにある。

「その話は……誰から聞いた？　摘果《てっか》のカニーヤ」

「いずれお話しようと思っていたことなのですがね」

カニーヤは、ケイテの隣に腰を下ろした。座ってもなお、ケイテより頭一つぶん背が高い。

丸太のような腕は、ケイテを片腕で絞め殺せるほどに屈強だ。

「――私と数名の幹部は、〝灰髪の子供〟と繋がりを持っています。〝黒曜の瞳〟の追撃を受けていたあなた方を救出できたのも、黄昏潜《たそがれもぐ》りユキハルからの情報提供があったためです」

「…………。自分が何をしているのか分かっているのか？」

「ええ。〝灰髪の子供〟は、六合上覧《りくごうじょうらん》に取り入るために、トギエ市で取引を行っていた我々の存在を利用しました。多くの同志を……ギルネス将軍をも失う遠因となった、仇にも等しい」

「フン。そうだとしても、〝灰髪の子供〟の助けなしでは組織が立ち行かないわけか」

「〝灰髪の子供〟は……恐ろしい相手です。あの男は、いずれ世界の全てを自分の味方につけようとしている……」

カニーヤの声は、心なしか震えているようにも聞こえた。

……憎むべき仇敵《きゅうてき》からの支援を受けて生き長らえている。

かつてのケイテならば、情けない話だ、と付け加えていたかもしれない。

だが、不本意な協力を受け入れなければ生きていけないのは、今のケイテ達も全く同じだ。

「部下にはこの繋がりは知らせてはいません。〝灰髪の子供〟からの物資と情報は、常に正確なものでした。〝灰髪の子供〟は……第十試合と同時に決行される大規模政変を真に動かしているのが、ハーディではなくイリオルデ卿だということ。加えてハーディはロスクレイと裏で結託し、決行当日にイリオルデを切り捨てる予定でいることを掴んでいます」

「待て待て待て。内容が多い！　イリオルデだと!?　しかもロスクレイとハーディが……!?」

ケイテにとってみれば、何もかも、想像だにしていなかった話である。

「つまり、こういうことか？　第十試合と同時に起こるハーディの政変は軍団単位の談合試合で、これが完了すれば黄都《こうと》の政争はロスクレイの改革派が一人勝ちする……」

それほど重大な情報を、〝灰髪の子供〟はどのようにして得たのか。

その疑問をカニーヤに投げたとして、およそ無意味なことだろう。

だが〝灰髪の子供〟が得ている情報の正確さは、第六試合の結果をまるで先読みしたかのように、旧王国主義者をケイテとキヤズナの救援に送り込んでいたことからも分かっている。

キヤズナが欠伸《あくび》交じりに言う。

「政治の話は全然分からねェがよ。結局それがアタシらに何の関係があるんだ？」

「バカか婆ちゃん！　前提が変わったんだ……第十試合の日は確かに、黄都《こうと》の処理能力は限界に近い状態になる。この旧王国主義者どもが意味のある行動を起こせる唯一の機会だ。だが黄都《こうと》の手が塞がるのは、六合上覧《りくごうじょうらん》の第十試合が原因じゃあない。イリオルデの軍を釣り出して、そいつらを殲滅《せんめつ》するために黄都《こうと》軍が動く。その行動の裏をかく必要がある」

「その通りです。やはり、黄都《こうと》元第四卿にご相談して正解でした。ケイテ殿の軍才と経験を踏まえた上で、最も有効な一手はあるでしょうか？」

「……烏合《うごう》の衆め」

ケイテは苦々しく呟く。

決定的な作戦のために好機を窺うのではなく、好機を活用するために決定的な作戦をひねり出さなければならないなど、軍として本末転倒だ。

カニーヤまでもがそれを理解できぬほど愚鈍とは考えたくないが、特に期待もしていない。

（――だが、好都合だ。生き延びていれば必ずこのような好機が巡ってくる）

ケイテは地下水道の低い天井を仰いだ。頭の中で論理を組み立てる。

旧王国主義者が得ている情報は今、大きく偏っているはずだ。

その偏りを利用してやればいい。

「いいだろう。黄都《こうと》軍がイリオルデ軍制圧のために市街に出てくる以上、黄都《こうと》の重要施設を攻めることはほぼ不可能と言っていい。城下劇庭園だろうと王宮だろうと、どこぞの食料庫だろうと、イリオルデ軍のついでに追い払われるのが関の山だろう」

話しながら、ケイテは転がっていた枝の先を水路の隅の水溜《みずた》まりに浸す。

簡略化した黄都《こうと》市街図を、床に水で描いた。

「その反面、秘匿された施設への守りは薄くなる。……狙うべきは、ここだ」

黄都《こうと》外郭部の森林区画である。

取り立てて注目すべき事のない過疎区域だが、ケイテとキヤズナは、この地の重要性を知っていた。この森のどこかに、〝黒曜の瞳〟の拠点が存在するはずだ。

強奪されたメステルエクシルが発する〝彼方《かなた》〟の技術による信号は、キヤズナの受信機にその位置を伝え続けている。

「星馳《ほしは》せアルスを狂わせたらしい血鬼《ヴァンパイア》の病だが……一世代前に根絶されたはずの血鬼《ヴァンパイア》が再び現れ、勇者候補ほどの強者に病を血液感染させたなど、そんな戯言《たわごと》を本当に信じられるか？　黄都《こうと》議会がこの六合上覧《りくごうじょうらん》で、強者を一所に集めた理由を想像してみろ。――勇者候補を人為的に従鬼《コープス》化し、無力化する計画が進められていたと俺は見ている」

いくつかの材料をその場で継ぎ合わせた作り話に過ぎない。

それでも、旧王国主義者は自分達でも為《な》せるような逆転の一手を求めている。

多くの者が、ケイテが告げたような陰謀を信じたがるだろう。

「何か証拠はあるのですか？」

「証拠。証拠か。〝灰髪の子供〟の情報にはそれがあったのか？　元々、おおよその拠点の推定はできていた。俺の産業省にも怪しげな話は届いていたのでな。メステルエクシルやアルスでは失敗したようだが……成功例は確実にあったはずだ」

「……まさか」

「あの冬《ふゆ》のルクノカを、真っ当な方法で倒せたはずがない。兵器化された血鬼《ヴァンパイア》が、確実に存在するはずだ。貴様らの人手があれば、それを捜索することができるだろう――市街で、イリオルデ軍が黄都《こうと》の注意を引いている間に」

「クク。やるもんだなケイテ」

キヤズナが口を歪めて笑う。

気に食わない。こんな舌先三寸はケイテの流儀ではないのだ。

「摘果《てっか》のカニーヤ。お前は……この軍に勝ち目がないことを理解している」

そうだとしても、この程度のことは可能だ。

集団の虚と実を見抜くことができる。なぜならケイテにとって、全ての民は愚民だからだ。

「無謀な抵抗者と化した軍は、標的を見つけてしまえば暴発せずにはいられない。玉砕の可能性は低いほうがいいと思わないか？」

「仮に失敗したとしても、大きな痛手ではない。……そう言いたいのですね。そして成功すれば、黄都《こうと》議会の不正の、揺らがぬ証拠を手にすることができる――」

ケイテが心から笑う時があるとすれば、そうした愚者を嘲る時だ。

「全ての勝敗を覆してやる。貴様らとて、そう思っているのだろう」

六　旧市街北部

二枚盾《にまいだて》のスルグという若者がいた。八人乗りの馬車には彼の他にも多くの兵士が乗り合わせていて、ともに黄都《こうと》市民を救うべく向かっていた。

彼らは正規の黄都《こうと》兵でこそなかったが、この日のために備えてきたのだと感じていた。

（──黄都《こうと》の民は知らない。多大な犠牲を支払いながら、冬《ふゆ》のルクノカを討った者達がいる）

そのような自負があった。

かの星馳《ほしは》せアルス以上の脅威、一息で黄都《こうと》を壊滅せしめる最強の生物を、紫紺《しこん》の泡《あわ》のツツリに率いられた自分達こそが討った。

無論、スルグ自身があの地獄じみたマリ荒野の戦闘に居合わせていたわけではなかった。

それでも、自分達が冬《ふゆ》のルクノカを討伐した英雄の陣営であることに変わりはない。黄都《こうと》でも屈指の実力者たる弾火源《だんかげん》のハーディが、異相《いそう》の冊《ふみ》のイリオルデが、正義を保証してくれている。

現政権を牛耳る絶対《ぜったい》なるロスクレイや速《はや》き墨《すみ》ジェルキをはじめとする黄都《こうと》二十九官は、六合《りくごう》上覧《じょうらん》で選ばれた勇者なる異形者を用いて女王を廃そうと目論む反逆者であり、その計画を正すことが可能なのは、対抗可能な力を有する自分達のみである。

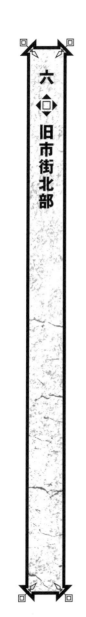

（六合上覧《りくごうじょうらん》など必要ない。俺達こそが、この黄都《こうと》を圧政と恐怖から解放するからだ）

異相《いそう》の冊《ふみ》のイリオルデが仕組んだ一連の物語は、狙い通りの効果を発揮した。

〝本物の魔王〟がこの時代に残した狂気が、時に指向性を持って作用することがある。

それは集団暴力の激発だ。その流れの中にいる限りは、慢性的な恐怖を忘れたかのように振る舞うことができる。


時は第十試合開催当日。

市街各所に出現した菌魔兵《ファンギ》が、その兆しとなった。

全長は1.3m程度――腕や感覚器に相当する器官はなく、三本に枝分かれした脚部様の柄で、歩くような速度で這い進《はいすす》む。体温を持つ動物を栄養源として感知し、網目状の傘の構造内へと取り込む習性がある。黄都《こうと》軍の一般兵卒にも討伐できるような、ごく単純な魔族《まぞく》だった。

それでも、恐怖の誘発には十分だった。菌魔《ファンギ》は黄都《こうと》市民の誰一人として見たことのない未知の魔《ま》族《ぞく》であり、不幸にも菌魔《ファンギ》の体内に取り込まれた犠牲者は、半液状の内部組織によって、溺死めいた凄惨な死を迎えた。

何よりも、数が多かった。地群《ちぐん》のユーキスが実用化したこの魔族《まぞく》は、乾燥し七分の一程度の体積となった休眠状態で運搬することが可能で、水分を与えることで即座に活動が可能だった。

単独性能を追求する傾向にある魔王自称者にあって、菌魔兵《ファンギ》はその運用性に主眼をおいて開発された、量産魔族《まぞく》である。

「あれが……」

菌魔兵《ファンギ》の配置地点へと予定通り到着し、実物の菌魔兵《ファンギ》を目の当たりにしたスルグも、通りを埋め尽くし這《は》い回《まわ》る巨大な菌類の怪物には、さすがに息を呑んだ。

不可解で、恐ろしい形態の魔族《まぞく》。人族《じんぞく》を打ち倒す訓練は積み重ねているが、このような敵が相手でも自分の力は通用するだろうか。

彼らは、イリオルデ陣営に属する国防研究院こそがこの菌魔兵《ファンギ》を送り込んでいることを知らされていない。むしろ菌魔《ファンギ》の発生原因を黄都《こうと》の陰謀に転嫁し、黄都《こうと》軍に対する敵意をより強めている。

不安と高揚が渦巻く中、スルグは視界の端で、菌魔《ファンギ》ではない何かが動くのを認めた。

「助けて！　誰かっ、ひっ……」

「ッ！」

それが逃げ遅れた少女だと気づいた瞬間には、飛び出すことができた。

同じ馬車に乗り合わせたどの兵士にも先んじて、菌魔兵《ファンギ》の海の只中へと突撃している。

「でッああああああああッ！」

踏み込みの姿勢も、体重の乗せ方も、呼吸がぴたりと合ったような一撃に思えた。

少女に迫っていた菌魔兵《ファンギ》を頭部から両断し、しかも動きを止めることなく、左手側から迫っていたもう一体を横薙ぎに切り裂いた。

菌魔兵《ファンギ》はグゥ、という、喉を鳴らすような音を発した。

それが鳴き声なのか、体組織が切断されたことで鳴った音に過ぎないのかは分からない。

「俺の後ろに！」

少女を庇《かば》うように立つ。

他の兵士達も、スルグに続いて次々と馬車から出撃し、戦闘を始めていた。異形の化物が、刃で鮮やかに断ち切られ、銃弾に射抜かれ、次々と動きを止めていく。

――ユーキスが実現した菌魔兵《ファンギ》の要求仕様は、他にも存在する。

弱いことだ。

攻撃の予備動作が分かりやすく、訓練過程を修了したばかりの若年兵でも、動きを先読みして躱すことができる。単一方向の菌糸で構成された体は裂けやすく、斬撃の手応えを大きく感じる。熱を感知して群がる習性上、危機回避の機能はなく、兵士が望むだけ倒すことができる。

これらは黄都《こうと》を襲撃するための魔族《まぞく》ではなく、イリオルデ陣営の兵士に倒させるための魔族《まぞく》であるからだ。イリオルデに教育された若き私兵達は、黄都《こうと》政権に刃を向けることを恐れはしない。それでも黄都《こうと》軍の正規兵に対しては、実戦経験の不足という壁が確実に存在する。

ハーディ陣営をはじめとした反黄都《こうと》の精鋭が後に控える本隊であるとすれば、彼らは黄都《こうと》に混乱をもたらすだけの使い捨ての駒に過ぎない――通常ならば。

そのような即席の兵士達を狂奔し、戦力に換算するための菌魔兵《ファンギ》である。

「貴様ら、どこの部隊の所属だ！　勝手に何を……！」

「黄都《こうと》軍めッ！　今更何をしに来た！」

「我々はお前達黄都《こうと》の攻撃から市民を守っているだけだ！」

「なにを訳の……ぐぶっ!?」

「ハッ、やった……！　喉を撃ち抜いたぞ！　最初の一発で！」

「やったな！」

「すげえぞ！　なんだ、結局大した連中じゃねえ……！」

生理的嫌悪感を催す形態は、これを倒すことによる兵士の自己正当化を強化する目的がある。

こうした心理的効果に加えて、鮮やかに、大量に倒すことのできる菌魔兵《ファンギ》を討たせることによって、無根拠な自信と高揚感を、集団的に与えることができる。

迷いや恐怖を忘れた怒涛《どとう》の如き一団は、単純な力量や技量の差を覆す怪物となる。

◆

この大規模政変は、勢力を大別すれば黄都《こうと》議会の二つの派閥の戦闘に過ぎない。

黄都《こうと》の主流である改革派、ロスクレイ陣営。

第二の派閥として黄都《こうと》軍に大きな影響力を有する軍部派、ハーディ陣営。

だが、実際の構造はより複雑である。

主流派と対立するハーディ陣営に陰から支援を与えていた黒幕は、元第五卿、異相《いそう》の冊《ふみ》のイリオルデである。返り咲きを望むイリオルデはハーディ陣営のみならず、魔王自称者達による魔族《まぞく》研究機関、国防研究院を傘下に持ち、事実上、黄都《こうと》主流派にとって最大の政敵であった。

国防研究院が市街に配置した菌魔兵《ファンギ》は、イリオルデ率いる反乱軍の、黄都《こうと》侵攻の口実である。市街を埋め尽くす菌魔兵《ファンギ》。狙い澄ましたかのようにその現場へと出現するイリオルデ私兵。彼らは菌魔兵《ファンギ》を薙《な》ぎ払《はら》いながら、遅れて到着した黄都《こうと》軍にすら戦いを挑んでいく。

無数の意図が絡み合う混沌《こんとん》の渦の中にあって、自らが置かれた状況を俯瞰《ふかん》できる者は少ない。

一方で、あらゆる情報を常に俯瞰している者もいる。

「――仕組まれている」

屋上の上で、小さく呟いた者がいる。

小人《レプラコーン》である。焦茶色のコートを纏《まと》い、顔面には乱雑に包帯を巻きつけていた。

（分かっていたが、この戦いには乗るべきではなかったな……）

戒心《かいしん》のクウロという。彼もまたイリオルデ陣営だ。

本来ならば、黄都《こうと》転覆のための切り札の一枚としてこの戦場に投入されるはずだった。彼が逃亡したのはつい先程、一連の作戦が発動した直後のことである。

容易なことだった。この地平のあらゆる知覚器官に優越する『目』――〝天眼《てんがん》〟の持ち主にとって、欺けない目は存在しない。

彼が必要としていたのは、時期だ。イリオルデ陣営がクウロの離反に気づいたとしても、人質に取っているミジアルとキュネーに干渉できない――すぐさま行動のできない時に動く必要がある。

即《すなわ》ち、勢力が一斉に行動する黄都《こうと》転覆作戦が発動した今。

（菌魔兵《ファンギ》討伐部隊の配置が、一見無作為に見えてどれも恣意的だ。どの部隊も、経路を二、三封鎖

するだけで、イリオルデ私兵を包囲できるように意図されている）

地図上では道があるはずの地点が、修繕工事で塞がっている。見通しの良い開けた場所のように見えて、実際に行き来できる路地の数がごく少ない場所がある。自由に動けるように見える部隊でも、大きく視点を引けば、他の二部隊ごと袋小路《ふくろこうじ》に追い詰められている。

（しかも、行動している当人や前線指揮官達にすら、自らが追い込まれていることを気付かせていない……黄都《こうと》の構造を知り尽くしていて、味方すら欺くような戦術眼の持ち主。そういうやつが……仕組んでいる）

菌魔《ファンギ》兵の配置も、イリオルデ私兵の投入も、他ならぬイリオルデ陣営が計画した作戦であったはずだ。あえて自分達の手駒を包囲されやすいよう動かす理由があるだろうか？

「……弾火源《だんかげん》のハーディだな」

直感的な答えを口に出してから、クウロは自分がそう呟いた理由を思考する。

イリオルデは国防研究院をはじめとしたいくつもの非合法組織を傘下に加え、組織網を広げていた。しかしその組織網そのものを掌握するかたちで、最大の裏切り者が潜んでいたとしたら。軍部派の筆頭である、弾火源《だんかげん》のハーディにのみそれが可能だ――

（ハーディはこの作戦開始にあたって、国防研究院も含めた指揮系統を一元化して掌握している。連中が最初からロスクレイ陣営と繋がっていて、イリオルデ陣営を一網打尽にする計画だとしたら、いくつかの〝天眼〟の予感を説明できる）

常に潜伏し、全貌を摑ませることのなかった異相《いそう》の冊《ふみ》のイリオルデの陣営を根絶するために、ロスクレイはハーディと共謀してこの大規模政変を引き起こさせた。イリオルデはハーディの手綱を握り、計画に利用したつもりでいたのだろうが、事実はまったくの逆だった。

（六合上覧《りくごうじょうらん》においても、ロスクレイとハーディははじめから協力関係にあったことになる。第二回戦の第十試合では、ロスクレイとソウジロウが戦う……ロスクレイは、ハーディの勇者候補を自在に負けさせることができたということか）

戒心《かいしん》のクウロは市街戦の動向を一瞥《いちべつ》しただけで、絶対《ぜったい》なるロスクレイの怪物的な謀略をほとんど正確に看破し得る。しかも、クウロが陣営を見限って動き出したのはそれよりも前だ。

五感以上のあらゆる情報を全天周から獲得し、精密に処理できる〝天眼〟は、全知に近しい異能だ。同じ陣営の動きのように、クウロ自身が捉えている情報から理論上予測可能な事柄であれば、意識の外で繋ぎ合わせて、非具体的な予感として知らせてくることもあった。それは擬似的な未来予知とすら言える。

（こんな考察は〝天眼〟の答え合わせに過ぎないな。どちらにせよ、この混乱に乗じてミジアルとキュネーを助け出しさえすれば、俺は憂いなく〝黒曜の瞳〟の始末をつけることができる……）

クウロがかつて属していた〝黒曜の瞳〟はメステルエクシルを用いて診療所を爆撃し、クウロに大きな負傷を残しただけでなく、トロア死亡の遠因を作った。

クウロ自身の甘さが招いた事態だ。

――殺し合いから退いていた期間が長すぎた。微塵嵐《みじんあらし》の戦いに巻き込まれたあの時ですら、誰も殺さないことを選んでしまった。自分達が六合上覧《りくごうじょうらん》や〝黒曜の瞳〟の陰謀に巻き込まれつつあることを知っていながら、平和的にやり過ごすことだけを考えていた。

(……殺すべきだった)

今は、その覚悟ができている。

この日の内に、やるべき全ての事を終わらせるつもりでいた。必要なのは好機と環境だ。

無数の目を欺くために、両陣営の混乱に乗じて動く必要がある。

菌魔《ファンギ》の襲来に端を発した暴動を観察して、それが育ち切るまで待つ。

「どうにも物騒だね。戒心《かいしん》のクウロ」

声があった。

建物の中からこの男が近づいてきていたことは、最初から〝天眼〟で認識している。

(声をかけずに離れていくようなら、先んじて殺していたところだが)

振り向いて顔を確認するまでもなく、その名も知っていた。黄都《こうと》第十三卿、千里鏡《せんりきょう》のエヌ。

山高帽を被《かぶ》り、目をフクロウの如く見開いた男である。

「下での戦闘もそうだが、君自身もそうだ。……一体何をしようとしている?」

「その手の問いはお互い様だな。千里鏡《せんりきょう》のエヌ」

ラヂオなどの通信機の類《たぐい》はない。もっとも、クウロとの接触こそが彼の目的ならば、そのような小細工を仕込むこと自体、最初から無意味であると理解しているはずだ。

「お前の方こそ、この作戦中は国防研究院にいるべきだろう。……だが、陣営の目を盗んで行動できる好機は今しかない。お前も、イリオルデ陣営とは別の思惑で動いていた。そうじゃないか?」

「君の〝天眼〟は、問いに対してどう答えたところで、本心を見抜くのだったね。ならば事実を答えたほうが得だ――君の言う通り、私もこの陣営を離れるつもりでいる」

「〝黒曜の瞳〟の監視はどうした？　棺《ひつぎ》の布告《ふこく》のミルージィがそうなんだろう」

「ミルージィ君は、私以上に興味を惹かれる研究があるようでね。そもそも今となっては、〝黒曜の瞳〟が私などの監視に労力を割く理由はさほどない。幸運にも監視網を抜けて、君とこうして接触することができたというわけだ」

真実だろうか、と疑念を巡らせるまでもなく、〝天眼〟が答えを出している。

エヌの発言に嘘はない。この男も、智謀で知られた二十九官の一名である。〝黒曜の瞳〟の監視を欺ける程度に優秀な能力は、事実持ち合わせているのだろう。

（だが、不自然だ――もはや生かしておく理由がなくなったエヌを、まだ生かしていたこと自体が。〝黒曜の瞳〟も何らかの理由で万全ではない。だから指揮系統に遅れが生じている。戦略の大きな変更を余儀なくされているのか、お嬢様の身に何かがあったのか……）

「戒心《かいしん》のクウロ。君は最強だが、今や一人だ。協力者が必要ではないか？　互いにとって有益な関係を結べるはずだ。この幸運を、あまり無駄にしたくはない」

「……心の底からそう考えているようだな。要求は？」

「黒曜《こくよう》リナリス」

クウロは目を細めて、その時初めてエヌの方向を振り返った。

まばたき一つしない、丸い瞳がある。

「――その生きた細胞が欲しい。皮膚や指程度では難しいだろう。最低でも四肢か内臓……それも組織が壊死《えし》するよりも十分に早く、私に提供してほしい。殺す必要はない」

「殺すのと同じようなものだな。お嬢様のことを知っているなら、彼女の体力についても分かっているだろ……腕の一本でも切断すれば確実に死ぬ。あの子は心臓に負担をかけられない体質だ。協力関係の交換条件にしては、随分と重い依頼だな」

「殺したくないのなら、生け捕りでも私は構わない。君は恐らく、黒曜《こくよう》リナリスを生きて捕らえられる唯一の存在だ。無論、君がこの話を受ける義理がないことも理解しているが……君にとってはそれほど大きな負担ではないのではないかな？」

　エヌは正面に杖を突いて、確信的に告げた。

「君は〝黒曜の瞳〟に復讐しようとしている。だから陣営を抜けた」

「……」

　クウロが〝黒曜の瞳〟からの襲撃を受けた事実は、他の者にとっては知る由もないことである。ただし、この男に限っては違ったということだ。

「ゼルジルガとメステルエクシルが戦った第六試合で、私はまだゼルジルガの擁立者だったのだ。あの試合における〝黒曜の瞳〟の狙いを知っていれば……君が命を落としかけた診療所爆撃事件について、誰ならば可能で、誰が得をするのかを推理できた。その上で尋ねるが、どうかね」

〝黒曜の瞳〟は万全ではない。

　その上でも、十全の勝算があるわけではないことは分かっていた。

「――君には協力者が必要なのではないかな」

エヌは、クウロが〝天眼〟を用いずとも答えを導き出すに足る情報を、順序立てて与えていた。

〝黒曜の瞳〟を討つにあたって、何よりも巨大な関門がある。

「窮知《きゅうち》の箱《はこ》のメステルエクシルを倒すために、か」

七 後備

イリオルデ軍の戦闘は、優勢に進んでいた。

菌魔兵《ファンギ》におびき出され現場に到着した黄都《こうと》軍は、次々と倒れていた。黄都《こうと》軍の装備はイリオルデ軍のそれと比べて旧式のもので、個々の技量や経験の優越も、初めからこの戦場に立ち、昂揚したイリオルデ軍の数の差を覆すほどのものではなかった。

勝てるという実感があった。

少なくとも初めは、そうだったはずだ。

二枚盾《にまいだて》のスルグも、負けることなど考えてもいなかった。

だから今の状況も、何らかの不運が重なった、間違いに違いなかった。

「痛い……」

スルグは、左肩から血を流している。

黄都《こうと》兵との戦闘でついた傷ではない。混乱の最中に味方の兵と強く衝突して、鎧か何かが肌を裂いたのだ。痛む切り傷だった。

あの場から逃げ出すことができたのは、スルグ一人だけだったのかもしれない。

市街で戦っていたスルグ達の部隊は、いつの間にか包囲されていた。

どこで風向きが変わったのかも分からないまま、何人もの兵士が一方的に殺された。

——罠に嵌《は》められたのだ。

スルグはそれを確信していたが、誰に、どのような罠に嵌められたのかという肝心なことは、スルグのような少年兵には何一つ分かっていない。

「こ、黄都《こうと》が……危ないんだ」

戦わなければならない、と信じる。

しかし現実はこうして、果実の箱の陰に隠れて、怯《おび》えるしかない。

何かが這《は》い、暴れ狂うような音がある。

すぐ表の通りを菌魔《ファンギ》が蹂躙《じゅうりん》している。スルグは身を竦《すく》ませた。

一時身を震わせた勇気は霧散し、副作用のような恐怖だけが臓腑《ぞうふ》に残っている。

(死にたくない……)

◆

ほぼ無人となった市街に、男がいた。

この区画のイリオルデ軍は敗走していたが、そのためか菌魔《ファンギ》の群れが我が物顔で闊歩《かっぽ》している。

「……酷《ひど》いものだな」

剃《そ》り上げた頭に、褐色の肌。丸い色眼鏡の男である。

黄都《こうと》第二十七卿――整列《せいれつ》のアンテルは、突出した怪物が無数に巣食う黄都《こうと》二十九官の中にあって、比較的印象の薄い官僚であるかもしれない。

決して無能ではない。冷静沈着な気質であり、他の官僚との交流に難もない。戦時にも等しい六《りく》合上覧《ごうじょうらん》の只中にあって、求められる仕事をこなし続けていた。しかしアンテルの働きは常人の域の優秀さにすぎず、際立った強さや異能もない。

精鋭で知られた外縁防衛兵としての従軍経験こそあれ、二十九官に起用された理由は、国税制度の研究と事務能力を評価されたためだ。登用はごく最近で、魔王の時代が終わる直前である。

本来ならば、このような前線に出るべき立場ではなかった。

「酷い状況だが……」

まずは三体ほどの菌魔《ファンギ》が、アンテル達に気付いた。

アンテルの後ろには一部隊分の黄都《こうと》兵が控えている。市街に到着してから既に二度の戦闘を切り抜けているが、未《いま》だに一名の欠けもない、精鋭だ。

「他部隊の救援に向かうより先に、この通りを使えるようにしておいた方がいい。ジニス鉄橋を挟んだ南北で、部隊の行き来が迅速にできるようになる」

「間違いありませんな」

部隊指揮官が答える。

「では、すぐに掃討しましょう」

「いいや。君達は必要ない。討ち漏らしたイリオルデ軍が追ってくるとすれば、そろそろだ。背後の守りを頼む」

「了解しました。全員、通りからの死角を判断し、待機！　背後を警戒せよ！」

部隊指揮官の声を後ろに、アンテルは一人、菌魔《ファンギ》の群れへと無造作に歩んだ。

菌魔《ファンギ》は黄都《こうと》軍が初めて遭遇した新種であったが、戦闘の中で判明した定石はいくつかある。

数が多く、半自動的に熱源を攻撃する習性の菌魔《ファンギ》を相手取る時、最も避けるべきは標的の集中である――彼らは痛覚を持たず、恐怖もない。優れた兵士が群れの一体を撃破したところで、同時に群がってきた他の菌魔《ファンギ》に圧殺される末路となる。常に同数以上の数を投じ、標的を分散させながら当たるべき魔族《まぞく》だ。

今は、二十四体の菌魔《ファンギ》がアンテルを包囲しつつある。

整列《せいれつ》のアンテルは、文官である。今も戦闘の態勢を取っているわけではない。

それでいて異様なのは、背負子《しょいこ》のような装備に、無数の長剣を積載していることだ。

「【アンテルよりジャウエドの鋼へ《anteliojadwedo》】」

厚い唇が、ごく静かに詞術《しじゅつ》を紡ぐ。

「【軸は第二右指。音を突き。雲より下る。回れ《laeus 2 telbode temoyamvista iusemnohain xaonyaii》】」

アンテルの背で……まるで扇を開くかのように、無数の長剣が展開した。

それとは別に、銀色の閃光《せんこう》が空中を走っている。

輝く何かが、遠くのいくつかの住宅の窓へと降り注いだ。

「あが――」

くぐもった悲鳴が届いたのも、一瞬だけだ。

光の線の正体も、長剣である。

力術《りきじゅつ》によって超高速で飛来した長剣が、住宅内の者達を血煙へと変えたのだ。

この地域で配置についていたイリオルデ軍の射手は、ケイテ陣営から接収した〝彼方《かなた》〟の銃火器を装備した熟練の兵士であったが――

「新兵の暴動で黄都《こうと》の部隊を釣り出しておいて、交通の要所で精鋭が待ち構える。しかも地上の菌魔《ファンギ》の群れへと注意を向けた状況。悪くない戦術ではある……とはいえ」

両手をポケットに入れたまま、アンテルは冷たく呟く。

「身を隠しての狙撃戦で私に勝てると踏んだ点は、甚だしい見当違いだったな」

アンテルは菌魔《ファンギ》から身を守るためのこれ見よがしな長剣の展開よりも先に、本命の攻撃用の長剣へと密《ひそ》かに力術《りきじゅつ》を行使し、加速させていた。自らを囮《おとり》にした一瞬で射手の位置を全て判断し、空中で加速を終えていた長剣を、銃撃よりも速く正確に叩《たた》き込んだ。

敵の標的を一つに絞り、釣り出していたのはアンテルの側も同じだ。単騎で、無防備に最前列へと進み出ていた二十九官の、詞術《しじゅつ》行使の瞬間。絶好の機会かのように見えたことだろう。

――整列《せいれつ》のアンテルは、二十九官の中で突出して優れた人材というわけではない。

しかし彼は、黄都《こうと》最強の騎士である絶対《ぜったい》なるロスクレイの、力術《りきじゅつ》支援の担当者でもある。魔王自称者を含む他の詞術《しじゅつ》支援担当者と並ぶ、遠隔力術《りきじゅつ》の使い手であった。

人間《ミニア》の域にありながら、その一人一人が才能の怪物。それが黄都《こうと》二十九官。

「敵の火力支援は全滅。全隊前進してよし」

地上で距離を詰めていた数体の菌魔《ファンギ》が、アンテルを取り込もうとする。

アンテルの周囲で、銀閃《ぎんせん》が輪のように走る。

六体の菌魔《ファンギ》がまとめて、一直線に切断されていた。

扇状に並んだ長剣が縦に、斜めに旋回し、嵐のように全周囲を薙ぎ払っていく。

「【アンテルよりジャウエドの鋼へ《anteliojadwedo》。節を結ぶ《elcartomp》。暗緑の錐《xotehimelc》。叩け《risper》】」

陣形を成す長剣の一本が銃弾の如く飛び出し、菌魔《ファンギ》を串刺しにし、飛来軌道を取って返すとともに、再び整然とした列へと戻る。

力術《りきじゅつ》の慣性を保った上での、別方向への力術《りきじゅつ》の行使。

部隊を呼び戻したのはアンテル自身の身を守るためではなく、この大通りからでは目の届かない——アンテルの射程圏にない物陰を捜索させ、掃討させるためである。

（……とはいえ）

路地の右手側へ目を向ける。先の攻撃で切り刻まれ、転落したイリオルデ兵がいた。

傍らに転がっている〝彼方《かなた》〟の兵器の種類は、この世界の住人には殆ど判別できない。

単純な狙撃銃ではない……恐らくは部隊を一掃できる破壊力を持つ、火砲の類。

（断じて、侮るべき相手ではない。初めから勝利が分かっている戦いだとしても、犠牲は避けられないのだから）

その犠牲の多寡は、アンテル達の働き如何《いかん》にかかっている。

絶対《ぜったい》なるロスクレイが全力を尽くして、今、最大の好機を作り出した。

全ての者が、彼に応えて全力を尽くさなければならない。

◆

命を懸けて戦うほどのことではない、と考えている。

骨《ほね》の番《つがい》のオノペラルという老人は、穏やかな男だった。普段はイズノック王立高等学舎の一級講師として、子供達に学問や詞術《しじゅつ》を教え、その合間では酒や学問を愛し、戦いとは縁遠い好々爺《こうこうや》のように振る舞っている。

立場も性格も、反乱軍鎮圧のために立ち上がるような男ではない。

しかし、彼の乗った列車が到着した頃には、ノエン駅はイリオルデの私兵に占拠されていた。オノペラルは今、列車から一人連れ出され、命を握られている。

「オノペラル教授。我々は対話を望んでいます」

小型銃を突きつけている女は、反乱軍の部隊指揮官の一人だ。

駅にいた市民は、全て締め出されているようだった。抵抗の余地もないほど迅速に、駅一つが制圧されたのだろう。

「ううむ、対話にしては……どうにも物騒ですな。根が小心なもので、武器を持っているだけで悪人のように見えてしまう……」

「ご安心を。黄都《こうと》のためを思う心は我々も同じです。オノペラル教授にはむしろ、我々の行動に参画していただきたいと願っているのですよ」

「……黄都《こうと》に……戦乱の火を起こすつもりですかな」

「黄都《こうと》の害を打ち払うために必要なことです」

異相《いそう》の冊《ふみ》のイリオルデと弾火源《だんかげん》のハーディが共謀し、冬《ふゆ》のルクノカ討伐を名目に黄都《こうと》に反旗を翻す。恐らくは、ロスクレイが予測していた通りのことが起こったのだろう。

情報漏洩《ろうえい》に慎重なロスクレイは、オノペラルにそれ以上の計画を伝えていない。骨《ほね》の番《つがい》のオノペラルはロスクレイの工術《こうじゅつ》支援担当者とはいえ、既に第一線を退いた身である。

(この敵は、どうやら強いぞ。練度も正規軍に劣らぬ上に……装備は話に聞く〝彼方《かなた》〟の兵器か。黄都《こうと》軍がどの程度状況を摑んでいるかは分からぬが……この駅を取り返すのは、中々に難しい)

駅を制圧したということは、黄都《こうと》を南北に走る鉄道をも押さえる目論見《もくろみ》なのではないか。

「もちろん、オノペラル教授に危害は加えません。ご同行願います」

「ふうむ。確かにこれでは、抵抗したとして無意味なことでしょうな」

怪物的な能力を持つ強者ならば別だが、オノペラルは今、数十人の兵士に囲まれている。

彼らは一人一人が必殺の武器を持っていて、練度も高い。まずは大人しく要求に従い、好機を待つのが賢い選択だ。

何よりも、ロスクレイはオノペラルに計画を伝えていない。それをせずとも勝てると判断しているということになる。オノペラルの行動は、彼の戦略の内には入っていないはずだ。

（命を懸けて戦うほどのことではない……）

オノペラルの心の奥底には、常にそのような考えがあるのだろうと思う。

苦渋に塗《まみ》れた敗北の記憶が、楔《くさび》のように刻まれている。

詞術兵《しじゅつへい》を率いて拉《ひし》ぎのティアエルと戦い、全ての部下を失った。

王国を守るため最後まで戦い抜いた不撓《ふとう》のオスローを見ていながら、オノペラルは、あろうことか死んだふりをして、自分だけが生き延びようと考えてしまった。

最初から勝ち目はなかった。死の恐怖を目前にしての、気の迷いだったのかもしれない。

それでもあの時確かに、オノペラルは王国を見捨てたのだ。

「そういうことならば、皆さんにご協力することにしましょうか」

「お分かりいただけて光栄です」

指揮官は、安堵《あんど》のような微笑みを浮かべる。

オノペラルに危害を加えたくないという言葉は、もしかしたら本当なのかもしれない。

「ところで。お勉強は好きですかな？」

「……学園の授業のような、という意味でしょうか？」

「いえいえ。それ以外のところでも、学びの機会はいくらでもあるものですぞ。例えば私は毎日この列車で学園に通勤しておりますがな……実のところ、馬車で行き来するほうが早いのです」

「失礼ですが、あまり立ち話をしている時間はありません。すぐに駅からお連れします」

「あっ！　少々お待ちいただけますかな」

オノペラルは、よく通る声で言った。

「そちらの方々に言っているのです。列車内に踏み込むのは……あまりお勧めしませんな」

目の前の部隊指揮官の女に対してではない。列車に乗り込もうとする兵士に対してだ。

乗客の乗り降りは封じられていたが、駅の制圧が完了し、最大の要人であるオノペラルを確保した以上、残る乗客を確認するのは当然の流れではある。

「オノペラル教授。これは我々の作戦行動です。口出しは無用に願います」

「横暴ですなあ。協力すると言った以上、私も我々の内に含んでくれても構わんでしょうに――しかし教授の忠告は、もう少し注意深く聞いておくべきでしたな。【オノペラルよりコウトの土へ】《ownopellaliok outo》」

パン、という破裂音が車内から響いた。

列車に乗り込もうとしていた兵士達は警戒のために足を止め、指揮官の女も、反射的にそちらの方向を見た。その一瞬があれば十分だった。

「【形代に映れ。宝石の亀裂。停止の流水】《yurowastera vapmarsiawanwao sarpmorebonda》」

「オノペラル教授――」

指揮官が向き直り、引き金を引こうとうとする。

「【打て】《ozno》」

しかしこの密着距離ならば、剣のほうが早い。

「う、く」

歩廊の石造りの床から斜めに生えた剣身が、指揮官の胸に突き刺さっていた。

物質の構造変化と攻撃を高速で行う、熟達の工術《こうじゅつ》。

オノペラルが長剣を生成する過程は、あまりにも滑らかで静かだ。破裂音に注意を向けていた他の兵士は、異変の察知が一呼吸遅れる。

「【オノペラルよりヴォレストの箱へ《ownopellalio vollest》。反転し腹を開け《lealten bogberbug》】」

「隊長！」

「骨《ほね》の番《つがい》のオノペラル、貴様が……！」

撃てない。この瞬間兵士達が確認しているのは、隊長に何らかの異変が起こり、オノペラルが詞《し》術《じゅつ》を唱えつつあるということまでだ。

オノペラルが生成した剣は隊長の背からは目視できない。剣身は体を貫通しない長さで生成している。オノペラルの詞術《しじゅつ》も異変ではあれ、それが示す意味合いまでは誰にも理解できない。

隊長が攻撃を受けた確信は持てない。そもそも生きているかもしれない。即座に撃てば隊長に当たる可能性がある。反乱軍にとってオノペラルは確保すべき要人であり、誤認で殺してしまえばその責任は撃った兵士が負うことになる。

「【穂を灯す《nistarki》。開口する海《sain min hel》。怒れる川《yestoloy》。落着の際《qai samto》】」

「オノペラル！　詞術《しじゅつ》を止め――」

そうした判断を下す時間の全てが、命取りになる。

骨《ほね》の番《つがい》のオノペラルは、イズノック王立高等学舎工術《こうじゅつ》専攻一級講師である。

「【――吼えよ《histgrazia》】」

列車の機関部から、金属を引き裂くような轟音《ごうおん》が響いた。

オノペラルを注視する兵士達の背後から、機関車両が飛びかかった。

蛇竜《ワーム》じみた大質量が駅の歩廊を粉砕し、まず七人の兵士を叩き潰した。

もはや機関車両ではない。連結部を引きちぎって暴走したそれは、百足《むかで》の如き金属の多脚を生やし、内燃機関の炎で駆動する、異形の怪物である。

「こ、こいつ……！」

反対側にいる兵士は銃火器の照準をオノペラルから外して、最大の脅威である怪物へと向けた。

オノペラルに言わせるなら、その判断も失敗だ。オノペラルを隊長ごと撃ち殺していれば、死ぬことはなかった――が、本能がそうさせる。オノペラルは恐怖に駆られた者達がどのように行動するかを熟知している。自分自身も含めて。

「【オノペラルよりヴォレストの箱へ《ownopellaliovollest》。伝い《nex》泡立つ砂《hort》。閉じよ《thirn》】」

怪物は歩廊へと乗り上げ、変形を繰り返しながらもオノペラルを急速に迂回《うかい》する軌道で、残る兵士達を薙ぎ払った。いくつもの銃撃と絶叫と、肉が轢き潰される湿った音が、オノペラルの背後で続いた。

イリオルデ軍の精鋭が携えていたのは、確かに対人において必殺の武器だ。しかし超高速で迫る鉄の塊を撃ち落とすことは、〝彼方《かなた》〟のアサルトライフルを以てしても不可能であった。

「停止」

オノペラルが呟くと同時、怪物も客車に突っ込むことなく停止する。先程の詞術《しじゅつ》によって、そこで動力を使い切るように構造を変化させていた。

機関車両を利用して作り出したものは、機魔《ゴーレム》ではない。

既にある内燃機関を動力として、構造を工術《こうじゅつ》で作り替えただけでも、このような芸当はできる。

「黄都《こうと》に列車が通ってからというもの、私は馬車での通勤をやめました」

片方の肺を貫かれ、朦朧《もうろう》とする指揮官に向けて言う。

「自分自身で体験することで、より深く構造を理解することもできますし……直に触れ合っていれば、このように、車両への工術《こうじゅつ》を使うこともできますからな」

破壊的な混乱と続く静寂に、乗客達は怯えながらも列車から出てきはじめていた。

人波の中には、イズノック王立高等学者に通学していた生徒達の姿もある。

その多くはイリオルデ軍にとって、人質として利用価値のある貴族の子女だった。

「オノ、ペラル……！」

「おおーい」

指揮官には答えず、オノペラルは大きな声で生徒達へと呼びかけた。

「君達の中に、工術《こうじゅつ》で何かを破裂させた者がいるのではないかな。あれは、形状変化に失敗した時の音だろう。材質が軋《きし》む、低周波の予兆があるのだ」

「は、はい……」

大人しそうな、小柄な女生徒が答えた。彼女があの破裂音を出したのだ。

「……失敗、してしまいました」

「勇気がある。よくやった」

学友を守るために、ひどく未熟な武器だけで、列車を包囲する兵士達と戦おうとしたのだろう。

オノペラルの体にもたれかかるように倒れながら、指揮官が呻《うめ》いた。

「なぜ……反抗……」

「分からんでしょうなあ」

命を懸けて戦うほどのことではない。

オノペラル自身に、今更守り通すべき誇りがあるわけではない。

黄都《こうと》を守護する意思こそあるが、オノペラルが動かずとも、ロスクレイはこの戦いを勝利に導いていたに違いない。

そうだとしても、竜《ドラゴン》に敗北した日の屈辱を否定したいと思う。

ロスクレイは戦うことができた。あの日からずっと戦っているのだ。

自分も本当はそうではないのだと証明したい。逃げようとしてしまう心に反逆したい。

それが、穏やかで争いを好まぬ振る舞いの裏に隠れた、骨《ほね》の番《つがい》のオノペラルの本性である。

絶対《ぜったい》なるロスクレイには、その強さを知る者のみならず、その弱さを知る者すらも奮い立たせ、自らの味方につける力がある。

「なぜ、あなた方に従うことができないのか。こればかりは教えるわけにはいかないのですよ。……なので別の理由をお教えします」

骨《ほね》の番《つがい》のオノペラルは、まるで好々爺《こうこうや》のように笑ってみせた。

「私の生徒を脅《おびや》かす者は、許さん」

◆

商店街の喧騒《けんそう》はいつものことだ。特にこの地域は黄都《こうと》の中でもそれほど治安が良いわけでもない。そのようなことを毎度気にしていては、酒場の経営は立ち行かない。

この程度はまだ日常のうちだし、切迫した危機感や恐怖で行動するほどのことではない——青《あお》い甲虫亭《こうちゅうてい》で朝番を勤めているティカも、今のところはそのように自分を納得させている。

客が少ないこの時間帯は、店にはティカ一人しかいない。昼には客足も増えるであろうことが分かっている以上、誰かに任せて逃げてしまうことはできないのだ。

悲鳴に混じって、たまに銃撃のような音も聞こえてくるように思う。

「ティカ。あの音って何だと思う？」

カウンター席から身を乗り出して、ネインがひそひそと囁く。

「行儀が悪いよ。やめなって」

「別にいいよ。どうせ私とティカしかいないんだもん」

「ならわざわざ顔を近づける必要ないだろ……」

「大声出したら外に聞こえちゃうかも」

四歳下のネインは酒も飲めない年だが、ほとんど幼馴染《おさななじみ》のティカと遊ぶためだけに青の甲虫亭に通っている。年頃の少女が通うような上品な店ではないのだから、やめたほうがいいと忠告しているのだが。

「なんなんだろう。……せっかくロスクレイの試合の日なのに」

「ロスクレイが出てこないって分かってるから、色々な事件が起こっちゃうんだよ。だってそうでしょ？　第四試合で罠に嵌められたせいで、ロスクレイが大怪我《けが》したから……救貧院が襲われたり、星馳《ほしは》せアルスが来たり」

「……前までは平和だったもんなあ」

魔王の時代が終わってからというもの、黄都《こうと》は一度も戦争をしたことがない。

リチア新公国やオカフ自由都市と緊張関係にあったという話こそ聞くが、リチア新公国は鳥竜兵《ワイバーン》の暴走が原因の大火で壊滅したというし、オカフ自由都市とは最終的に和平を結び、かつてのオカフ傭兵が黄都《こうと》を出入りするほどの関係になった。

旧王国主義者が時折起こす事件は、市民にとっては脅威だ。しかし彼らもトギエ市での小規模な戦闘を境に大きく弱体化していて、黄都《こうと》軍が負けることはないように思える。

だが、それらは絶対《ぜったい》なるロスクレイが健在だった頃の話だ。

六合上覧《りくごうじょうらん》が始まってしばらくは大丈夫だった。黄都《こうと》が危険性を理由に中止したルクノカの試合観戦も、最初の第二試合ではできていたのだ。

多くの犠牲を出した魔王自称者アルスの襲撃では、何名もの勇者候補が被害を食い止めるため奮戦したというが、ロスクレイが直接迎え撃ったわけではない。彼は重傷をおして市民達の避難誘導に徹していたという。ここ最近の黄都《こうと》には、どこか危うい空気がある。

ロスクレイが再び試合をすることで、その存在を示す必要があるのではないか――


「違います」

店の奥から、少女の声があった。

十六ほどの少女だ。栗色《くりいろ》の髪と黒い吊《つ》りスカートという、質素な出《い》で立《た》ちをしている。儚《はかな》げでいて、どこか浮世離れした佇まいの、不思議な雰囲気の少女であった。

「ロスクレイはそんな強くないわよ」

「イスカ……さん！　待った、起きられるならそう言って……」

「ちょっと誰この女！」

ネインがカウンターを叩いて立ち上がった。

「僕じゃないっ、僕じゃなくてお店で世話してる子で……！　火事で死んじゃったニカエさんの娘さんだから、店長がその」

「早口すぎる！　嘘ついてる！」

「えーと……お邪魔ならすぐに戻りますけど……水差しの水が切れてしまっていたから」

イスカは、星馳《ほしは》せアルス襲来事件で親と家を失った孤児だ。

彼女の母は東外郭二条で働く工員だったが、店長とは下積み時代からの気心の知れた友人であったらしい。青い甲虫亭は少し前までは二階で宿を営業していたから、その一室を空けて、忘れ形見になってしまったイスカを引き取ることに決めたのだという。

とはいえ、あの店長が昔の知人のためにそんな殊勝なことをするわけがないから、本当は黄都《こうと》の災害助成金を目当てに引き取ったのではないかとティカは考えている。

「えっと……イスカさんは、ロスクレイのこと嫌いなほうなの？」

「？　好きよ？」

「えっ、すみません。そんな感じのこと言った気がしたから……」

ティカは、このイスカのことが苦手だった。年下のはずなのに、つい敬語を使ってしまう。イスカは親を亡くした、病弱で不幸な境遇の娘でありながら、卑屈でも悲観的でもない。

「この人誰！」

「だからイスカさんだって……立場的にはうちのお客さんなんだから、あんまり失礼なこと言わないでよ。イスカさんもごめん、ネインもロスクレイのこと悪く言われるの嫌みたいでさ」

「あら。彼女が怒っているのはロスクレイのことじゃないですよ？」

イスカはくすくすと笑う。

ネインがまた少し不機嫌になるのが分かった。

「ち……違うっ！　ロスクレイの悪口言われたから怒ってるの！　私達が無事で暮らしていられるのはロスクレイのおかげじゃない！　火事でご両親が死んだのはかわいそうだと思うけど、それをロスクレイのせいみたいに逆恨みするのはよくないわ！」

「――その二つって、同じことだと思いません？」

イスカは物怖《ものお》じもせずに近づいて、ネインの隣のカウンター席に座った。

髪がふわりと舞って、消毒液の清涼な香りがする。

「誰かのおかげだと思うことと、誰かのせいだと思うこと。全部の出来事がたった一人の英雄のおかげのように思ってしまったら、もしも……何かが上手く行かなくなってしまった時。きっと、その人が助けてくれなかったせいだと責めてしまうでしょう？」

「私、そんなことしないもん……」

「ロスクレイは、いつも言っています。ネインさんは聞いたことあるかしら？」

イスカは、子供に言い聞かせるように穏やかに語る。

「『支えてくれる全ての黄都《こうと》の民のおかげで、私は英雄として振る舞えているのです』。彼がとても強くて、頼もしく思えるなら、私達のせい――本当はあの人がいなくたって、私達みんなの力は、絶対《ぜったい》なるロスクレイくらい、強い力なんです」

黄都《こうと》では、こうした手合いをよく見る。

自分こそがロスクレイを一番理解していて、『本当の彼』は何を考えているか、黄都《こうと》の民がその真実にいかに無知なのか、訳知り顔で語りたがる者が。

ロスクレイという個人が何に対する責任を負っていて、何を考えて振る舞っているのか。そうしたことまで意識しはじめてしまうと、ロスクレイの人生を知らないのにもかかわらず、いずれ頭の中で勝手な情報を想像して、自らの願望が結んだ虚像へとのめり込んでいってしまう。

イスカもそうした狂信者なのだろうか。

だが、一見してロスクレイの絶対性を卑下するような彼女の言葉には、それ以上の強い信頼が秘められているようにも思う。ティカがそう感じるだけなのかもしれないが。

「まあまあ。そこまで熱くならないほうがいいよ」

苦笑を浮かべながら仲裁する。

「だって……ぴっ！」

また遠くで銃声のような音が鳴って、ネインは猫のように身を縮ませた。

――何が起こっているかは分からないが、恐らくなんとかなる。

絶対《ぜったい》なるロスクレイは強大な騎士で、いつも黄都《こうと》を守護してくれている。依存しすぎてはならないし、想像しすぎても益があるわけではない。ティカのように、漠然と信じる程度が健全だ。

「お二人は、今日の試合を見に行くのかしら？」

「うーん、試合場は近いし、できれば見に行きたいけど……店任されちゃってるから、無理かな。イスカさんはどうするつもり？」

「あら。私に観戦席は買えませんよ」

イスカはくすくすと笑って、カウンター席をひらりと立った。

「……でも、きっと大丈夫だわ」

◆

黄都《こうと》東外郭第二条。

黄都《こうと》第二十一将、紫紺《しこん》の泡《あわ》のツツリは強く歯噛《はが》みした。

「嵌められた……！」

双眼鏡越しに黒煙が噴き上がっている。運河沿いの小屋が小さな爆発を起こした。小屋に突入した兵士の多くは死傷しただろうが、起こったことはそれだけだ。

絶対《ぜったい》なるロスクレイは、同派閥の者の目も欺いて、この小屋周辺を行き来していたのだという。

ロスクレイの切り札、あるいは弱点となり得る何かがここに存在する——その情報自体が罠だった。あるいは、掴ませた情報をロスクレイが罠として利用した。

「だが……けほっ、けほっ……！　誰が得をする……!?　この情報が意図的に流された罠だったとしても、あたし達が……星図《せいず》のロムゾまで動員してその不確定要素を潰しにくるなんて、予測できるはずがない……！」

喉からは乾いた咳《せき》が漏れる。冬《ふゆ》のルクノカと戦った後遺症で、肺機能が低下している。

ロスクレイは、東外郭第二条で誰かと会っていた。作戦決行寸前に判明したこの危険性も正体も定かならぬ要素を確認し、排除するために、第二十一将と〝最初の一行〟という主力の一角を差し向けて、先行偵察へと向かったのだ。

生粋の戦争屋である弾火源《だんかげん》のハーディが、読みを外したということになる。

絶対《ぜったい》なるロスクレイがそこまで未来を予測し操れるのだとすれば、それは〝客人《まろうど》〟の如き、非合理的な異能の域だ。ロスクレイがただの人間《ミニア》である以上、理が確実にどこかに存在する。

「この調査は確か」

隣に立つロムゾが呟く。ツツリの様子とは裏腹に、落ち着き払っているように見えた。

「ハーディ将軍が直々に立てた作戦だったね。この地点に何かがある――という根拠について私は詳しい話を聞いていないが、ツツリ君は聞いているのかな」

「は？　当然その程度……」

答えようとした言葉が止まる。

――聞いていない。

ハーディは優れた指揮官だ。平時であれば、作戦の根拠を問えば答えただろう。だが、ツツリ達が動いたのは大掛かりな作戦の直前であり、緊急だった。ハーディ配下との混成部隊でロムゾを動かす準備は既に整っていて、すぐにでも出撃する必要があった。そもそも、ツツリはこの戦乱のどこかで星図《せいず》のロムゾという脅威を処分する密命を受けていた。ちょうどいい機会を与えられた、とすら思っていたのだ。

信頼があったからだ。弾火源《だんかげん》のハーディは、戦場で判断を違えることはない。

「いや。嘘だろ……けほっ，こほっ、そんなことはない――」

「ツツリ君」

ロムゾが振り返って、丸眼鏡の奥から深い笑みを向けた。

黒い笑みだった。

「ロムゾ、お前」

ツツリが口を開くのと、ロムゾの手刀が腹部を掠《かす》めたのは同時だ。

肌を裂かれる激痛によろめく。死んだ、と思った。

激痛。一拍遅れて、それが死に伴う感覚ではないことに気付く。この男がツツリを殺すつもりなら、攻撃の動作を見せるまでもなく始末することができる。

「ふむ」

何が起こっているのかを把握しようとする。

ロムゾの手には小型ラヂオがあった。ツツリの腹部のベルトを切断して剝ぎ取ったものだ。

特に興味もなさそうに、ロムゾはそれを運河へと投げ捨てた。

「おい！　何をする気……」

ツツリの声をかき消すように運河で破裂音が響き、水柱が上がった。

先程の小屋の爆発と比べるべくもない規模のものだが、人間《ミニア》を戦闘不能の重傷に至らしめるのには十分な威力の兵器だった。

「やはり爆弾だね。ふむ。恐らくは〝彼方《かなた》〟の時限式……突入とほぼ同時に、私達の装備が爆発する仕組みだった」

「ハーディ……」

認め難い現実が突きつけられている。

暴力は、それよりも強大な暴力に蹂躙される。

人族《じんぞく》がその残酷な摂理に抗《あらが》うためには、智謀が必要だ。

ならばその智謀の力は、より強い智謀に蹂躙されるのだろうか？

「ロムゾ……先生。あんたのラヂオは……」

「ああ。最初からつけていないよ？　私は」

「……」

いかに〝最初の一行〟の達人といえど、最初からこの罠を確信していたはずがない。この世界の兵器ならば経験則で存在を察知できたのかもしれない。しかし〝彼方《かなた》〟の時限爆弾の存在を熟知しているはずがないのだ。

「本当に容易《たやす》いんだよ……ツツリ君。どれほど信じ合っていても、どれほど好きでいても、それをしようと心に決めるのは、思ったよりも遥かに容易い」

そこに何一つ根拠がなくとも、疑わずにはいられない。

正義も信念も信じられぬ獣になり果てながら、その男が喜びを覚える時があるのだとすれば、外からは窺い知れぬ他者の心が、自分と同じような獣であることを確認する時だけだ。

すなわち――裏切ることと、裏切られること。

「ああ……ああ。魔王に殺されなくてよかった」

星図《せいず》のロムゾは、嬉しそうに笑った。

八　合同軍病院前石段回廊

黄都《こうと》全域で勃発した戦禍に、巻き込まれなかった者達もいる。

このロモグ合同軍病院は、イリオルデ陣営の標的に含まれることも、ロスクレイ陣営の作戦に組み込まれることもなかった。人道的理由によるものではない。どちらの陣営にとっても、そこに入院中の人物を巻き込むことは益にならないためだ。

ここには、柳《やなぎ》の剣《つるぎ》のソウジロウがいる。

「ですから、何度もご説明している通り」

廊下を歩いていくソウジロウに小走りで追いすがりながら、看護師が説明する。

「本日の試合は中止なんです！　第三卿ジェルキ様から正式に通達を受けています！」

「試合があったらどうすンだよ。オメェ責任取れんのか!?」

ソウジロウの右脚は、太腿《ふともも》から先が失われている。下腿《かたい》義足ではなく大腿《だいたい》義足だ。この世界の技術水準では、右半身側を単純な杖だけで支えているのにも等しい。

にも関わらず常人が容易に追いつけぬほどの速度で歩行できるのは、生来の超人的な身体能力と、体の延長たる器物を使いこなす天性の感覚と表す他ない。

「そろそろ我慢ならねェんだよ。退院だ」

切断傷の回復も、歩行訓練も、とうに終わっているはずだ。術後経過の観察のために入院が必要だと医師は主張していたが、それらの治療行為はソウジロウを六合上覧《りくごうじょうらん》からさりげなく遠ざけ、戦闘意欲を削るためのものだったのではないか。

ソウジロウは以前からそれを疑っていたが、第十試合開始当日に至っても退院が認められなかったことで、確信に至った。

「このオレを……不戦敗にはさせねェぞ」

気に食わない。

ソウジロウが邪魔だというのなら、食事や薬に毒を混ぜてもいい。担当する医師に、生術《せいじゅつ》で攻撃させてもいい。病室を大量の兵士で取り囲んで、一斉に殺しにかかればいい。

敵がそうしてくれさえすれば、何の気兼ねもなく戦えたのだ。

悪意も敵意も感じさせず、試合当日まで強行突破に踏み切らせなかった。ここからでは顔の見えない何者かは、そういう攻撃を仕掛けてきていた。

医師も看護師も振り切り、通りに面した窓へと到達する。

嵌め殺しの窓であったが、ソウジロウの剣が撫《な》でるようになぞると、窓枠ごと内側に落ちた。

練習剣ですら迷宮機魔《ダンジョンゴーレム》を切断するソウジロウが操る不壊の刀、アルクザリの虚《うつ》ろの魔剣に、切断不可能な物体は存在しない。

「危ないぞ！　やめなさい！」

「あー……出る前に、一応礼は言っとくわ。ありがとよ」

今夜泊まる場所はどこがいいだろうか、と思う。

黄都《こうと》に来てからの生活はほとんどユノに任せきりだったから、少しは不都合があるかもしれない。

野宿と比べれば大抵はマシだろうが。

「ま、なんとかなるだろ……！」

三階の高さから飛び降りる。

頭から石畳に叩きつけられる瞬間、両手のひらを使って着地する。全体を一本の弓のようにして衝撃を流し、回転とともに背中で着地して体をひねる。

五点接地法の上下を逆転させたかのような、異様な体術であった。

「……。片脚が使えねェとこんなもんか」

向かうべき方向は分かっている。市街だ。

戦闘の気配を感じていた。〝彼方《かなた》〟の世界で幾度も感じていたのと同じ、人と人が、兵器と兵器がぶつかり合う気配。

かつてのソウジロウは、そんな気配に魅力を感じたこともなかった。

戦闘が成立するのはいつもソウジロウ以外の誰か同士でしかなく、ソウジロウを打ち倒す意思と力を持つ者がそこに現れる可能性はなかった。

だが、この世界は違う。

人の域を凌駕《りょうが》する脅威があり、それと戦うための力と技と、兵器が培われている。

「ウィ」

ソウジロウは足を止める。進路を塞ぐ男の姿を認めたためだった。

市街の戦闘よりも濃厚な、暴力の気配。

一日も欠かさず鍛え続けてきたかのような太い巨体である。

その男は、消防活動用の長柄の鉄槌《てっつい》を携えていた。

「フハハハハハハ！　すぐに病棟に戻るべきだぞ！　柳《やなぎ》の剣《つるぎ》のソウジロウ。入院患者が出歩くと、危ないくて仕方がない！」

顔面は凹凸のない鉄面に覆われ、表情を窺《うかが》い知ることもできない。

「ヘッ……オメエこそ危ねェだろうが。そんなところに突っ立ってるとよ」

――〝彼方《かなた》〟で存在を許されなかった〝客人《まろうど》〟と、この世界は戦おうとする。

戦うための力と技と、兵器が培われている。それだけでは、ソウジロウにとってはまだ足りない。

「なんかの拍子に！　叩き斬られちまうからな！」

「望むところよ！」

脅威を認識してなお立ち向かう意思があってこそ、戦うことができる。

男の名は黄都《こうと》第十二将、白織《はくしょく》サブフォム。

◆

サブフォムの鉄槌が、街路の石段を砕く。

確かにその地点に立っていたはずのソウジロウは木の葉のように身軽に舞って、三段上の石段へと着地していた。

「フハハハハ！　大したものだ！　本当に片脚なのか!?」

「ケッ、オメエこそ、本当にやる気かよ？」

柳《やなぎ》の剣《つるぎ》のソウジロウは凶暴に笑っている。

白織《はくしょく》サブフォムは、ソウジロウのことを好ましく思う。

サブフォムが出撃したあの日、この男もまた、星馳《ほしは》せアルスを討つために病院を脱走した。

ソウジロウは片脚を失ってなお、心に欠けがない。生まれつき備わった肉体の強さに振り回される弱者ではないのだ。

強大な自我で、自らを激しい戦いへと駆り立て続けている。

「貴様がやり合わぬつもりならば、俺は構わんぞ」

そして――この第十試合当日にソウジロウを動かさずにいることが、白織《はくしょく》サブフォムが自らに課した役目だ。

ロスクレイの政争にさしたる興味はないが、他の多くの二十九官同様、義理のある相手である。

何よりもソウジロウと戦うこと自体が、サブフォムにとって十二分の報酬に値した。あの哨《みはり》のモリオと比べてなお異形の〝客人《まろうど》〟と戦い、どちらの精神力が勝るのかを、試してみたい。

「その片脚で、俺を振り切って逃げられるなら……の話になるがなァ」

「どいつも、こいつも……」

今のサブフォムは、ソウジロウが立つ石段から距離を取っている。

彼の一刀が届く範囲は致命圏だ。機動力に枷《かせ》があるソウジロウに対しては、徹底的にその外の間合いで戦う。

「小細工ばかり仕掛けやがる。オメェもそのクチかよ？」

「一対一の決闘で俺が細工を使わぬものと高を括《くく》っていたのならば、とんだ節穴だぞ、柳《やなぎ》の剣《つるぎ》のソウジロウ！　貴様がそこから降りてこないのなら――」

サブフォムは槌《つち》を振るった。石塀を砕く。

周辺が民家ならばともかく、ロモグ軍病院一帯は黄都《こうと》の国有地である。黄都《こうと》の作戦の一環として破壊する分には、サブフォムの良心になんら反するものではない。

さらに街路を砕く。石畳が衝撃で捲《まく》れ、サブフォムの長身よりも高く舞う。

「俺はこうして、目前の道を破壊するだけだ。貴様がその足で立っていられなくなるようにな」

徹底的に破壊され、足場が荒らされた地形で、義足の剣士が戦うことは可能だろうか？

尋常ならば、不可能だと答える。しかしその敵が、剣の異能故に〝彼方《かなた》〟を追放されるに至った〝客人《まろうど》〟だとすれば、この程度の条件で力の差が埋まることはないだろう。

サブフォムもそれは承知の上だ。過去には〝客人《まろうど》〟である哨《みはり》のモリオとすら渡《わた》り合ったこともあるが、サブフォムがあの時のような臨死の力を出すことができたとしても、ソウジロウとの距離はまだ、地平線の果てほども遠い。

（そんなものではつまらんだろう。ソ、ウ、ジ、ロ、ウ、）

白織《はくしょく》サブフォムは、柳《やなぎ》の剣《つるぎ》のソウジロウを好ましく思う。

故にこそ、同情する。

命のやり取りを味わうこともできぬままに勝ち続けてきたであろう、この男に。真の戦闘に身を浸す唯一の機会であった六合上覧《りくごうじょうらん》に、もはや参戦不可能となっても固執せざるを得ない、自我と欲望の強さに。

（悪条件で戦え、柳《やなぎ》の剣《つるぎ》のソウジロウ。貴様がこれまでの生で味わったこともないような、最悪の条件で。――貴様のような者に死を実感させるほどの小細工だけが……貴様の望みを、本当に叶えることができる）

柳《やなぎ》の剣《つるぎ》のソウジロウは、恐怖と死を味わったことがなかったのだという。

だからオゾネズマを打ち倒してもなお安堵することなく、第三試合で初めて自覚した内心の敵を殺すために、入院患者の話を聞き続けていた。

恐怖を知った上でなお、立ち向かえる者だ。サブフォムもそうでありたいと望む。

死地における極限の興奮と、生の実感に身を浸す喜び。〝本物の魔王〟の恐怖で多くの者が失ってしまった、本当の心を持ち続けていたい。

「別に、いいけどよォ」

ソウジロウは、石段の上で剣を担いだ。

その距離からでは届かない。

白織《はくしょく》サブフォムには、歴戦の戦士としての経験則がある。

体重、速度、放物線軌道——物理的に予測可能な結果だ。

ソウジロウはサブフォムの手前に着地する。ソウジロウの頭蓋を、槌が砕くだろう。

「オメェは死ぬぞ！」

「望むところよ。最初に答えた！」

「——へッ」

ソウジロウは口の端を歪めて、深く笑った。

ジャージが翻る。石段から跳躍する。その気配を肌で察知するよりも早く、サブフォムは迎撃の姿勢に入っていた。

——パン、という破裂音があった。

非常識的な速度で跳躍したソウジロウは、その寸前に大きく平衡を欠いた。自分自身の脚力で、空中へと投げ出されている。

「……！」

ソウジロウの右脚の義足が、内側から破砕していた。

ロモグ合同軍病院に作らせた義足だった。

「義足からは、死の気配は感じ取れんか？」

極めて単純な小細工である。

戦闘中の跳躍などの強い衝撃に反応して、小規模な爆発を起こす。

日常生活で発動することはなく、命を奪う程度でもない。

食事や薬品に注意を払うほど、常に身につけている義足は意識の外に置かれることになる。狙撃すら感知するソウジロウの異能——原理不明の直感の網をすり抜け得る攻略手段があるとすれば、そうした矮小な罠だ。

「そして、これが本当の」

——死の気配だ。

身動きを取れず自由落下するソウジロウの頭蓋へと、サブフォムは槌を振り下ろしている。

「ウィ」

金属の撥条《ばね》のような手応えがあった。

大槌《おおづち》の質量に弾かれたソウジロウは路上に吹き飛ばされて、瓦礫をいくつか砕いた。

サブフォムの手に伝わったのは、骨を砕く手応えではない。

「……」

必殺のはずの一撃が防がれた。何が起こったのか。

「頭を潰されるよりも早く……柄頭《つかがしら》で、俺の槌を殴りつけたか！」

身動きの取れないはずの空中で、強引に自らの軌道を制御した。

槌への打撃の反動で、距離を離す方向へと吹き飛んだのだ。

サブフォムは追撃に向かおうとする足を、強いて止める必要があった。瓦礫に突っ込んだソウジロウを叩き潰しに突撃していれば、返す刀で確実に刺し貫かれていたであろう。

剣の距離に入れば負ける。

(石段の上から、俺に斬りかかる寸前)

今しがたの交錯を省みることで、戦闘本能を制御する。

(ソウジロウは刀を肩に担いでいた)

それが刀を振り抜くための構えではなく、柄頭で頭部を守る構えだったのだとすれば。

(――なるほど、俺の失策だ。ソウジロウは俺が義足の破壊を狙っていたことは知らずとも、俺が頭部に殺意を向けていたことは分かったのだ。隠し持った飛び道具か、伏兵による狙撃か――いずれにせよ頭部を狙われることを予測し、防御の一手を置くことができた。柳の剣《やなぎ つるぎ》のソウジロウと相対すること自体が、間接的に奴に情報を与えている)

ソウジロウは瓦礫の中から、大義そうに起き上がった。

先と同じく互いに距離を離した、拮抗《きっこう》の状態である。しかし今や、高さの条件は同じだ。ソウジロウは義足を失い、物理的に歩行不能となった。

いかに〝客人《まろうど》〟でも、この状態でサブフォムを上回る機動力は発揮できまい。ましてやソウジロウの周辺は先程サブフォムが破壊した地形である。

「その足では飛びかかることはできんな！」

「……なんだよ。やってみなきゃ分かんねェだろ！」

「何を言おうが、この距離が縮まることはなかろう」

まだだ。まだ、これでは足りない。

「フハハハハハハ！　先程言った通り、俺は日暮れまでこうしていても構わんのだ。もっとも、貴様が病院に連れ戻されるほうが早いかもしれんが……」

「……」

「どうする。医師を殺してでもこの場に居座るか？」

サブフォムの役割は、ソウジロウが黄都《こうと》を出さぬための時間稼ぎだ。

しかし無論、時間切れのようなくだらない決着を望んで戦っているわけではない。

その思いはソウジロウも同様のはずだ。

この膠着《こうちゃく》状態を打破するために、形勢不利なソウジロウはいずれ捨て身の攻撃に打って出る必要がある。そうして初めて、ソウジロウに望んだ通りの死の淵《ふち》を味わわせることができる。

（さあ、来い。俺が半日をかけて辿り着く策でも、貴様ならば一瞬だろう。足を失った今、この距離をどうする。瓦礫の中の鉄骨で即席の義足でも設えるか。それとも、唯一の武器である剣を俺に向かって投げつけでもするか。唯一の――）

そこまで思考した時、サブフォムの体は反射的に動いた。

籠手と大槌を交差するように真上に掲げて、防御の姿勢を取っていた。

高速で落下した手術刀が弾かれて、高い音を鳴らした。

（第三試合の――）

それと同時に。

閃光が空中を走って、サブフォムの胸を貫いている。

「ぐ、ぬゥ……」

同じく、投擲《とうてき》された手術刀であった。

（この男は……第三試合で、オゾネズマの手術刀を奪って、時間差の落下攻撃をした……！）

「これで終わりかよ、オッサン！」

ソウジロウの声が聞こえるが、サブフォムは倒れるだけだ。

「あと一手くらいは対応してくれるって思ってたのによ――一度見せてンのと同じ手口なんだぜ。足場やら義足やらは関係なしに、最初からオメェのことは撃ち殺せたんだよ」

ソウジロウの剣は、唯一の武器ではなかった。

脱走の際に、何本かの手術刀を病院から奪うことが可能だったのだ。

空中のソウジロウを弾《はじ》き飛《と》ばした後で、サブフォムがどこに立ち、どこでソウジロウを待ち構えるかも予測されていた、空中から降る時間差の刀を防御することまで、異能の〝客人《まろうど》〟の読みの内にあった。

（だが、どこで刀を投げ上げた!?　ソウジロウからは目を外していなかった！　そのような素振りはまるで……）

血圧が急激に下がっていく。視界が暗くなりはじめていた。

戦わなければ。指先一本動かずとも、頭の中だけでも、戦わなければ。

（……爆発）

義足が小爆発を起こした瞬間、サブフォムはソウジロウを直視していただろうか？

仮にそうだとしても、肩に担いだ剣を警戒して、下げたもう片手で何をしていたかを、ソウジロウが空中に投げ出された爆発直後の一瞬で、認識できていただろうか。

あの瞬間、サブフォムはソウジロウの頭部を正確に砕くために殺意を集中していた。

ソウジロウは、そのサブフォムの殺意を知覚していた――

「そうか……フ、フハハハハハ……」

やはりそうだ。

頭部への狙いを察知されていたこと。それ以外への注意の程を気取られていたこと。

サブフォムが生まれ持った強すぎる戦意が、敗北を招いていた。

だが、それでいい。そのような決着をこそ望んでいた。

かつて哨《みはり》のモリオと戦った時と同じように、恐怖の先に踏み込むことのできる蛮勇こそが。

「俺の……俺の本性だ……これこそが……」

消えゆく哄笑《こうしょう》は、小さな呻きのようにしかならなかった。

◆

「つたく、無駄な手間……取らせやがって」

二本束ねた鉄の棒を、布を裂いた帯で右股《みぎもも》へと括りつける。

切り落としたサブフォムの大槌の柄だ。頑丈さはともかく、義足としてはごく簡易的に体を支えているだけのものでしかない。

腿《もも》への固定すら覚束ない以上、跳躍が不可能なのは勿論、歩行すらもままならない。

それでも歩き出すことはできる。

「オレは、戦いに来てるんだ」

足を引きずりながら、ソウジロウは歩き出す。

「戦わねェで……終わるわけがねェだろ……」

この日、第十試合が始まるはずなのだ。

試合開始の場所に向かえば、きっと戦うことができる。

自身を取り巻く黄都《こうと》そのものに阻害され、封殺されゆく中でも、柳《やなぎ》の剣《つるぎ》のソウジロウは、一縷《いちる》の望みに賭けるしかない。

この日、城下劇庭園は第十試合中止の告知とともに閉場された。

試合は予定されていない。

九　中枢議事堂第一交換室（総合司令本部）

速《はや》き墨《すみ》ジェルキは、優秀な文官と評価されている。

広大な黄都《こうと》で繰り広げられる経済活動を機械の如く精密に把握し、制御を外れぬ速度で成長を続けるよう、それでいて管理されていることに気付かせぬような采配を見極めることができた。

生まれながらの才能だけではなかった。多くの先達から学び続けた、努力の結果もある。

ジェルキは自身が才能に恵まれていただけでなく、他者の才能を理解する力にも秀でていた。才能を見出《みいだ》した官僚には立場や年を問わず師事し、能力と人脈を継いでいった。

立身出世のためなどではない。ずっと惜しんでいたからだ。〝本物の魔王〟の時代は、怪物的な戦闘者を無数に輩出した一方で、平和な時代に必要な力を持つ非戦闘者を殺しすぎた。ジェルキがその真の価値を理解していた者達は、魔王の恐怖が引き起こした戦乱や暴動に、有象無象の雑兵の如く駆り出されて死んでいった。

そのような戦乱の時代に、世界を逆行させてはならない。先人が命を賭して遺した黄都《こうと》と王族を守らなければならない。生き残り力を継いだ自分には、その責任があると考えている。

――速《はや》き墨《すみ》ジェルキは、自分自身が優秀であると信じている。

故に第十試合のこの日の戦いも、可能でなければならない。

イリオルデ軍が反乱を起こした。黄都《こうと》全域で戦闘が勃発している。

ありとあらゆる情報が、洪水の如く押し寄せ続けている。

ジェルキはその全てに対して次のように答えた。

「すぐに対応する」

非現実的な業務量に対して、ジェルキは機械的な優先順位をつけた。

即座の判断が必要な問題は、越権であってもジェルキ自身の責任で判断を下す。

ジェルキ以外でも解決可能な問題は、通産省の他の官僚や、他省庁へとすぐさま振り分ける。

各商店組合や他省庁からの出頭の要求は全て後日の対応とし、必要ならば代理の者を送る。

可能な限りジェルキの能力を必要とする問題のみに注力し、それでもなお溢《あふ》れ続ける莫大な業務量を処理し続けている。

（まだ、この程度では、倒れていられない）

疲労。混乱。怨嗟《えんさ》。睡魔。重圧。恐怖。

生物としての、正常な反応や機能を殺す必要があった。

各地で発生している問題は一つ一つが緊急だが、黄都《こうと》の内政を預かる最高官僚として、一度たりとて類似の事例に遭遇したことのない問題はないはずだ。そこに多大な意志や判断の労力を割く必要はない——さりとてただ前例に倣うだけでは、全てが破綻してしまう。

全てに対応しなければならないのは、現場の者達も同じだ。この日に備えて準備を整えてきたとはいえ、それでも人手や物資の配分には常に限りがある。自分自身が下した命令が互いに衝突することのないよう、前例よりも常に適切な対処を、歯車を噛《か》み合《あ》わせるようにして設計する。

決して、手助けを願ってはならない。

「緊急報告！　西外郭六条の戦闘は市民の暴動である模様！　繰り返します、西外郭六条の戦闘は反乱軍ではなく市民！　第十試合中止への抗議活動が――」

「ノトレス・ギナ職工組合が反乱軍への支援を表明しています！　同組合の私兵、約九十名が組合本部前の戦闘に加勢しているとのことで――」

（……ロスクレイが動ける状況だったなら）

それは、ジェルキが乗り越えてきた前例との最大の差異だ。

大量の人員を動員し、威圧する必要はない。絶対《ぜったい》なるロスクレイがその場に立てば、無意味な流血も市民の敵意も、詩歌《しいか》の物語が終わるように鎮めることができるだろう。内政を取り仕切る者の目から見れば、それは戦闘と破壊に長けた修羅の誰よりも反則的な異能といえる。

この日だけは、その力を期待してはならなかった。

「――市民の暴動は予測されていた事態だ！　軍ではなく公安局の部隊を動かすことができる！　連絡を繋ぎ現場での対応状況を聞け！　職工組合の造反について、軍部側は内偵によって既に把握しているものと判断する！　しかし状況観察は継続、新たな問題が発生するようなら都度報告を入れろ！」

「緊急報告です！　ジェルキ様。王宮が攻撃を受けています」

（……こちらにも来たか）

異相《いそう》の冊《ふみ》のイリオルデほどの男が、王宮襲撃のような短絡的な手を狙っていたとは思わない。

だが、激化する戦闘の混乱と熱狂の只中ではそのようなことも起こるだろうと、どちらの陣営も予想はしていたはずだ。

「王宮の守備体制は万全だ。こちらからの手配は必要ない。王宮警護局からの要請時は――」

「ジェルキ様。柳《やなぎ》の剣《つるぎ》のソウジロウが、早朝の時点でロモグ合同軍病院を脱走していた模様。現在、所在を摑めておりません」

「……」

柳《やなぎ》の剣《つるぎ》のソウジロウ。この男はいずれ第十試合のロスクレイの対戦相手として始末する予定だが、今日ではない。後日、正式に遅延された第十試合の場で、ロスクレイは万全の準備を整え、ソウジロウを公衆の面前で迎え撃つべきだった。だが。

「白織《はくしょく》サブフォムの安否は？」

「ソウジロウと交戦し、心肺停止状態とのことです。現在蘇生《そせい》を試みています。……我々では対応が不可能なことですので、報告を後回しにいたしました」

「……それでいい。ありがとう」

ソウジロウは、サブフォムを討ってまで逃走したということになる。

（柳《やなぎ》の剣《つるぎ》のソウジロウの行動は、黄都《こうと》への反逆と解釈できる）

　ソウジロウ自身もそれを理解していないわけではないだろう。何らかの確信的な理由があったはずだ。今は僅かでも思考時間が惜しい状況だが……

（今の黄都《こうと》の状況は……星馳《ほしは》せアルス襲来の時と、似ているようで大きく違う。この混乱の中、他の勇者候補を動かすことはできない。勇者候補の多くは、ただ戦うだけで我々の作戦行動に大きく干渉してしまうからだ――この日に限り、ソウジロウの魔王自称者認定はない。ソウジロウもそれを認識して動いているのだとしたら）

「ジェルキ様。……き、緊急です」

　新たな報告は叫びではなく、むしろ呻くような声色だった。

「カダン第三区が……壊滅しました。展開していた黄都《こうと》軍の部隊だけでなく、市民も……恐らく反乱軍も……」

「何があった。そう判断した根拠は？」

　通信手も、それを最初に報告できないほどに動揺しているのだろう。事態は極めて切迫した状況にあると判断する。

「こ……交戦中であった敵味方を巻き込むかたちで、なんらかの致死的な兵器が使用されたと推測されます。現場からの定時連絡が途絶えており……十番城砦《じょうさい》からの観測で、現地の状態を報告させました。カダン第三区一帯の生物が……肌を剝がされたように死んでいると言っています。見たこともない、光る植物のようなものが繁茂しているように見える、と……」

　恐れていた事態の一つだった。正確な情報や対処よりも、真っ先に必要なことがある。

「周辺の避難状況は！」

「最終報告では、激しい戦闘が予想される区域であるため、隣接区画の住民の五割を避難させたと報告されています。避難誘導のために人員を投入しますか！」

「いや……五割の住民に対応できるだけの人員を送り、説得と誘導を行うだけの時間はない！　敵兵器の性質次第では誘導人員に二次被害が及ぶ可能性がある！　カダン区画全体の隔離を検討、市街の封鎖に動いてもらいたい！」

「しかし、それでは……」

（――犠牲が多くなりすぎる）

その通りだ。

この程度のことは背負う必要がある。

ジェルキ達には、道理を覆す異能はない。そのようなものがあるとしたら……

「私が出ましょう」

涼やかな声があった。扉の前だ。

それは黄都《こうと》の誰もが知る、安堵を告げる英雄の声だった。

だがジェルキは、半ば愕然《がくぜん》と尋ねた。振り返りはしない。

「……ロスクレイ。なぜ来た」

「これは私が立案した作戦です。あなた一人だけに負担を押しつけるわけにはいきませんので」

「被害規模を抑えられるかどうかは、我々の働きの結果だ。君を前線に出してしまえば作戦目的そのものが転倒する。出撃は許可できない。君は無傷で温存する」

「許可は私自身が出します。市民を生かすためです」

　ロスクレイの声色は、寒気を覚えるほどに穏やかだった。

「今、あなたは初めて手詰まりになった。そうですね？　少し前から、ラヂオを通じてあなたの采配を確認していました。他の問題に対応し続けるために、多くの市民を見捨てざるを得ない状況になっています。私が、それを解決しましょう。思考を止めず、次の手を打ってください」

　声色や報告頻度。ジェルキが指示した内容以外にも、判断できる材料は多くあったのだろう。そうだとしても、司令本部のこの喧騒を、それもラヂオ越しに聞いていただけで、ジェルキの処理能力の限界を把握したというのか。

「……許可できない。敵の攻撃の正体も判明していない」

「カダン第三区が壊滅したという報告でしたね。一斉に壊滅したのであれば、敵の攻撃は竜《ドラゴン》の息《ブレス》の如く広域かつ同時に作用するものであると考えます。攻撃範囲に入った時点で致死の攻撃ということさえ分かっていれば、性質を看破する必要はありません。必要な情報はむしろ攻撃予兆——周辺の観測所からの報告を、私のラヂオでも受け取れるようにしてください。脅威の進行方向や速度については、危険の及ばない遠方からの観測の方がむしろ容易に把握できるはずです」

「……なぜだ？」

　答えを期待した呟きではない。ロスクレイの考えは、理に適《かな》ったものであると思う。

絶対《ぜったい》なるロスクレイは、正しい。奇跡的なほど、均衡が取れすぎていると言ってもいい。

自身の最低限の安全を守りながら、最大多数の人々を救うために動くことができる。

(なぜそうできる。……そこが君の危うさなのだ)

異相《いそう》の冊《ふみ》のイリオルデがそうだったように――知略に優れ保身をはかる才能に優れるだけの者は、常に他者を矢面に立たせ、自らを危険に曝しはしない。しかしロスクレイは、本心から死を恐れていながら、見知らぬ民を救うための英雄的な行動を選ぶことができる。

まるで民の一人一人を家族として愛しているかのように。あるいはその家族が、名もなき民の中にいることを恐れているかのように。

ジェルキが危惧していたことは、これだ。

黄都《こうと》の民が絶対《ぜったい》なるロスクレイを必要とする時、彼は自身の意志で、民を救いに向かうであろうということ。

「――一つだけ条件をつける。万が一の状況では、何よりも自分の身の安全を優先しろ」

ジェルキの発言は、必要な時には民を見捨てることを意味している。

「そのつもりです」

心からそう答えていることが分かった。

人工英雄とは、それ自体が均衡の取れた矛盾である。

「英雄は人々を救うものです。そして、死んではならない」

◆

溶血性連鎖球菌と称される細菌がある。

日常において、これはごく無害な常在細菌でしかない。咽頭や消化管、表皮などにありふれて生息する細菌である。稀《まれ》に、上気道炎や皮膚感染症を引き起こすこともある。

しかし、その溶血性連鎖球菌による感染症が、突如として劇症化することがある。手足の皮膚や筋肉が僅か数十時間で壊死し、多臓器不全による死に至る。速やかに壊死した組織を切除し、抗菌剤による治療を行わなければ手遅れになるほど急速に症状は進行する。

重症化のきっかけは不明である。昨日まで健康であった者に、突如として発症することがある。劇症型溶血性連鎖球菌と一般的な溶血性連鎖球菌との差異は、免疫受容体の働きを阻害する脂質を産生して免疫系を回避していることにあると言われているが、変異を引き起こす具体的な原因については判明していない。

——すなわち、原因不明のごく僅かな変異で、日常にありふれた菌が、未知なる致死的な病原体へと変貌することがあり得る。

カダン第三区で起こった出来事は、そうした例に近い。

街路のそこかしこに転がる死体は、顔から足元まで皮膚が溶け崩れ、脂肪と筋肉が露出している。多くの死体の側には、幾条もの血の帯が刻まれていた。建物や大地に食い込むほど爪を立て、もがき苦しんだ末の、断末魔の軌跡であった。

「う、美しい。美しすぎる」

今なお生きて悶《もだ》えている者が、一人だけいた。

もっともこの男に関しては、感激と興奮のあまり地面をのたうっていると表現すべきである。

斑《まだら》のような虫食いの白衣に、薬品で毒々しく変色した頭髪。

地群《ちぐん》のユーキスという魔王自称者だった。

「ネクテジオ、ネクテジオ、ネクテェエエエ――ジオッ！　どうしてこんなにも完璧で美しいのでしょうか!?　こんなのは逆に絶望的では……？　生命体としての完成度の差を否《いや》が応《おう》でも理解してしまうんですよね！　わ、私一人だけでこの歓喜を味わいたくない……爆発してしまう！　もっと多くの人々にネクテジオの良さを見てもらいたい……感想がほしい。皆さんにもぜひ限界になってもらいたい」

ユーキスは不可解な動機によって元気を産出し、跳ね起きた。

そして、傍らに倒れている溶け崩れた死体を揺すった。

「お、起きてください！　起きてください！　おかしい。正常な意識があるならネクテジオの生命論的美しさを目にして絶叫してしまうはずなのに……。これは科学的におかしいぞ……？　何かがあったに違いないが……」

ひとしきりそれを続けると、ふと思い出したかのように手を離す。死体が再び倒れた。

「あ、そうか。私以外の生物は、ネクテジオが現れると常在菌が変異して死ぬんだった。勝手な連中だな……。せっかくネクテジオの姿を見られるんだから、最低限の耐性くらい前もってつけていればいいのに。誰か起きている人はいないんですかぁー……？」

「――り、りりりり。ネクテジオは、め覚めています」

星空のような光の明滅とともに、ひどく小さな、羽虫のさざめきのような声があった。

ユーキスは尻餅をついた。

「アヒッ!?　美しすぎる声！」

「りりりりり。と市かん境での、定着は、良こうですよ。ネクテジオは、じっ験に、成こうしています」

ユーキスに話しかけている存在は、動物ではない。植物ですらない――第三区に繁茂した未知の菌類子実体の群れだ。人間《ミニア》の身長を越える柄が、住宅の窓を突き破って聳《そび》えている。透き通ったゲル状の球体が、倒れた死体を覆っている。青白く発光する胞子が空気中を舞い続けている。

それら全てで構成される異形の生物相こそが、刻食腐原《こくしょくふげん》ネクテジオという名の菌魔《ファンギ》である。

「ああ～～ッよかった……！　理論上は当然、都市部でも生きていけることは分かっていたのですが……それでも今回ばかりは急激に環境を変えざるを得ませんでしたからね！　何人か死んでしまった模様ですが結果的に幸運！　土壌の露出が少ない市街地であっても数の多い人族《じんぞく》を苗床にすることで安定した相を保つことができると判明しました！　偶然的な成り行きで実験成功！　ヒヒヒヒヒ！　ネクテジオは美しく、運命的にも強い！」

ネクテジオの攻撃は、味方であるはずのイリオルデ軍すらも巻き込んで殺傷している。ユーキスがこの場にいる理由は、イリオルデ陣営の作戦によるものではなかった。

戒心《かいしん》のクウロがそうであったように、ユーキスもまた開戦の混沌に紛れ、勢力の軛《くびき》を自ら断った存在だった。自らの最大の作品たる刻食腐原《こくしょくふげん》ネクテジオを戦争に利用されぬよう持ち出し、実験室外環境での定着実験――すなわちこの大量殺戮《さつりく》を、カダン第三区で実施したのである。

振る舞いからは想像もつかぬことだが、地群《ちぐん》のユーキスはある意味で高い危機管理能力を備えていたのかもしれない。凶暴な自我と異端の才能を持ち合わせながら勝算のない敵と争うことをせず、その一方で、敗色が濃厚となった勢力を離れることに躊躇《ちゅうちょ》がなかった。

ユーキスは黄都《こうと》と明確に敵対した経緯を持つ魔王自称者ではない。辺境で無軌道な細菌実験や殺人を繰り返していたとしても、事件の規模そのものは、どこにでもいる犯罪者の枠を出なかった。これまでは。

その彼の手には、今、最も恐るべき生物兵器が握られている。

「りりりりり。兵きの投下を、かく認、していますよ」

「エーッ!?」

ユーキスは驚いたように空を見た。隕石《いんせき》のような炎の雨が、建物越しに何筋が見えた。目視できる速度で降っている。速度や質量による破壊が目的ではない。弾体に点火して投げ込んでいることからして、恐らくは油脂等を用いた焼夷弾《しょういだん》。

黄都《こうと》軍の攻撃だった。各地の監視塔から焼夷弾を投下して、未知の菌に汚染された区画ごとネクテジオを焼却するつもりでいる。

「たい象を解せき、して、いますよ。りりりりり。かい析。破かい。分かい――」

市街の空間の半分を占める菌類の群生が、呼吸のように規則的な生物発光を呈する。

いくつかのキノコの傘がゆっくりと開き、土の表面を覆う苔《こけ》が色を変えていく。

「わかりました。りりりりりりり。植ぶつ油。石ゆ。鉛。亜鉛。燐《りん》。ネクテジオ系内にとり込み、安定化をおこないます」

「う、美しいだけでなく賢い……。信じがたい尊さ」

ユーキスの立つ区画中心部を円形に囲うように、焼夷弾が着弾し、炸裂《さくれつ》する。

焼夷剤が速やかに広がり、災が起こり――そしてすぐさま消えた。

水では消火されず、投下地帯の酸素を急激に奪うはずの焼夷剤は、ネクテジオの展開圏内に曝《さら》された時点で変質しており、燃焼を起こすこともない。

「効かないですねェ！　これは〝抑制種〟トリスクス・ニタニエ……」

菌類の海の中で、地群《ちぐん》のユーキスは一人笑った。

「りりりり――構せい生物を六種しょう去。三しゅを新生」

パチパチパチ、と泡が弾けるような音が響く。

棒状の担子器《たんしき》を備えた紫色の子実体が、建造物の屋上に発生しつつあった。それらの担子器は全て、焼夷弾を投下した可能性がある高層建築へと向いていた。

「〝散布種〟リスタノカズマ」

――チッ、という音とともに、紫色の子実体が弾けて散る。

音速を越える胞子の連続射出に伴う衝撃波のためか、子実体が植えつけられていた建物そのものも倒壊した。

監視塔が、遠くで倒れた。

一基。二基。三基。

刻食腐原《こくしょくふげん》ネクテジオは、変幻自在に防御と攻撃を兼ねる、有毒の城砦である。

「ここを動くかどうか……ンンンン迷いますねぇ〜。ネクテジオのためを思えばあまり環境を急激に変化させたくはない一方、黄都《こうと》の皆さんのお邪魔をするのも本意ではない……。まあ私としては明白にネクテジオ絶対優先なのですが――美しすぎるネクテジオを万が一にも危機に曝したくない思いもあるッ！　悩ましいですね！　愛ゆえに悩ましいッ！」

◆

カダン第四区で民の避難誘導を行う中、ロスクレイは第三区の怪物に関する報告を受けた。

近づけば即死の汚染。砲撃に対しては正確な反撃。

ロスクレイが伴っているのは、この現場に間に合う位置関係にいた、僅か二部隊だ。黄都《こうと》軍の精鋭でもない。若年の兵卒も多く含まれていた。

「まだ移動しませんよね、ロスクレイ!?　母とおじが今、お得意先に呼びかけて人を集めてきてますから……！」

「黄都《こうと》は大丈夫なんですか!? 今朝からずっと砲撃の音が……さっきだって……!」

「なあに、この広場でどっしり構えといてください! ギルドの若い者を総出で動かしています! 逃げ遅れる奴は一人も出しやしません!」

「ああロスクレイ様……こんな老いぼれの命を惜しんで来てくださるなんて、本当にありがたいことです……」

「ロスクレイ! お願いします、ロスクレイ……!」

しかし、ロスクレイが動かすのは市民だ。彼らには本来、一人一人に自らを動かす以上の力がある。その力を最大限に発揮させる触媒が、ロスクレイの象徴としての力である。

「皆様、ご協力ありがとうございます。この反乱に対し、黄都《こうと》軍は依然として優勢ですが……それでも、あなた方市民を失ってしまえば、完全な勝利ではありません。私とともに一丸となって、一刻も早く避難を完了させましょう。今後の指揮はこちらの、占見《うらみ》のマルテルが担います。第三区および第二区北側の救助活動は我々にお任せください」

近隣住民の住民登録印帳と、今後の行動方針については引き継ぎ済みだ。建設省から伴ってきた官僚に指揮を任せ、すぐさま次の区画へと移動する。

一時たりとも留まってはいられない。第四試合の負傷は回復したとはいえ、攻撃への警戒を常に怠ることなく、差し迫った脅威への対処を考え続けなければならない。

現地に出ることで、市民からいくらかの目撃情報を得た。

勇者候補を動員する以外に、刻食腐原《こくしょくふげん》ネクテジオにすぐさま対処する手段はない。

ロスクレイは、司令本部のジェルキへとラヂオ通信を繋いだ。

「ジェルキ。第三区の異変に対処しないことを提案します」

〈……何を言っている？〉

やや憔悴《しょうすい》したような声が返った。

焼夷弾による区画焼却が失敗に終わった以上、ロスクレイの安全を確保するためには一定の犠牲を伴う作戦に出るしかない。ジェルキはそう考えていたはずだ。

〈この敵の攻撃能力は極めて危険だ。君と避難民は今、蛇竜《ワーム》の棲《す》む沼沢地の上を歩いているに等しい。少し間違いが起こるだけで、何もかもが破綻する〉

「ええ。だからこそです。この攻撃は、黄都《こうと》軍とイリオルデ軍双方に対して行われました。どちらの陣営も、この敵の危険性を認識しています。焦って手を出してしまった方が致命的な被害を受けることになる……この敵はカダン第三区から動くつもりがありません」

〈判断の理由は？〉

「第一に、最初にこの菌魔《ファンギ》が確認されてから脅威範囲が広がっている様子がありません。破壊工作を目的とした行動ではないということです。……そして敵が移動を伴わず、突如として出現したということ。地群《ちぐん》のユーキスは最初の奇襲に限って、もっとも有利な区画を選んで占拠できたということになりませんか？」

〈観測結果からは、第三区に群生する多数の菌魔《ファンギ》がこの攻撃の本体だと考えられる。これは市街を襲っている菌魔《ファンギ》兵のように移動する類の魔族《まぞく》ではなく、ユーキス側の何らかの操作によって発生し、

根付く類の魔族《まぞく》だ〉

通信の向こうで、ジェルキが思考する。

〈つまり、拠点を必要としているということか……!? 第三区の基地を占拠し、『迷宮』を作るつもりでいる……両陣営を一度に全滅させたのは、それが終わるまで介入させないためだ……! ロスクレイ。やはり今対処しなければ手遅れになる〉

「だから捨てます。今この周辺は、イリオルデ軍にとっても空白地帯となりました。こちらから対処すべき存在は地群《ちぐん》のユーキスしか残っていないということです。手を出せば反撃や移動を選ばれる恐れがありますが、現状維持をすれば周辺区画の避難は問題なく完了できます」

最も重要なことは、黄都《こうと》を完全に守ることではない。犠牲を出さずにこの一日を終えること。

地群《ちぐん》のユーキスは、全ての要となる戦いを制した後で、勇者候補を動かして討つ。

「移動の可能性に備え、ユーキスの動向は注視してください。被害の拡散経路としては、水道を通じて他の区画を汚染することが考えられます。〝液化塁壁《えきかるいへき》〟の使用をお願いします。生術《せいじゅつ》の専門家の視点が必要です。血泉《けっせん》のエキレージを動かせるのなら、私に連絡を取り次いでください」

〈……ありがとう。問題解決を焦りすぎた。他の案件に戻る。そちらは任せて構わないな〉

ジェルキの返答は短いものだったが、安堵のような声色があった。

合理的な冷徹さで知られる速《はや》き墨《すみ》ジェルキといえど、何かを見捨てる罪悪感からは、やはり逃れられない。莫大な業務を課せられ、無数の選択が積み重なる中で、誰かが大きな罪悪感を肩代わりする必要があった。

（戦うべきか。戦わざるべきか。いつの日も迷い続けてきたことだ）
ロスクレイは、徹底して戦わない。
その選択肢こそが最も強いということを知っている。

十 王宮区画

乱戦の最中に属する陣営の思惑から外れて動き出していた者は、地群《ちぐん》のユーキスのみではない。簧《した》のキャリガという、痩せた男がいた。反黄都《こうと》主義で結束したイリオルデ軍の第四大隊を率いる将であった。

しかし、キャリガ自身の認識は多少異なる。キャリガは昔も今も変わらずに中央王国の将軍であり、真の王国を取り戻すために、支援者であるイリオルデと一時的に手を組んだに過ぎない。そして、この大規模政変に乗じて王宮へと攻め込むつもりでいる。

王宮区画を取り囲む濠《ほり》の前に並ぶ兵士達を前にして、キャリガは泣いた。

「うっ、ひぐっ……ぐすっ、皆さん……この私などに、ここまで付き従っていただいて……ずずっ、うぐっ、ありがとうございます……。我々はこれから……王宮を奪還します…………」

感極まってそうしているわけではない。キャリガは普段から、ほとんどどんな時でも泣き続けてきた。何らかの病なのかもしれないが、キャリガにはそれよりも明らかな病があった。

簧《した》のキャリガは、己を中央王国時代から王国を守り続ける将軍であると自称している。実際にそうであった記録は存在しない。貧民の出であったキャリガは、貧民街を視察に訪れたアウル王から労《ねぎら》いの言葉を受けて以来、自分をアウル王の忠実な臣下であると信じるようになった。

中央王国時代、簀《した》のキャリガは異常者だった。中央王国の復権を目指す旧王国主義者にすら、その妄想に基づく主張が受け入れられることはなかった。皮肉にも王国と敵対する反乱軍となったことで、キャリガは中央王国の名を背負う将軍としての才能を開花している。

キャリガの武器は、身長の二倍近くにもなる大薙刀《なぎなた》である。足元には切断された何人分もの人体が散らばっており、濠にかかる大橋は下ろされていた。

大橋が下ろされるよりも早く単騎で突出し、濠を護《まも》る王宮警護兵を全滅させたのだ。

掠るだけで人族《じんぞく》を絶命せしめる威力の大薙刀を振り回しながら、狂気的な突撃で軍勢の只中へと飛び込んでいくことができる。キャリガは生まれながらの戦闘者でもあった。

「お、恐れることはありません……。セフィトは魔王です。王を名乗り、ひぐっ、奸物《かんぶつ》を引き連れ……きょ、恐怖によって、ほんの一時王国を占拠しているだけの、ううう……魔王自称者にすぎません……！」

ハーディの作戦行動に従った他の反乱軍は、戦闘前から巧妙に仕組まれた罠によって次々と包囲された。しかし作戦を無視して独断で突出したキャリガに対して、黄都《こうと》軍の優位は効いていない。むしろ他の戦闘を囮として、通常攻め入れぬ王宮前まで到達することが可能だった。

中央王国の復権を掲げるキャリガの大隊には、中央王国時代の正規兵や、旧王国主義者から転向した実戦経験者が揃っている。彼らは〝彼方《かなた》〟の小銃を装備しており、さらには起動とともに高速で走行し自爆攻撃を実行する、自爆機魔《ボムゴーレム》をも与えられている。

十分以上の戦力がある。これほどの質と量を伴って王宮区画まで迫ることのできた武装勢力は、黄都《こうと》の歴史上前例がないと言っていいだろう。

しかしキャリガは、泣きながら憎悪していた。

（やはり、イリオルデは信用できない。所詮は政治屋なのだ。私と正義を共有できていない……）

この思考には、自分自身が預けられた第四大隊を独断で動かし、イリオルデ軍に抗命している事実は考慮されていない。

（同じ〝彼方《かなた》〟の兵器なら……王宮を直接砲撃できる重火器を与えてくれれば、この位置からでも王宮を落とせたはずなのに……彼らには本気で王国を取り返すつもりがなかった……！）

キャリガが王宮襲撃に走る可能性は、言うまでもなくイリオルデ陣営にとっても不都合なことであった。黄都《こうと》転覆計画は黄都《こうと》の民と女王セフィトのためにロスクレイら改革派を排除するという名目であり、王宮を襲撃すればその大義を失うこととなる。

イリオルデ陣営が重要拠点の破壊に用いることのできる重機関銃や無反動砲を支給しなかったのは、第四大隊の暴走を未然に防ぐ狙いがあってのことだったが——簀《した》のキャリガはそうした上層部の思惑をも超えて強行したということになる。

戦場の昂揚がどのように働くかを、正確に予知できるものなどいない。まして無数の反黄都《こうと》勢力を取り込みながら膨れ上がったイリオルデ陣営には、陣営内で思想の統一を行うことができない構造上の弱点があった。数を増し、肥え太ったが故に弱まるものもある。

「皆様も、ともに戦いましょう！　正義のために！」

キャリガは旗の代わりに大薙刀を掲げ、兵士達の咆哮《ほうこう》もそれに続いた。

乱戦に乗じて黄都《こうと》軍の防衛戦を立て続けに突破した強運と、勝利を目前にした興奮。蹄《ひづめ》の音は嵐のように駆け、大橋を越えて王宮区画へと突入した。

さらには、自爆機魔《ボムゴーレム》が三機。球状の巨体を有する機魔《ゴーレム》は、騎馬隊の機動力をも超える速度で先行し、王宮の門を爆破して突入口を拓《ひら》くための兵器である。

黄都《こうと》各地で発生している戦闘に対応しなければならない以上、予想されるのは王宮警護局の反撃のみ。この王宮がいかに世界最強の戦力に守られた権力中枢であろうと、守りの手が届かぬ一瞬を狙い撃てば、一本の短刀で首を斬ることができる――

「なァ〜にが中央王国の奪還ですか」

三機の自爆機魔《ボムゴーレム》の進行方向には、針金のような体躯《たいく》の、ひどく人相の悪い男が佇んでいた。

両腕をだらりと下げて、機魔《ゴーレム》と対峙《たいじ》している。

「ぐすっ……死ににきたみたいですね。黄都《こうと》第九将、鏨《たがね》のヤニーギズ……！」

「ヒ、ヒ。簒《した》のキャリガ。教えてやりましょうか？　アナタ達のようなバカがどうして今日まで生き残ってこれたか――」

言い終わる前に、ヤニーギズの手元で何かが光った。

矩形《くけい》の不可解な軌跡を描いた緑の光が、自爆機魔《ボムゴーレム》の足元に連続して着弾する。

横並びに突撃していた自爆機魔《ボムゴーレム》は、三機ともがその場で転倒した。

「……！」

キャリガは強引に馬の進行方向を変えた。

先程まで並んでいた先陣の騎馬隊の何名か、自爆機魔《ボムゴーレム》に進路を塞がれて落馬している。他の者もその場で足を止めざるを得なかった。

ヤニーギズが笑う。

「くだらないバカだから、生かしてやっていたんですよ」

自爆機魔《ボムゴーレム》が、一斉に爆発した。

足を止めた先陣の兵士達が、馬ごと爆散して死んだ。

遅れて、熱波と衝撃がキャリガを打つ。歯を食いしばって耐える。中央王国の将軍が、この程度のことで倒れるわけにはいかない。キャリガは今、怒りのあまりに泣いていた。

「光の矢……モート神経矢《しんけいし》……！　中央王国の魔具を……！」

「ヒヒ。性能の詳細についてはご存知ありませんでしたか？　射出した瞬間の使用者の思考を、撃ち込んだ生命体に実行させる……私には『自爆する』ことはできませんが、標的に実行可能なことでしたら、どうやら問題なく行わせることもできるみたいですねェ」

ヤニーギズはわざとらしく感心してみせた。

許せない。王国の魔具を勝手に用いたことも、キャリガから冷静さを奪うために敢《あ》えてそれを用いているであろうことも。だが、キャリガは常に泣き続けている。抑えきれぬ激情の制御であれば、常に行い続けていると言っていい。

（この距離で会話を選んだということは、槍の範囲に踏み込みたくないということ。モート神経矢

の装填時間を稼いでいるのでしょうが……足を止めている貴様は)

ヤニーギズを睨《にら》んでいるのは、キャリガに注意を向け続けさせるためだ。

後方の騎馬隊は〝彼方《かなた》〟の銃で武装している。

(小銃の良い的です)

銃声があった。

「え」

ヤニーギズの細い体が傾いて、唐突に倒れた。

「あなたの……負けです、ヤニーギズ……」

銃声がもう一度鳴る。

こちらに銃弾が飛んできていない。それに気付く。

キャリガは後方を向いた。後方集団が、黄都《こうと》の部隊と交戦している。銃撃を受けているのは、キャリガの部隊の方だ。

銃声の只中で、丸々と太った男が戦闘している。密集した騎馬陣形の隙間を兎《うさぎ》の如き敏捷《びんしょう》さで跳ね回りながら、手首を使う最小限の動きで、なぜか先端の折れた剣を当て続けていた。

「うーん……やりたくないんだけどなぁ」

刃が当たるたびに、人体や馬が音もなく倒れる。体が麻痺したかのような停止だった。

ただ一人で無数の兵を打ち倒しながら、男は朴訥《ぼくとつ》とした調子でぼやいた。

「でも、王宮に攻め込むのはやめなよ。殺すしかなくなっちゃうから」

「黄都《こうと》第十四将……光量牢《こううんろう》のユカ……！」

鏨《たがね》のヤニーギズは絶対《ぜったい》なるロスクレイの片腕として知られているが、同時に警察庁の長だ。国家公安を担うユカと協調していることは予想して然るべきだった。

（最初に撃たれたヤニーギズは――）

予感に従って、キャリガはその場から跳んだ。

横合いから飛来した緑色の閃光の一発が馬に着弾し、残りは逸《そ》れた。馬が激痛の叫びで悶える。

地面に転がりながら、キャリガは視線を上げた。

「おっと……ま、羽虫並の頭でもさすがに気付きましたか」

ヤニーギズが体を起こす。この男は最初から撃たれていなかった。後方の銃声に合わせて、それらしく倒れてみせただけだ。一瞬遅ければモート神経矢を浴びせられて、激痛か気絶の指令を与えられていたはずだ。

「二十九官が二人に、魔具が二つ。黄都《こうと》がこれだけの戦力を投入する意味はお分かりでしょう？」

背後でまたしても叫びが起こった。

ヤニーギズが、嘲笑めいて喉を鳴らす。

「バカに与えてやっていた猶予も終わったってことですよ！」

キャリガは走り出していた。

大薙刀を手に、ヤニーギズへの距離を猛然と詰める。大薙刀の長さと質量を十全に活かした斬撃は、切っ先が肩口に触れるだけで胴体まで飛散する、防御不可能な速度と威力だ。

（死んだことにも気付かせない）

走行の最中で、体幹と、肩を捻り、薙ぎ払いの姿勢に入っている。

その横合いから、斬撃が走った。

屈筋を切断され握力を失った拳は、大薙刀をあらぬ方向へと放り出している。

痛みの信号は遅れて到達した。

割り込んだのは、坊主頭の男であった。

「狂人め」

――黄都《こうと》第二十四将、荒野《こうや》の轍《わだち》のダント。

王宮警護局の長。西連合王国時代からの、女王セフィトの忠実なる臣下である。

「貴様ら如きに、王宮区画の土を踏ませたことが恥だ」

前例のない大戦力を相手取った王宮防衛戦は、完全にその趨勢《すうせい》が決したように見えた――

……だが。誰一人として、予想だにしていなかった。

ダントもヤニーギズもユカも、キャリガでさえもそれを知り得なかった。

想像上ですらあり得ない大戦力が、この場の何もかもを覆してしまうということを。

十一　友好

戦乱に紛れ自らの目的を達成しようとする者達は、黄都《こうと》の地下にもいた。

摘果《てっか》のカニーヤ率いる残党軍と化した旧王国主義者。

しかし彼らが攻撃目標とするのは、黄都《こうと》の重要拠点ではない――正確には、ケイテが旧王国主義者を誘導して攻め込ませようとしているのは、ということになるが。

「〝黒曜の瞳〟が、血鬼《ヴァンパイア》騒ぎの正体であるというなら」

カニーヤは軍団の先頭に立って地下水道を進んでいるが、そのさらに先では、探照灯を備えた小型の機魔《ゴーレム》がカサカサと進んでいる。軸《じく》のキヤズナが作り出した簡易的な偵察機である。

「組織は既に壊滅しているはずです。自らが弱体化させた組織を自ら用いるものでしょうか？」

「何を言っている」

ケイテは心底からの嫌悪とともに答えた。

「貴様らの現状を省みてから言え。貴様らも〝灰髪の子供〟に滅ぼされた上で、その〝灰髪の子供〟の良いように操られているのだろうが」

「……」

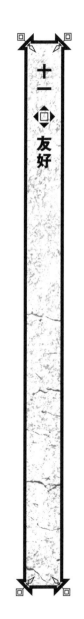

「黄都《こうと》もそうしたというだけの話だ。元〝黒曜の瞳〟のゼルジルガが勇者候補に選ばれたことからして、黄都《こうと》と〝黒曜の瞳〟の間に取り引きがあったことは確実だ。組織が壊滅した以上、〝黒曜の瞳〟は黄都《こうと》の支援なしでは維持できん。連中には黄都《こうと》の指令通りに、他の勇者候補を感染させ始末する以外に生き延びる道がない——しかも指令に従いさえすれば、表で出場しているゼルジルガが勝ち進む確率も上がる」

——言うまでもなく、ケイテの言葉は一から十まで嘘だ。

黄都《こうと》と〝黒曜の瞳〟は一貫して敵対関係にあり、正体を隠して六合上覧《りくごうじょうらん》を利用しようとしていた〝黒曜の瞳〟を特定するべく、黄都《こうと》は従鬼《コープス》の感染検査や抗血清の製造に尽力している。

だが、ケイテが旧王国主義者に正確な情報を伝えてやる義理も初めからない。

彼とキヤズナがまず成すべきことは、旧王国主義者を〝黒曜の瞳〟にぶつけ、メステルエクシルを自らの手に取り戻すことだからだ。

「星馳《ほしは》せアルス襲来の後、黄都《こうと》は従鬼《コープス》が蔓延《まんえん》していることを自ら明かしました。なぜ、わざわざ他の勇者候補に警戒されるような情報を発表したのですか？」

（……旧王国主義者の愚図のくせに、痛いところを突く）

カニーヤの口調からは感情があまり読めない。彼女は表情も変わらないので、ケイテからすれば話しにくいことこの上ない。

「自分で考えろ。俺が議会を追われた後の発表の意図までは知らん。……だが、血鬼《ヴァンパイア》を利用して勇者候補を抹殺したい黄都《こうと》側の目論見を考えるなら、六合上覧《りくごうじょうらん》継続のためのアルス暴走の説明は必要だったはずだ。死体を手に入れているのにもかかわらず虚偽の発表をすれば不都合が起こる……後の試合でも続けて勇者候補を始末したいと考えているのだとしたら」

「次以降の死体から感染が露見した場合、黄都《こうと》が疑われかねねェ。そういうこったなケイテ」

軸《じく》のキヤズナが、ケイテの意図を察して話を合わせた。

キヤズナの普段の態度は気に食わないことばかりだが、こうした悪巧みに限っては、彼女の悪意があまりにも頼りになる。

「アルスの死体は黄都《こうと》が確保できたが、次以降の勇者候補がそうなるとは限らんってことさね。特にルクノカ辺りは、死体を片付けるのだって一苦労だ——それ以前に、従鬼《コープス》化してもアルスと同じように暴走して死ぬ勇者候補が出てくるかもしれねェ。アルスも従鬼になっていたんじゃないかって疑いはじめるヤツが出てくる」

「だから敢えて隠さず発表したと。なるほど」

カニーヤは頷かずに答える。心の底からこの話に納得しているかどうかは分からない。

もっとも、ケイテにとってはどちらでも構わないことではある。信じようが信じまいが、カニーヤがこの理屈を使って兵を動かし、〝黒曜の瞳〟への攻撃を正当化するだけでいい。

（……信じさせるかどうかを別にして、死に体の組織を動かす）

ふと、湧き上がった疑問があった。

「〝灰髪の子供〟は、なぜ貴様らを見捨てた？」

「……」

「無論、貴様ら如き卑しい時代錯誤者を救おうなどとはこの世界の誰一人として思わんことだろうが……だとしても、あのオカフの傭兵どころか、小鬼《ゴブリン》まで味方につけた〝灰髪の子供〟が貴様らだけを見捨てたというのは、どこか理屈に合わん」

初めは、旧王国主義者は〝灰髪の子供〟の取引相手だったはずだ。

しかし、その後のヒロト陣営の旧王国主義者の扱いは徹底している。

六合上覧《りくごうじょうらん》への参戦のためにトギエ市の膠着状態を壊滅に導き、黄都《こうと》に破城《はじょう》のギルネスを捕らえさせ、軍団が崩壊した今なお、物資や情報という僅かな餌で、駒として利用している。

「……以前にも言いましたね。〝灰髪の子供〟は、恐ろしい相手だと」

カニーヤは、やや足を早めて先を歩いた。

表情を見せないようにしていると分かった。

「〝灰髪の子供〟は、小鬼《ゴブリン》をこの大陸に再び根付かせるために行動していることはご存知でしょう。しかし我々にも……今の黄都《こうと》にも、王国の価値観を持つ者である限り、人ならぬ種族への差別感情は根強く存在します。どれだけ知性があろうと、どれだけ有益だろうと、小鬼《ゴブリン》と暮らすことを選べる者はいません」

「当たり前だ。あのようなおぞましい鬼族《きぞく》ども――」

「しかし彼らのほうが、新大陸も含めれば数が多い。意味はお分かりですか？」

「……なんだと」

〝灰髪の子供〟は人族《じんぞく》ではなく小鬼《ゴブリン》の味方をする。その異様な事実についても、ケイテは一応の説明をつけることができる。彼にとっての最初の支持者が小鬼《ゴブリン》だったからだと。

――だが、そうではないとしたら。

「まさか。小鬼《ゴブリン》が……多数派だからなのか。新大陸とやらにいる小鬼《ゴブリン》も含めた最大多数が……人族《じんぞく》じゃあなく、小鬼《ゴブリン》だからだと……」

「そうなのでしょう。我々はそれを理解していませんでした。私も……ギルネス将軍も」

ケイテの頬には冷や汗が流れた。

「ま……待て。我々にも、今の黄都《こうと》も――そう言ったな。つまり、小鬼《ゴブリン》を受け入れなかったというのは……貴様らの話か!? 〝灰髪の子供〟は……黄都よりも先に旧王国主義者を選んでいたと言いたいのか!?」

〝灰髪の子供〟は、味方のふりをして旧王国主義者に接近し、滅ぼしたのではない。

旧王国主義者の側が、〝灰髪の子供〟の味方になることを拒んだ末路だったのだ。

「逆理《ぎゃくり》のヒロトの財力は、黄都《こうと》に対抗せねばならない我々にとって強力な切り札になるはずでした。小鬼《ゴブリン》などではなく王国のために力を尽くすよう、長い時間をかけて説得を試みていましたが……どこかの時点で、彼の心は決まっていたのでしょう」

〝灰髪の子供〟が小鬼《ゴブリン》を受け入れさせるための基盤として最初に選んだのは、黄都《こうと》ではなく旧王国側だった。旧王国主義者がその提案を受け入れていたとしたら、どうなっていたのか。

自分の味方を最後に勝たせるために、あらゆる手段を使う。その過程で誰かから何かを奪わなければならない時、標的となるのは味方ではないと確定した者だ。

それを繰り返していけば、いずれ最大多数の味方だけが残る——

「奴は……何を考えている」

ケイテは呟く。

敵でも味方でもない……巨大で、不気味なものに観察されている心持ちになる。

〝灰髪の子供〟は、〝黒曜の瞳〟に追われるケイテ達を旧王国主義者に保護させた。

この第十試合当日、ハーディとイリオルデが起こす大規模政変の情報を旧王国主義者に流したのは〝灰髪の子供〟だ。

〝灰髪の子供〟はメステルエクシルが〝黒曜の瞳〟に確保されたことを知っている。

「俺達に何をさせようとしている」

今のケイテの動きは、果たしてケイテ自身の意志なのだろうか？

「さあ？　どちらにしてもケイテ卿は、二十九官を追われてよかったのかもしれません。今後の小鬼《ゴブリン》への処遇を見る限り……黄都《こうと》も既に、我々と同じ道を選んだのですから」

摘果《てっか》のカニーヤはわざわざ振り返って、深く深く笑った。

「——逆理《ぎゃくり》のヒロトの味方ではなくなったということです」

◆

時はやや遡る。第十試合開始予定日の二日前。

この日に逆理《ぎゃくり》のヒロトとともに旧市街広場の一つを訪れたユノは、警戒していた。

底の見えぬ〝客人《まろうど》〟であるヒロトに対しても勿論のことだが、それ以上に黄都《こうと》市民の視線が気になって仕方がなかった。地味な赤茶色のフードを深く被って、誰とも目線が合わぬように注意している。

「そんなに怖がることはありませんよ、ユノさん」

戻ってきたヒロトが、涼しい顔で笑う。先程までこの近くの商店主と何らかの話し合いをしていたようだが、〝灰髪の子供〟がそのようなことをして、黄都《こうと》からは警戒されないのだろうか。

「心配しなくとも、私もあなたも、犯罪者として指名手配されているわけではありません。少なくとも、黄都《こうと》市民があなたを捕らえるようなことはないでしょう」

「……ですけど、どちらにせよ黄都《こうと》の監視対象ではあるんですよね、ヒロトさんも……」

逆理《ぎゃくり》のヒロトは勇者候補ですらないが、黄都《こうと》第二十四将――荒野《こうや》の轍《わだち》のダントが特別に監視についているのだという。これもハーディの下で働いていた時、人づてに聞いただけの話だが。

「ええ。ですが黄都《こうと》の監視体制には、そもそも大きな抜け穴があります。私の監視役につくのは、ジギタ・ゾギの擁立者である荒野《こうや》の轍《わだち》のダントだということは分かっていました。彼自身は実直な人物ですが、黄都《こうと》の主流である改革派とも軍部派とも対立する女王派です。彼の派閥の報告を無条件に信じる者は少ないでしょう。私の行動に不審を抱いて報告するとしても、まず他の派閥を動かすだけの証拠や利得を用意しなければいけない……」

「つまりヒロトさんは……ダント将軍の目を欺いて何かをする必要があったということですか？」

ユノの疑問に、ヒロトはおかしそうに笑った。

「まさか。これは六合上覧《りくごうじょうらん》が始まる前の話です。ダント将軍とは既に良好な関係を築いていますし、今になって彼を欺く必要などありません。そもそも私が話している相手はごく小規模な事業主だけです。もしも私を監視している兵がいたとしても、後ろめたい話は何もしていません。そもそも黄都《こうと》側は常に監視を張りつかせなくとも、その日に私と会っていた相手に聞き込みをすれば、後からでも相談内容は筒抜けになるわけですからね」

「だけど、この数日はダント将軍が動くことはない――そうですよね」

「……」

ユノにはある種の確信があった。民間人とまったく無害な商談を進めているだけのように見えたとしても、ヒロトのその行動には必然性がある。

今、ユノを引き連れて街を歩いていることも含めて。

「それは、ハーディ様が……異相《いそう》の冊《ふみ》のイリオルデが進めている黄都《こうと》転覆計画が本当のことだから。当日に王宮が襲撃される可能性が僅かでもある以上、王宮警護局のダント将軍は、他の何よりも優先して、王宮の防衛計画を進めないといけない……だからヒロトさんの監視に手が回りきらない――という言い訳を作れる状況にあるんじゃないですか？」

「おお」

ヒロトは、感心したような溜息《ためいき》を漏らす。

第三試合直後にこの謀略の一端を知ってしまってから、ユノもずっと、何が起こるのかを考え続けていた。考えすぎることには慣れている。迷い、悩んできた時間だけは長い。

「ダント将軍がヒロトさんの味方に近い位置にいるなら……第十試合までの数日の間は、ヒロトさんが黄都《こうと》への反逆と見做されかねない何かを仕掛けたとしても、黙認できるということになります。ヒロトさんが勝つということは、主流派閥になれていないダント将軍の女王派が勝利に近づく……ということだから……」

「ははははは、素晴らしい読みですね、ユノさん。お若い学生なのに、よく情勢を観察して理解する力がある。まさかこういうことやられてました？」

「い、いえ……褒められるようなことでは……ないんですけど……」

思いがけず称賛され、言葉尻が小さくなってしまう。

そもそも、ヒロトが具体的に何を仕込んでいるのかは分かっていないのだ。

ここ数日間、必死に直近の黄都《こうと》の情勢を学んだことで、ヒロトの陣営が置かれている状況は理解したつもりだ。第八試合でジギタ・ゾギが敗退した結果、彼らは政治的に大きく劣勢に立たされている。傭兵達の経済活動が制限され、六合上覧《りくごうじょうらん》の勇者候補も失ったこの状態から、小鬼《ゴブリン》に市民権を認めさせる方法はほぼ存在しないと言っていい。〝黒曜の瞳〟と正式な協力関係を結べるのだとしても、その状況は変わらないのではないか。

武力による状況の打開を狙い、大規模政変に乗じて小鬼《ゴブリン》やオカフの傭兵を動かそうとしているのだとしても、物資や人の流れは隠しようがない。そうした素振りを少しでも見せれば、味方寄りのダント将軍でも議会に報告せざるを得ないだろう。

（普段取引している商人達とただ会話をするだけで、黄都《こうと》の目を欺いて目的を達成する……そんな魔法みたいなことが、本当に可能なんだろうか……？）

「私は」

二人は広場から離れ、小鬼《ゴブリン》の運転する馬車に乗り込んでいた。

会話を聞《き》き咎《とが》める者はいない。

「柳《やなぎ》の剣《つるぎ》のソウジロウに試合をさせようと思っています」

「……!?　な、何を……」

聞き間違いなのではないかと思った。

天地がひっくり返ったとしても、それは不可能なことだ。

「できるはずがありません！　だってソウジロウは第三試合で右脚を切断していて……！　それに、ソウジロウを擁立しているハーディ様は最初から対戦相手のロスクレイ側で……そ、そもそも、第十試合は絶対に開催されないんですよ!?　だって、運営を握っている黄都《こうと》が開催しないいんですから……！」

「ええ。だからユノさんが来てくださったことで、大いに助かりました。第十試合がロスクレイの勝利に終われば、我々のこの大陸での勝利の可能性も完全に潰えます。ジギタ・ゾギという犠牲を出してしまった以上は、決して諦めるわけにはいかない」

「でも、ソウジロウと連絡を取る手段だってなくて……面会も多分無理です。病院は恐らく黄都《こうと》側でしょうから、情報も大部分は遮断されているはず……」

「ソウジロウの真の望みは分かっています。試合がある限り、何がなんでも戦おうとする。片脚を失っていても関係ない――そうですよね、ユノさん」

「そうですけれど……」

ソウジロウはユノにとって憎むべき強者の一人に違いないが、この六合上覧《りくごうじょうらん》では、ユノとソウジロウの願いは一致している。ソウジロウにとっては、まだ見ぬ己以上の強者と全力で戦闘すること。ユノにとっては、強者を死地へと送り復讐を成し遂げるということ。

しかしロスクレイが描いた対戦表の上で戦う限り、それは初めから不可能な試みだった。

第三試合でソウジロウが重傷を負ったことを知った時、ユノは良かったとすら思った。戦う力も意志もありながら敗北として扱われるよりも、力を奪われて負けるほうが、まだ慰めになると。

「ソウジロウだけではありません――ユノさんも、ソウジロウにまだ戦ってほしいと願っている」

「……」

「ソウジロウを戦わせたい。ナガン滅亡の復讐をしたい。ハーディ将軍への負い目を返したい。リナリスさんを救いたい……観察していれば分かります。どれもあなたの本当の願いです。ユノさんの心情はとても複雑に絡み合っていますが、それは誰かと接するたびに望むことが増えているからです。人生の全てを一つの目的に投じた復讐鬼として生きられるほど、人の精神というものは、単純なつくりにはなっていません」

灰色の目が、ユノを見つめていた。

――政治家の〝客人《まろうど》〟。その強さは本物だと実感する。数日接しただけだというのに、十年来の友人であるかのように、ユノの人間性を見透かされている。

「……私は狂っているんでしょうか？」

ずっと思っていたのに、表に出すことのできなかった苦しみだった。

リナリスの前ですら口にしたことはない。

「ヒロトさんが言った私の願いは……どれも一つ残らず、嘘なのかもしれません。その場の怒りとか衝動に、抗える強さがないんです。自分が望んでいたことも、台無しにしてしまいます」

「それは普通のことです。怒ったり、暴れたり、反抗してしまう……それと同時に安らぎや喜びを求めることも、おかしいことではありません」

ヒロトは目を閉じている。穏やかな言葉だった。

「寂しいのですから」

「――」

「ユノさんはずっと、悲しんでいるんです。故郷も友人も失って、誰もその気持ちを理解してくれないのだとしたら、叫ばずにいられるわけがありません。叫びに気付いて自分を見てくれる相手を欲するあまり、自分を見てくれない相手のことが許せなくなる。その一方で、本当は誰もユノさんを憎んでいたり、嫌っているわけではないことも分かっている。だから余計に苦しんでいる……そうではないですか？」

「……そう、なんでしょうか」

「そうだと思いますよ」

敢えて断言するような言葉を選んでいることが、ヒロトの優しさだと思った。

ユノが狂気だと思っていたものは、本当は寂しさだったのだろうか。

それがユノを苦しめると分かっていても身を委ねたくなったのは、ナガンを失った悲しみを忘れたくなかったからなのだろうか。

「……今日ユノさんを連れ出したのは、ユノさんの願いについて聞くつもりだったからです。ユノさんには今、〝黒曜の瞳〟の監視がついていませんから」

「それは……」

ユノを監視していた無垢《むく》なるレンデルトは、哨《みはり》のモリオとともに第十試合後の行動について会議を進めているはずだ。

ユノから情報が漏れることを警戒する必要はなくなった。ヒロト陣営と〝黒曜の瞳〟の共闘関係を取りつけた以上、ユノが持っている程度の情報は、レンデルト自身から提供しているだろう。〝黒曜の瞳〟もまた大規模政変の混沌に備える必要があり、指揮を執るリナリスが意識不明の状態にある。そんな中でも、ユノやヒロトが想定外の行動に出ることに備えて、レンデルト以外の監視者をつけているだろうか？

逆理《ぎゃくり》のヒロト——運命的に人と出会うという逸脱性を持つ〝客人《まろうど》〟は、運命的に人と出会わない好機を選ぶことも可能なのではないか。

「黒曜《こくよう》リナリスを医師に看《み》せる。それがユノさんの要求でしたね」

「……はい。すぐにでも治療しなければ、危険な容態だと思っています」

〝黒曜の瞳〟の統率は〝黒曜〟と呼ばれる。リナリスがそうであったことも、館を離れてから初めて知った。彼女らはこの六合上覧《りくごうじょうらん》で、何らかの、人目を憚る工作活動を行っている。あの第三試合で、ハーディ陣営から情報を盗み出していたように。

「ですがユノさんの体も今、早急に治療が必要な状態にあります。それはご存知でしたか？」

「え……!?」

声が裏返ってしまう。青天《せいてん》の霹靂《へきれき》のような話だった。

ユノに肉体的な不調はまったくなかったし、自分に何かがあるとしたら、それこそ心の病なのではないかと認識していた。ヒロトは話を続けた。

「〝黒曜の瞳〟が意図的に隠していた話が一つあります。彼女らは一人の血鬼《ヴァンパイア》を筆頭とする従鬼《コープス》の集団であり、そしてユノさんも既に感染しているということです。ユノさんの血液検査も行いましたが、その結果からも確実です。今、あなたの生殺与奪の権は、親個体である黒曜《こくよう》リナリスの手にあります」

「リナリスが」

――血鬼《ヴァンパイア》。

かつて世界を脅かした鬼族《きぞく》。病の逸脱種。生物から生物に感染し、親個体の指令に忠実に従う従鬼《コープス》に変え、いずれ生まれてくる子供をも作り変えてしまう。

血鬼《ヴァンパイア》のウイルスに感染した者は、従鬼《コープス》に変質してしまったとしても、自由意志を失うわけではない。他の誰かから指摘されるまで、自分自身が従鬼《コープス》だと気付かないこともあるという。

感染が判明するその時まで、まさか自分が、と誰もが思う。

（だけど……そう……だったんだ。間違いない）

月の輝きよりも白い肌。吸い込まれそうに深い黄金色の目。細く華奢《きゃしゃ》でありながら、女性的な曲線を備えた美しい体。微笑み、憂いを浮かべるだけで人を魅了する顔。

リナリスの人ならぬ美しさは、まさしく人ならぬ血鬼《ヴァンパイア》故のものではなかったか。

（リナリスが血鬼《ヴァンパイア》……）

だから、〝黒曜の瞳〟は黄都《こうと》から逃げ隠れする必要があった。

気付く材料はいくつもあったはずだ。リナリスは日差しに弱い。初めて出会った時、何らかの手段で黄都《こうと》の兵士を昏倒《こんとう》させていた。黄都《こうと》が発表している星馳《ほしは》せアルスを錯乱させた血鬼《ヴァンパイア》も、〝黒曜の瞳〟のことを指しているのではないか……

「確認したいことがあります。ユノさんにとっては答えにくいことかもしれませんが、私にとって真に重要な情報です」

ヒロトの声色が、先程よりも重く感じる。

「ユノさんはナガンの学士ですので、血鬼《ヴァンパイア》のウイルス感染の経路について、恐らくご存知だと思います。これは単純な接触や経口摂取では容易に感染するものではありません。深い傷口に自らの血を流し込む。……あるいは、より深い肉体的接触を行うことで感染します。〝黒曜の瞳〟の誰か、あるいは黒曜《こくよう》リナリス自身に、そのような心当たりはありませんか？」

「そっ」

上ずった悲鳴を上げてしまう。思わず座席から立ち上がるところだった。

「そんなこと……あるわけないじゃないですか⁉　し、失礼……じゃないですか⁉」

「ええ、失礼いたしました。ですが配慮に欠けていたとしても、本当に重要な話だったんです」

ヒロトの目は、冗談を言っている者の目ではない。

「ではユノさんは、どのような経路で感染したのでしょうか？　血鬼《ヴァンパイア》のウイルス感染は本来、当人が気付かないうちに行えるような芸当ではないのです。第六試合の結果からして、〝黒曜の瞳〟は窮知の箱《きゅうちのはこ》のメステルエクシルを支配した可能性があります。……それはどこで、どのように？　続く第八試合では、私の盟友であるジギタ・ゾギもまた、〝黒曜の瞳〟の攻撃に斃《たお》れました」

彼が言わんとしていることは、もはやユノにも理解できた。

リナリスはこの世界に知られていない、未知の感染経路を獲得した血鬼《ヴァンパイア》だ。ユノの望みを叶えて彼女を治療すれば、この黄都《こうと》を滅ぼすかもしれないのだと。

「状況証拠ですが、〝黒曜の瞳〟の工作員がそのような強力な感染能力を持っている可能性は薄いと言っていいでしょう。ですが黒曜《こくよう》リナリスは違います。彼女の存在は私や黄都《こうと》にとっての脅威である以上に、人族《じんぞく》にとっての脅威であるということです」

「……」

「私は可能な限り、私の味方となる者の望みを叶えたい。そしてリナリスを救うことは、〝黒曜の瞳〟の出した条件には入っていません。――彼女が秘密にしていた情報を知った上で、ユノさんの望みは変わりませんか？」

「……私は」

言葉に詰まった。

ここで望みを取り下げることは、裏切りには値しない。人族《じんぞく》が人族《じんぞく》のために行動するのは当然のことだ。少なくとも、一時の激情に任せてソウジロウやハーディから離れてしまったユノの選択よりも、ずっと正義がある。

それに、リナリスを殺すわけではない。リナリスがこのまま死んだとしても、それは治療が間に合わなかったというだけだ。リナリスは既に組織のために自身を犠牲にすることを選んでいて、〝黒曜の瞳〟もその選択を受け入れている。

「それ、でも……助けたい、と思います」

「なぜそう思われるのか、ここで伺っても構いませんか？　……考えを口に出すことは、ユノさんにとっても必要なことだと思いますから」

「……さ、寂しいと」

心臓から脳へと、いくつもの感情が流れ込んできて、混乱している。

「寂しいと……思うからです」

けれどそれは、ユノを駆り立てる復讐の衝動とは違う何かであるように思う。

リナリスと過ごした小一ヶ月ほどを思う。とても頭がいいのに、ユノが話す他愛もない故郷や旅の話を喜んでいた。彼女こそが〝黒曜の瞳〟の誰よりも上位の親個体だったのなら、どうしていつもどこか困ったような顔をしていたのだろう。ただ友達が少ないだけの、ユノと同じような心を持った少女のように見えた。

「もしも私が、生まれながらに人族《じんぞく》の敵で……全ての人々を疑い続けないといけないのだとしたら……心を許せると信じた相手でも、一度裏切られただけで、殺さざるを得なくなるんだと思います。……ヒロトさんには、そういう気持ちは分かるでしょうか？」

「安心してください。今は〝黒曜の瞳〟の監視はありません。あなたがどんな選択をしたとしても、不利益のないよう配慮したつもりです」

「……違うんです。私が死ぬかどうかの話ではなくて……。私を殺してしまうことで、リナリスが……寂しくて、苦しむんじゃないかと……確信を持ってそう思うわけではないんですけれど、そう思って……」

床に伏して朦朧としていたとしても、あの聡明なリナリスが、ユノを送り出すことの危険性に気付かなかったはずがない。初めから自分の命と引き換えに〝灰髪の子供〟に〝黒曜の瞳〟を託すつもりでいたのなら、ユノの存在は、いたずらに情報を漏洩する恐れのある不安要素でしかない。

〝黒曜の瞳〟の真実を暴露された上でも信じてくれる誰かを、欲していたのではないか。

そうでなかった時には、殺さなければならなかったのではないか。

「あなたがナガン迷宮機魔《ダンジョンゴーレム》を打倒したソウジロウを敵視している理由を理解できる者は、もしかしたら少ないかもしれません。……それは一見異様に見えるかもしれませんが、筋の通った感情です。あなたは、強者そのものを憎んでいる」

（……その通りだ）

「自分の意志一つで全てを蹂躙できる……弱者を顧みることのない存在を恐れ、打ち倒したいと願っているはずです」

（この人は本当に凄《すご》い。口にしたことすらない私の心を……たぶん私よりも理解している）

「黒曜《こくよう》リナリスはその例外だと思いますか？」

「……リナリスは」

ふと、リチアで戦った鵲《かささぎ》のダカイのことを思う。

〝客人《まろうど》〟である彼には、友達も家族もなかったのだという。戦乱で壊滅した〝彼方《かなた》〟の世界を生きてきたソウジロウも、きっと同じなのだろう。

六合上覧《りくごうじょうらん》に現れた多くの勇者候補も、何かを失うことや恐れることがあったとしても、孤高の高みで生きる運命を受け入れることのできる、最強の力を備えた強者なのだろうと思う。

「リナリスはたぶん……違います。同じように組織の力を使う強者だったとしても、ヒロトさんや……死んだジギタ・ゾギさんとも、きっと違う。あなた達は、もしも何もかもを失って、ただ一人になったとしても、また立ち上がることができるから――」

「…………」

「ヒロトさんこそ、どうしてなんですか？」

ユノは、俯《うつむ》いたまま尋ねた。ヒロトの顔を直視する勇気はなかったかもしれない。

「……何のことでしょうか？」

「……。ヒロトさんは、私のことを私以上に分かっていたから……私がリナリスに心のどこかで同情していて、好意を抱いていることだって分かっていたはずです。なのに……〝黒曜の瞳〟に聞かれるかもしれない危険を犯してまで、私にリナリスの真実を伝えた……私自身の意志で、リナリスを裏切らせたかった。そうじゃないんですか？」

逆理《ぎゃくり》のヒロトは、必ず支持者の味方をする。

その公約を成し遂げてしまえるような、強固な精神力があるのだろう。

けれど彼にも心がある。一人で生きていけるほどの強さの裏には、ユノと同じような、矛盾と弱さが、どこかに、僅かに残っているのではないか。

「本当はあなたも、復讐を望んでいる。小鬼《ゴブリン》達が六合上覧《りくごうじょうらん》にかけた望みを絶って、あなたの友人を死に追いやった〝黒曜の瞳〟を……今更、頭を下げて仲間になる程度で許したくない。もしも私がヒロトさんだったら、復讐を願うはずです。私が、ナガンを滅ぼした強者を憎んでいるみたいに」

「ふ……本当に驚きました」

ヒロトは、見たこともない表情で笑った。

何十年と齢を重ねた老人のような、皮肉げで自嘲じみた笑いだった。

「遠《とお》い鉤爪《かぎづめ》のユノさん。どうやらあなたはとっくに、ただの無力な学士ではなくなっています。……あなたは自分で思っているよりも、遥かに強くなっている。これは私の経験則ですが……長い間ただ一つの立場で何かを学び経験するより、たとえ僅かな時間であっても、多くの視点で感情や迷いを味わうことのほうが、何倍も人を強くする……」

「ヒロトさんは……最初から、リナリスを見殺しにするつもりだったんですね」

「はい。しかし一度あなたと約束を交わした以上、それをあなたに伝えないことは、私自身の信念に反することでした。一度支持者になった者を虚偽で誘導することはできません。私は……自らに多くの縛りを課して戦っています。私自身が、本当は無私の政治家などではないことを理解しているからです。私は、私の自我によって力を振るうべきではない……」

表情を隠すように、ヒロトは両手で顔を覆った。

指の隙間から、見開かれた灰色の瞳がユノを見ているのが分かった。

「――止められますか？」

ぞっと、ユノは総毛立った。

意志を感じたからだ。

意志の存在が確かな質量のように感じられることを、初めて知った。

――逆理《ぎゃくり》のヒロトは黒曜《こくよう》リナリスを殺す。

〝灰色の子供〟は、紛れもない魔人だった。味方である者の願いを全て叶えるが、味方にならない者は徹底的に利用し尽くして潰す。

世界の何もかもを思い通りに変貌させられる力を持っていることを自覚していて、政治家という強固な制約で、自分自身の暴走を縛り続けている。

「私は……」

言葉が続かない。

恐ろしい。

ただ車内で向かい合っているだけだというのに、ユノを攻撃する手段は何一つないというのに、その人格に、魂を握られているような恐怖を感じている。

ヒロトはユノの全てを分かっているが、ユノはヒロトと分かりあえたわけではなかった。

眼前にいるのは、この地平の理解の果てを超えた、紛れもない修羅だ。

「……私が首を縦に振らなければ……ヒロトさんは私と約束した通り、リナリスの命を救って、医者に見せるしかありません！　ち、違いますか……!?」

「その通りです。約束は完全に果たします。黒曜《こくよう》リナリスは命のある状態で医者に見ていただく。それが必ずしも安全を意味していないということは、ユノさんならばお分かりですね」

「そんな……」

久しく忘れていた。

修羅と対峙するということは、こんなにも恐ろしいことなのか。

「いいですか、ユノさん。私が私であるためには、復讐をしないという選択肢はあり得ないことでした。ですから、これは予告ではありません。既に動き出していることです。第十試合の後……なんらかの幸運が起こって、リナリスと〝黒曜の瞳〟が生き残ることができたのなら——今動かしていること以上のことはしないと約束しましょう。あなたとの約束通り、彼女達の命を助けます」

きっと、逆理《ぎやくり》のヒロトは約束を守るのだろう。

だからこそ恐ろしい。

彼は弱者であるユノの意志など無視して、自分が望む通りに復讐を果たすことができたはずなのだ。その力を持っていながら、我欲ではなくユノの望みに従おうとしている。怪物的な意志で自らを律し続けている。

望みのままに振る舞い弱者を顧みることのない、ソウジロウのような存在ではない。

強者でありながら望みを果たすことの叶わない、リナリスのような存在でもない。

〝灰髪の子供〟は……自分自身ではなく、他者の望みを叶え続ける、怪物。

「…………そ、それなら……ヒロトさん」

第十試合の日、きっと全てのことが起こる。

イリオルデが黄都《こうと》転覆のための軍を動かす。

ソウジロウとロスクレイが試合をする。

リナリスが殺される。

「わ……私が……その幸運を起こしたっていいってことですよね？」

何一つとして勝算があるわけではない。これまでユノがそうしてきたような、激情に駆られた自暴自棄に見えるかもしれない。

けれど逆理《ぎゃくり》のヒロトは、それと似て非なる動機がユノにあることも理解しているのだろう。

「――素晴らしい。それでこそです」

〝灰髪の子供〟はその顔に影を差したまま、音を立てずに拍手をした。

「あなたと出会っておいたのは、やはり正解でした」

◆

「逆理《ぎやくり》のヒロトに協力している理由？　今更だなあ」

この日に旧市街を訪れていた〝客人《まろうど》〟は、もう一人いた。

首から大仰な写真機を提げた小太りの男で、背中には木箱を背負っている。

黄昏潜《たそがれもぐ》りのユキハルは、一人で路地を歩いていた。会話を交わすべき相手の姿は見えない。

「安全だからだよ」

「安全？」

木箱の中から声が返る。赤子が入れるほどの大きさもない。

「どんな戦場でも死なない……みたく僕を言う人もいるけどさ、僕だって一応、どんな勢力のどの位置にいれば一番安全でいられるかはきっちり計算して立ち回ってるから生き延びてるわけ。黄都《こうと》のスキャンダルを暴くなら、〝灰髪の子供〟の下でやったほうが守ってもらえるでしょ」

「ふうん……記者のくせして、政治信条がないんだね」

「ええー。政治信条のある記者って、言い方はよく見えるけどさあ。報道を使って自分に都合よく世の中を変えようってことでしょ？　結構いたんだよなあそういうヤツ。一緒にされたくないよ」

「どの口で言うんだか……君だって嘘の報道で人を動かそうとしてるじゃない」

「嘘じゃないってば」

この日、ユキハルの仕事はまだ終わっていない。情報を拡散する必要がある。

これからいくつかの商業区を回り、第十試合が始まるまでに根回しを終える。

逆理《ぎやくり》のヒロトの依頼は、まさしく嘘を本当にするための報道だ。

「結果的に本当のことになれば、嘘にはならないと思わない？　仮に嘘だとしても、僕は愉快犯であって政治犯じゃないから実質無罪だよ」

「もっと悪質じゃないかな……」

「なんで？　悪質じゃないよ」

この世の誰も辿り着いていない真実の取材をすることと、真実を知らぬ者を右往左往させるような報道をすることは、ユキハルの中では表裏一体の行いである。

逆理《ぎやくり》のヒロトの下で動いていたユキハルは、その結果として、ある意味でこの世界で最大の秘密を握っていた。〝本物の魔王〟の正体は誰であるのか。〝本物の勇者〟の正体は誰であるのか。それを公開してこの世界を混乱に陥れたいわけではない。

――その一方で、ユキハル自身が追いかけている事件が存在する。

「それにこの報道が成功すれば、ようやく本丸の取材ができるぞ……」

ユキハルは舌なめずりをした。

これまでの調査で、標的の所在も所属も、活動目的も把握していた。

それでも黄昏潜り《たそがれもぐ》ユキハルが求めるのは常に、それ以上の情報である。

標的の守りは極めて厳重だが、大規模政変が勃発する第十試合の日には、必ず隙が生まれる。

「僕らが直接、国防研究院に乗り込めるようになる」

十二◇秘匿拘禁施設

館の外で響いていた断続的な銃声は、やみはじめていた。

黄都《こうと》の勢力図を左右する決戦も収束に向かいつつある。

「もう終わっちゃうのか。残念だな」

黄都《こうと》第二十二将、鉄貫羽影《てっかんうえい》のミジアルは、不自由な暮らしをしているわけではない。確かに元々暮らしていた屋敷《やしき》とは勝手が違うし、使用人達を残してきたのも心配ではある。とはいえ食事はかなり上等だし、風呂も自由に使うことができた。

何より、知らない誰かに見張られながら暮らす程度のことは、幼い頃に何度か経験している。

――ミジアル達は現在、誘拐監禁されていた。

犯人達の素性は全く不明だ。最初はクウロが入院している病院からの使いだと言っていたが、実際に馬車で連れてこられたのは、この館だった。

「この家が襲われたら、騒ぎに紛れて逃げ出してやろうと思ってたのにな。キュネーも残念？」

「うん……」

「大丈夫？」

「ん……大丈夫だよ……」

それよりも心配なのは、彷《まよ》いのキュネーが日に日に弱っていることだ。

この館に監禁されているのはミジアルだけではない。両腕が翼に置換された、手の平に乗るくらいの珍しい造人《ホムンクルス》である。戒心《かいしん》のクウロの相棒でもあった。

戒心《かいしん》のクウロは相変わらず行方不明のままで、おぞましきトロアまで死んだと聞かされたのだから、精神的にひどく落ち込むのは無理もないことだ。

ミジアルが危惧しているのは、それが原因ではなかった場合である。

(造人《ホムンクルス》の寿命は短いっていうもんな。造人《ホムンクルス》が死ぬ時、どうなるのかは知らないけど……こうして元気がなくなって、そのまま死んじゃうのかもしれないな)

仮にそうなら、キュネーを助けるために何をすればいいのだろうか?

ミジアル自身は、黄都《こうと》二十九官とはいえ十六の子供だ。心配したり、元気づける以上のことはできない。造人《ホムンクルス》をわざわざ治療してくれる医者をどこかから見つけ出すにしても、そもそも監禁状態では望むべくもないことだ。

よって、ミジアルはこれまで幾度か脱走を試みた。いざという時には実力行使に出ればどうにかなるだろう、程度の考えでいたが、今のところ全て失敗している。

(――失敗自体は、全然構わない。失敗したのに僕が五体満足でいるってことは、僕が死んだり怪我したりすると、連中にとって不都合があるってことだもんな。脱走だけならやり得ってことだ……)

考える時間はほぼ無尽蔵にあった。鉄貫羽影《てっかんうえい》のミジアルは恐ろしく無鉄砲ではあるが、その一点を差し引けば、二十九官の一席に値する思考能力はある。

（……考えられるのは、身代金《みのしろきん》目的とか人質か。こういうのは三回目だな……いや、四回目だったかな。最後が十歳くらいの頃だから記憶が曖昧だな……。まだ僕の眼や指を送りつけたりしてないってことは、機嫌を損ねると誘拐犯の連中自身が危険な相手に脅しをかけてるってことになる。強い権力か……戦力を持っている誰か。僕以上に権力がある二十九官に、僕の身柄程度で言う事聞かせられるような奴はいないだろうし――）

ミジアルはベッドから飛び起きた。

「ねえキュネー。クウロは生きてるんじゃないかな？」

「え……？」

キュネーは、鳥籠の床でほぼ平面のようになっていた。

「クウロは僕らと仲が良いから、僕らを捕まえておけば言うこと聞かせられると思うんだよね。それと、最初にあいつらが接触してきた時だってさ」

答えを待たずに、思いついた話をまくしたてる。

「もしもあの時点でクウロが死んだことが僕らに伝わってたら、誘拐できなかったわけじゃん。生死不明だったってことは、いつ死体が発見されるか予測できないってことなんだから。ってことは、あいつらにとってクウロは生死不明じゃなかった。うん。かなり可能性は高いぞ」

「そっか……それなら、ね……よかったね………」

「……だからさー。元気だしなって！」

朗らかに笑ってみせる。

目の前の問題は何も解決していない。

ミジアルだけでは、心配して元気づける以上のことはできない。

戒心《かいしん》のクウロが生きていれば嬉しいが、ミジアルの説が正しいのなら、自分達が人質になっていることで、クウロは意志に反した何かに加担さられているということになる。

もしかしたら、外で起こっている戦いがそうなのだろうか。

（トロアがいればな……）

不思議なことだが、おぞましきトロアが死んだと聞かされた時も、泣きたい気持ちにはならなかった。死体も魔剣も見つからなかったらしいが、きっと、本当に死んでいるのだろうと思う。

あの夜交わした会話が最後になることを、心のどこかで分かっていたのかもしれない。

——おぞましきトロアは魔剣を収奪することで、いくつかの戦乱を未然に防いでいたのではないか、という説がある。

ミジアルはそんな説を信じておぞましきトロアに憧れたわけではなかったし、彼の行動に単なる大量殺戮以上の意味があったのかどうかは疑わしい。

（だけどトロアがもしも生きていれば、この戦いも止めたんだろうな）

彼は、本当はおぞましきトロアではなかったのかもしれない。けれど友達だった。

この世の果てのどこかに消えて、二度と会えないとしても、そう思っている。

「……うん。やっぱり、こんなところからは出なきゃな」

彼らからキュネーを託されたミジアルがこの有様では、クウロにもトロアにも、申し訳が立たない。館への攻撃に乗じるのが難しいのならば、そう見せかけるのはどうか。

時間的にはだいぶ前だが、窓のすぐ外の通りで銃声があったはずだ。その時に流れ弾を受けたという設定で、窓を割って破片で太い血管を切る。

二十九官の誘拐という大掛かりな犯罪なのだから、見殺しにすべきかどうかの判断を常駐する監視者が下せる可能性は低い。大量出血したミジアルを病院に運び込むしかないのではないか。

（問題は割れた窓の破片をどうやって内側に飛び散らせるかだなー……柱時計のガラスを外して使ってみるか。銃声はだいぶ前だったから、すぐに叫んで助けは呼べない。銃声があった時点で重傷を負っていて、助けを呼ぶ声も出せなかった……って見せかけたほうが救護を焦らせられるかもな。あとは静脈を切ってどのくらいの時間生きてられるか。その時間内にあいつらが見回りにくるかどうか──）

誘拐犯が、意図的に不規則な時間で見回りをしていることは分かっていた。脱走計画を実行するにしても、ミジアルの命を使った賭けになる──が、ミジアルは躊躇なく柱時計のガラスを外しはじめていた。

「キュネー、今度は絶対成功するよ！　いーこと思いついたからさ！」

「ミジアル……」

パリン、という音が響いた。

ミジアルが窓ガラスを割ったわけではない。一階の、別の部屋だ。

警戒というよりも興味で、ミジアルは計画を進める手を止めた。

「なんだろ」

ガラスが割れる音は、それ以上続かなかった。代わりに、バン、とかバチッ、という、重くて濡《ぬ》れたものを叩くような音が立て続けにあった。

ミジアルはそこで警戒した。異質だが、戦場で聞く類の音だと感じた。

「……キュネー。静かに」

廊下を足音が近づいてくる。

柱時計から外したガラスを手にして、ミジアルは呼吸を殺して待った。

「ミジアル君はいるかな」

扉を二度叩く音があって、男の声が呼びかけた。

「君を救出しにきた。危害は加えないので出てきてほしい」

(……この声)

ミジアルは構えを解いて、自ら廊下に出た。

声の主に心当たりがあったからだ。

「あのさー。なんでエヌがここにいるの?」

「私がここにいると不都合かな」

フクロウのように両目を見開いた、山高帽の男である。

黄都《こうと》第十三卿、千里鏡《せんりきょう》のエヌ。ミジアルとはさほど親しいわけではないし、こうした誘拐事件に出張るような役職でもない。様々な点で、不可解だった。

「……だってさ」

ミジアルは廊下を覗《のぞ》き込んだ。想像通りの光景がある。

廊下の見張りは、全員が頭部を砕かれて死んでいた。階下にいた者達も全滅しているのだろう。

「エヌはこういうことしないじゃん」

「できるかもしれない。そう推測できる事実はある」

壁には銃痕のようなものが見えるが、ミジアルは一度も銃声を聞いていない。

エヌがただ一人でこの数の暴漢を皆殺しにできるはずがない。ミジアル達に見えないところで、何が起こっていたのか？

「相変わらず、何考えてるか本当に分かんないよね」

「あまり隠し事をしているつもりはないのだがね。いずれにせよ――」

感情を読み取れぬ目のまま、エヌは僅かに首を傾《かし》げた。

「すぐにここから脱出すべきだろう。私はそのために来た」

◆

鉄貫羽影《てっかんうえい》のミジアルが監禁されていた館から、１２００ｍ南方。

そこには、市街を見下ろすように聳える高い時計塔がある。

塔の頂上に座り込んでいる小さな影があったとしても、遥か下方の地上を行き交う人々からはほとんど目視できない。

男は、火傷《やけど》の痕を隠すためだけの包帯を乱雑に巻いていた。

戒心《かいしん》のクウロという。

「向かいの建物から四人。異変を察知して増援に来る……」

クウロは、狙撃銃のボルトを引いた。

この世界の歩兵銃《マスケット》ではない――ヘーネルＲＳ９。

イリオルデ陣営から支給された、〝彼方《かなた》〟の狙撃銃である。

時計塔の上で銃声が響く。

「これで二人」

一発の銃弾で二人を同時に仕留めたことを意味している。

戒心《かいしん》のクウロの〝天眼〟は、荒唐無稽なまでの知覚範囲と、その知覚範囲内で起こる事象全てを解析可能な全知の精度を持つ。それは敵の配置や動きの先読みに留まらず、自分自身の照準や、撃ち出した弾丸の軌道に関しても例外ではない。

「一人が死体につまずく。一人がその場に止まり警戒。正面三階の窓。その隣。斜め前方の建物を……見る」

再び引き金を引き、遥か彼方の標的を射殺する。

ミジアル達が監禁されていた館の見張りは全員が射殺されていたが、ミジアルは一切の銃声を聞かなかった。理由は単純に、銃声が届くような距離ではなかったからだ。

クウロは最初の射撃で窓を貫いて一人目を殺し、その後も、最初に割った窓から弾丸を撃ち込み続けて、館内を跳弾させることで全ての見張りを始末していた。

(今更……ためらうほどのことでもない。同じだ)

いざ殺してしまえば、かつての仕事と全く変わりはない。

微塵嵐《みじんあらし》との戦いで天眼を取り戻してから誰も殺していなかったことのほうが、クウロの人生の中では例外的だったのだと思い出す。

その甘さが、黄都《こうと》に、イリオルデに、〝黒曜の瞳〟に、付け入る隙を与えていた。

今後はそうしない。クウロを阻む敵対者には、殺意によって引き金を引く。

「――〝黒曜の瞳〟。貴様らも、同じだ」

今、戒心《かいしん》のクウロは自らの意志で千里鏡《せんりきょう》のエヌと共闘している。

目的は〝黒曜の瞳〟への報復。そして黒曜《こくよう》リナリスの捕縛。

十三　大災

王宮区画での戦闘は、完全に趨勢が決していた。

反乱軍の将であった簞《した》のキャリガは撃破され、キャリガが率いていた部隊についてもその半数近くを討ち、潰走へと追い込んでいた。

鏨《たがね》のヤニーギズ、光暈牢《こううんろう》のユカ、荒野《こうや》の轍《わだち》のダント。ただでさえ精鋭を誇る黄都《こうと》最大の武官達が、魔剣魔具すら用いて王宮を守っている。この結果は、敵が簞《した》のキャリガの大隊だったからではない。

今しがた力を見せた魔剣や魔具を攻略できていれば、勝てていたということでもない。

どれほどの戦力で攻め込んでいようと、たとえ〝彼方《かなた》〟の技術で爆撃や砲撃を仕掛けたとしても、それ以上の手立てがいくらでもあるということに他ならなかった。

地面に伏しながら、キャリガは滂沱《ぼうた》の涙を流した。

「恥を知れ……！　お、王国に背く奸臣《かんしん》ども……！」

「戯言を抜かすな」

刃を突きつけたまま、ダントは吐き捨てるように言った。

ダントの剣は、魔剣ではない。何の変哲もない長剣だ。それでも、キャリガが不審な動きをすれば即座に首を刎《は》ねる程度の速さはある。

「黄都《こうと》の成立はアウル王のご遺言に従ったものだ。ご世継ぎのなかったご自身の死後も中央王国を途切れさせぬよう、西連合王国のセフィト様を養子として迎え、両王国の民を区別なく迎える新たな都市として築かれたのが、この黄都《こうと》だ」

「た……戯言を言っているのは……どちらでしょうね……ぐすっ……し、勝者は……いつだって、都合のいい歴史を作る……」

「話をする時間は後で存分に与えてやる」

——許しがたい、と感じている。

荒野《こうや》の轍《わだち》のダントは、女王セフィトとともに西連合王国から黄都《こうと》に渡《わた》り、今に至るまで忠実に仕えてきた王宮警護である。

〝本物の魔王〟の惨劇を幼いその身で味わい、一人生き残った王族として見知らぬ土地を治める重責を背負わされ、身近に心を許せる者もなく、時に王位の簒奪《さんだつ》者とすら誹謗《ひぼう》されてきたセフィトの心を、なぜ想像すらできないのか。

簞《した》のキャリガをはじめとした王宮襲撃者の最大の罪は、王族への反逆の罪ではない。戦う力を持たぬ、僅か十一の娘に刃を向けたことが罪なのだ。

「いやァー、実に勇猛な働きでした、ダント殿」

針金のような体軀の男が、遠くでニヤニヤと笑う。第九将、鏨《たがね》のヤニーギズという。

「わざわざダント殿のお手を煩わせるまでもなく、こちらで適当に削り殺すつもりだったんですがね。あまりの剣幕で、止める暇すらありませんでした」

「心にもないことを言うな。『二十九官が二人』とわざわざ口にしたのは、三人目の俺が向かっていくことが分かっていたからだろう」

ロスクレイの右腕としても知られる、貧民出身の男である。決してその生まれが理由ではないが、ダントは心底からこのヤニーギズを嫌悪していた。

ヤニーギズは、ロスクレイ率いる改革派である。六合上覧《りくごうじょうらん》を開催し、勇者の名を用いて女王セフィトを廃することを目論む一派だ。女王派であるダントは、幾度か煮え湯を飲まされている。

例えばかつてトギエ市を占拠した旧王国主義者との戦闘において、前線に展開していたダントに対しヤニーギズは後方のイマグ市に籠もり、再三の要求にも関わらず援軍を送らなかった。女王派であるダントを敗走させることで、戦力と発言権を削る目論見があったのだろうと逆理《ぎゃくり》のヒロトは分析していたが、ダントの見解もおおむね同様であった。

政治的な折り合いのみならず、品性に欠けた言動やいたずらに敵を愚弄する振る舞いなど、個人としても癇《かん》に障る男である。とにかく、相性が悪かった。

今回の王宮警備の体制強化にあたっても、第十試合開催日の直前に改革派から申し入れがあった。ヤニーギズは王宮襲撃事件を改革派が防衛した、と主張するための人選なのではないか。

(女王への反逆の意志という点では、改革派もこの簒《した》のキャリガも、本質的には同類だ。……それどころか、もしかすると、俺自身もそうだ)

トギエ市での戦闘の成り行きとはいえ、逆理《ぎゃくり》のヒロトとオカフ自由都市を黄都《こうと》の内に引き入れ、王国を乗っ取る機会を与えているのだから。

無論〝灰髪の子供〟の助力がなかったなら、女王派は確実に敗れ去っていたはずだ。恐らくはダントも第二回戦を待たず、何らかのかたちで盤面から排除されていただろう。そうだとしても、政治の戦いのために自分の信念を歪めなければならないことは苦痛でしかない。

逆理《ぎゃくり》のヒロトや千一匹目《せんいちひきめ》のジギタ・ゾギにある種の仲間意識を覚えつつあることも、どうにも嫌な気分だ、と思う。

ダントは鉄のような表情のまま、無言で簀《した》のキャリガの裂傷を止血し、拘束を終えている。

キャリガは王族の血統やこの反乱の正義といった話をずっと喚《わめ》いていたが、全て無視した。

「戦闘も落ち着いてきていますねェ」

ヤニーギズが、目を細めて遠くの市街を眺める。

黄都《こうと》の覇権を争った二大派閥の総力戦にしては、燃えかけた火がしぼんでいくような、どこか呆気ない終わりのように思えた。

改革派が勝ったということだ。

彼らの力はより強大になる。六合上覧《りくごうじょうらん》もこれから先は一つの派閥の支配下で動くだろう。趨勢が決するこの戦いを、民の血を流すことなく女王を守って終えることができたのは、ダントにとってはせめてもの慰めにはなる。

「……ダント殿。アナタもいい加減気付いているんじゃないですか？」

「何の話だ」

「セフィト様にこの黄都《こうと》を治められるのか……治められるようになるまで、ご無事でいられるかということですよ。政敵は、これですっかり消えました。ですが……民の心に刻まれた〝本物の魔王〟の恐怖は、いずれ女王すらも滅ぼすとは思いませんか？」

「……」

かつての時代を知る者は、今を異常な時代と言うかもしれない。

ごく普通の民が心の奥底で何かに怯え、闘争に逃避し、道徳を説く〝教団〟を迫害し、真業《しんごう》という名の殺し合いに熱狂する時代。

力持つ者への恐怖は暴走する。北方正統王国は、革命と称した民の暴動によって滅んだ。戦乱の底へと転落していったリチアも、リチアに報復を行ったメイジ市も、あるいは〝教団〟への迫害の果て虐殺されたアリモ列村も、群衆の恐怖が導く末路を示している。

「貴様らにはその恐怖が制御できると？　自惚《うぬぼ》れだな」

「ロスクレイはそうしています」

市街の炎は収まりつつある。

「ロスクレイの戦い方を知る者は、勇者候補の中で彼だけが特別な力を持たないと考えているのかもしれませんが――違います。ロスクレイだけに、力があるのですよ。民の心をまとめ、恐れを鎮める。ロスクレイがずっとやってきたことです」

「民の心への影響力は様々な要因の均衡による複合的なものだ。俺はロスクレイの存在だけに理由を求めることは不可能だと考えているし、王制を廃止すれば必ず現状の均衡は崩れる」

「我々なら、セフィト様を生かしたまま王位から退《ひ》かせることができます。セフィト様を担いで政権に歯向かうだろう勢力も、こうして一掃しました。……セフィト様のお年じゃ、王位は重荷でしょう。ダント殿もご一緒に、故郷の西王国で穏やかに暮らしたほうが良いと思いませんか」

(——理屈だ。だから裏切れという理屈に、乗るわけにはいかない。いくら言い訳をしようとも、裏切りは裏切りでしかないのだ。……俺だけは、最後まで女王の味方でなければ)

今、改革派に寝返れば全てが好転するかもしれない。しかしその選択は、女王セフィトも、逆理《ぎゃくり》のヒロトも、彼女らを支えてきた自分自身をも裏切ることになる。

ダントは口を開き、拒絶の言葉を告げようとした。

「——セフィトは留守なの？」

幼い少女が隣にいた。

「——ッ!?」

「……な……!?」

緑色の衣服と、高い位置で二つ結びにした金色の髪。森人《エルフ》である。

その少女はただ一人で堅城鉄壁の王宮区画の内側へと踏み込んでいて、二名の黄都《こうと》二十九官に、世間話のように尋ねていた。

「あなた達、王宮の人？　ここで何があったの？」

異変に気付く。

後方で戦闘していた光暈牢《こううんろう》のユカの部隊が、不自然なほどに静かだ。

ダントやヤニーギズのような武官が、それに気付かなかったのか。

または、気付く暇がないほどの一瞬でそれをしたのか。

「アナタは……」

ヤニーギズは目を見開いていた。

必殺の魔具であるモート神経矢を構えていない。それは対応が遅れているのではなく、戦闘経験故にそうしているのだと分かった。

戦闘の意志を見せれば、即座に返り討ちに遭う可能性が高い相手だということ。

「キア……第四試合の少女か……」

「〝世界詞《せかいし》〟」

少女は不機嫌に返した。

「世界詞《せかいし》のキア。二つ目の名前もない子供じゃないんだから、ちゃんと呼んでくれない？」

第四試合にて、絶対《ぜったい》なるロスクレイに再起不能寸前の負傷を与えた、正体不明の詞術士《しじゅつ》。

たった一言でありとあらゆる事象を発生させ、意識外からの奇襲も含むありとあらゆる攻撃が無効。なぜそのような力があるのか、赤い紙箋《あかしせん》のエレアがどのようにして彼女の如き例外の存在を見出すことができたのかも分かっていない。

「女王の所在を聞いて、どうする」

「なんでもいいでしょ……！　あなた達こそ何なの？　橋の前で人が死んでるの！　血がひどくて……指とか、耳がそこら中に散ってるのよ……」

「俺の名は黄都《こうと》第二十四将、荒野《こうや》の轍《わだち》のダント。王宮警護だ」

ダントは二歩歩いた。

「……ちゃんと答えて」

「貴様の質問に、答えるつもりではある」

歩いた後で、ダントは長剣を下段に構える。一撃必殺を警戒して動かなかったヤニーギズとは対象的に、知った上で攻撃の姿勢を取っていた。

(仮に俺が討ち漏らしたとしても、ヤニーギズにキアの攻撃手段を見せることはできる。モート神経矢を当てるだけの隙を作ることができれば……)

「ダント」

背後でヤニーギズが呟く。制止のような声色。

「ユカの部隊が全員倒れています」

「あたしが眠らせたわ」

キアは、分かりやすく苛立った。

目の前で剣を構えられているのにもかかわらず——あるいは最初から構えであると認識していないのか、キアはダントから堂々と目線を外して、背後を振り返った。

「王宮前で戦ってたから、眠らせておいたの。意味も分からないのにたくさんの人を戦わせてて、バッカみたい……黄都《こうと》って、そんなに戦争が好きなの？」

幼い子供だ。強者故の気配や振る舞いは一切感じ取れない。

危機感が働かない。キアの行動を待つまでもなく、ダントがこのまま刃を振り上げれば、それで全てが終わるようにしか思えない。

だが、彼女がここまで来たということは。

「まさか」

ダントよりも先にヤニーギズが、一拍速くそれに気付いた。

王宮前……中央市街の戦闘は、予想されていたよりも速やかに、静かに収束していた。

「こ……ここに来るまで、同じことをしてきた？」

「悪いの？」

世界詞《せかいし》のキアは、不機嫌だった。

王宮に向かいながら、戦闘と殺戮の光景を見続けてきたためだ。

怪物が血を恐れ、警戒している。

「あたし……あたしは、セフィトに頼みたいことがあってここまで来たの！　もしセフィトが命令してこんなことさせているなら——」

「セ……セフィトはッ、魔王です！」

足元で叫んだ者があった。簀《した》のキャリガだ。

拘束された状態でなおも強くもがき続けていたことで、猿轡《さるぐつわ》が外れている。

「な、なに……？　この人」

「ぐっ……魔王の死後もッ、戦乱は続いています！　六合上覧《りくごうじょうらん》も、この反乱も……！　それはセフィトがッ、ひっ、血を求める魔王自称者が君臨しているからッ」

絶叫のようにまくし立てる言葉は、唐突に止まった。

うずくまったままのキャリガの背を、ダントは迷いなく斬った。

体中の血が、驚くほど冷えていた。

「黙れ」

「ダント！　何をして……！」

一瞬の出来事だった。ヤニーギズの咎《とが》める声が聞こえる。問題ない。正しい、と言いたかった。

キアの前で、キャリガをこれ以上喋らせてはいけなかった。

そのキアは、背骨を深く切り裂かれたキャリガに駆け寄ろうとした。

ダントはその呼吸に合わせて、キアの脛《すね》を斬った。

「な」

キアが言葉を発したその時には、長剣はその脚を通過していたはずだった。

狙いは逸れていた。命中の直前に、明らかに不自然な力場で逸らされていた。

「【治して】」

「……ッ」

キャリガに手を当てると、背中と、腕の負傷が瞬時にして再生した。

考えられないほどの、本当に生術《せいじゅつ》であるかすら疑わしいほどの、速度と精度だった。

「うぐっ……ひぐっ、あああ……ア、アウル王……」

「【止まって】」

次の行動に移るよりも遥かに早く、キアはたった一言でダントの動きを止めていた。

首から下の、脚も、腕も、自分の体ではなくなったかのように動かない。

「……【弾いて】。あなた、あたしのこと斬ろうとしたの？」

そうして全てが終わってから、キアは二手前の詞術《しじゅつ》を唱える。

（――勝ち目がない）

この世界を成立させる法則の何もかもに、違反しすぎている。

（ヤニーギズが正しかった。戦おうとするべきではなかった）

絶対《ぜったい》なるロスクレイが勝てなかったのならば、誰も勝てない。ヤニーギズはそれを理解していたから動かなかったのだ。

ダントは、忠誠心故に対応を誤った。そして今、死ぬ。

「あたしを殺すつもりだったのね。兵隊の人達はどうして死んだの!?　セフィトがしっかりしていれば、そんな必要はなかったんじゃないの!?」

「アウル王……私の人生で……あなたの言葉だけが…………」

キアが問い詰め、キャリガが呻いている。

とうに死を覚悟した状態で違和感に気付けたのは、戦士としての本能だったのかもしれない。

簀《した》のキャリガは変わらず蹲《うずくま》ったままだ。傷が治っているのに、なぜそうする必要がある？

「ヤニーギズ！　世界詞《せかいし》のキアッ！」

動きを封じられたまま、ダントは叫んだ。

イリオルデ軍は〝彼方《かなた》〟の兵器を保有している。

「すぐに伏せろ！」

「え？　何……」

「…………忠実な、臣、下に……」

――キャリガは自爆機魔《ボムゴーレム》を先行させて王宮に突撃した。

彼自身も初めから、同じことを実行するつもりだったとしたら。

爆炎と閃光が、ダントの世界を白く塗りつぶした。

十四◆狂熱

意識が朦朧としている。

体の中身だけが熱く煮立っている。

死に近づいているのが分かる。

それでも、ジェルキは働き続けなければいけなかった。

黄都《こうと》全域で発生した戦闘は鎮静に向かっているが、終わってはいなかった。それに伴う火災や倒壊、あるいは暴動の二次被害を最優先で防ぎ、また発生してしまった被害そのものに適切な対応を取らなければいけなかった。

黄都《こうと》中枢議事堂の第一交換室を利用した司令本部にはいくつもの情報が入ってきていたが、人命と財産に関する事柄は何よりも優先した。

この作戦では他の黄都《こうと》二十九官のみならず、平時はジェルキの業務補佐を担う官僚達も、その半数程度しか用いることができない。改革派が最終勝者となるための作戦である以上は、他の派閥の人員の手助けは期待できなかった。同じ改革派であったとしても、イリオルデの息がかかっている疑いがある者は除く必要があった。

絶対《ぜったい》なるロスクレイは、その二つ目の名の通り、完璧に計画を遂行した。

現場の不手際や不徹底で、計画を台無しにするわけにはいかなかった。

（私は……痛みを強いてきた）

ハンカチに咳き込むと、咳《せ》に黒い血が混じっている。

ずっと吐き気が続いているので、胃からの出血なのだろうと思った。

（黄都《こうと》の民にも、それ以外の者達にも。今更、この程度の苦痛で止まるわけにはいかない。私が犠牲にしてきた者には、全てを失った者も、死んだ者もいる――なんでもないことだ。たった一日、死力を尽くして動き続ける程度。それに比べれば、なんでもない）

最新の報告では、三つの戦闘が新たに発生し、六つの戦闘が終息したのだという。

軍の動きはそれだけかもしれない。だが、全ての戦闘は黄都《こうと》の只中で行われている。

建造物が倒壊し橋が燃え工場が事故を起こし線路が寸断され道路が渋滞し十二人が閉じ込められ貴族邸宅が襲撃され強盗団が商店を襲い旧王国主義者が目撃され避難指示が発令されまた解除され延焼防止のため住宅が破壊され食料庫が略奪され逃亡兵が野盗と化し未知の兵器が使用され文化財が破壊され鐘塔が倒壊し川に毒が流され魔族《まぞく》が出現し攻撃魔具の投入申請が為され指示が誤った解釈をされ四つ前の報告内容が訂正され人が死に、死に、傷つき、死ぬ。

――それでも、処理可能だ。

同じく緊急事態にあった星馳《ほしは》せアルス襲来の折、鎹《かすがい》のヒドウは、選択を少なからず誤ったことを悔やんでいたが、ジェルキは常に判断の余裕を残して業務を遂行していた。

人命に関わる致命的な誤対応を出してはならない。最後は全ての責任をジェルキが被る予定でいるとしても、黄都《こうと》の失点は絶対《ぜったい》なるロスクレイの失点に繋がるからだ。

「ジニス鉄橋の火災は収束に向かっています。しかし専門家の見解では火災で橋梁《きょうりょう》強度が低下している可能性が高く、引き続き交通規制の必要が――」

「ジェルキ様！　オーデ旧市街に市民が集まっています！　現場の兵士が応対していますが、第十試合中止への抗議目的と思われ――」

「ヤトマイース駐屯地攻撃に用いられた不明兵器の詳細が判明しました！　Ｍ１２０迫撃砲という名称で、これが他の反乱軍部隊に配備されている可能性は――」

「緊急！　緊急です！　最優先対応をお願いします！」

「――」

ジェルキは、一言も発さずその通信手のもとへ駆け寄った。

何かを返答する体力すら惜しい状況だった。

「王宮警備が」

通信手も疲労しはじめている。

内容を伝えるために、息を整える時間が必要だった。

「か……壊滅しました。警備部隊が昏睡《こんすい》！　ヤニーギズ様とダント様が原因不明の爆発に巻き込まれ、安否不明です！　黄都《こうと》軍への応援要請は終えているとのことですが……」

意識を失いそうになるが、踏みとどまった。

「わ……分かった」

王宮が。女王は無事なのか。

ヤニーギズとダントは死んでしまったのか。

魔王自称者。あるいは勇者候補の誰か。イリオルデ軍の作戦はハーディが誘導していたとはいえ、想定を遥かに越える何かが起こったことは間違いない――思考を遮断する。それを考えることまではジェルキの仕事ではない。

「黄都《こうと》軍と連携して対応に当たる。爆発が起こったということは、近隣住民がそれを聞いている可能性が高い。――憶測が広まる前に、こちらから情報を流したい。王宮区画に隣接するシナグ第二行政区での戦闘の結果として爆発が起こり、王宮防衛強化のために増援部隊を動かしているということにする。情報局に打診を。王宮区画への被害そのものによる経済的損失は少ないと考えるが、住民層に鑑みると貴族からの問い合わせが多数来る可能性がある。よって、系統三以上の人員を最大三名まで応対に回す。説得のためにの政治的な影響が大きい。他の市民対応と違い、心象を損ねた場合の政治的な影響が大きい。よって、系統三以上の人員を最大三名まで応対に回す。説得のために必要ならばある程度の情報を開示して構わないが、王宮襲撃の事実と被害状況に関しては先述した偽報の内容を伝えるべきだ。この事件は系統二以上の人員のみ共有とする」

行政の長としての判断を伝えた後で、ジェルキは強く目を閉じた。

余計なことは考えない。

全ての余力を投じて、この問題に対応しなければならない。

王宮が陥ちてしまうかもしれない。何もかもが台無しになっているかもしれない。

絶望的なほころびだった。

◆

軍司令室は、赤い。

イリオルデ達の死体がゴミを運び出すように片付けられてもなお、床と壁を塗りつぶして余りある血の染みは洗浄されず、弾火源《だんかげん》のハーディは血に塗れたその司令室で全ての作戦を指揮した。

――それが本当に作戦と呼ぶべきものであったのか、鎹《かすがい》のヒドウには分からない。

盤上遊戯に並んだ駒の両陣営を一人の指し手だけが動かし、どれだけ効率的に、損害なく、片側の陣営だけを殺戮できるかを試しているかのような、異様な戦だった。

「終わった」

ハーディは背もたれに深く頭を預けて、天井を仰いだ。

会議が始まった時には、異相《いそう》の冊《ふみ》のイリオルデが座っていたはずの椅子だ。

この大規模政変が計画されていた当初、イリオルデ軍は一つだった。

だが、事前に指揮系統を統一させていたハーディは、この勢力を密かに二つに分けていた。イリオルデの私兵をはじめとした、あくまで黄都《こうと》への抵抗を望む者。ハーディ指揮下の黄都《こうと》軍をはじめとした、ハーディに従い黄都《こうと》側に寝返る者。前者を絶滅させ、後者のみを残す。

たとえ昨日まで自らの部下だったとしても関係なく、黄都《こうと》に抵抗する者は滅ぼす。黄都《こうと》市街そのものを戦場としながら、黄都《こうと》市民への被害を最小限に抑制する。

七十近い老齢でありながら、指揮を取るハーディの行動や判断は十代の若者以上に機敏だった。血に染まった部屋が、この老将に無限の活力を与えているかのようだった。

「……いい戦争だった。この世界で誰もやったことのない、味方を全滅させるための戦争だ。想定外のことも、やむを得ない選択も多々あったが……中々面白かったろう、ヒドウ」

「意味分かんねえよ……」

ヒドウは動けなかった。何もかもが終わるまで、このおぞましい部屋を退出することも、目を逸らすこともできずにいた。

「……正気じゃねえ。あんた、こんだけ慕われてるのに……あんたを信じた兵士まで殺せるのかよ。イリオルデの部下だって……分からねえけど、それなりの信念やら正義で戦ってたんじゃねえのか。なんで平気でいられる……？　罪悪感はないのか……！」

「ないな。何が信じられて、何が正しいなんて話に、今更意味があると思うか？　〝本物の魔王〟が全部をぶっ壊しちまった世界なんだぞ」

「……」

「ヒドウ。お前は優秀だが、狂気がない。頭のどこかで、利害や道理が通ることを信じたがっている……だからリチアの時だって、警《いまし》めのタレンに足をすくわれたんじゃねェのか？　――今日俺の仕事を見せていたのは、お前ならこの経験を糧にできると思ったからだ。お前には俺が消えた後でも、この黄都《こうと》を動かしてもらう必要がある」

「バカ言え……！　力ずくで引き込まれたようなもんでも、俺は陣営の幹部扱いになってるんだぞ。黄都《こうと》を動かすどころか、重罪人だよ」

「――今、王宮区画が襲撃を受けて、防衛体勢が壊滅している。新しい部隊を与えてやるから、そいつらを連れて王宮に向かえ。女王の生き死にはどうでもいいが、反乱軍を内側から探っていた元二十九官が有力者を引き抜いて王宮防衛に駆けつけたって筋書きなら、恩赦は十分に期待できる――向こうにも話は通してあるから、兵を連れていても現場で小競り合いが起こる心配はない」

「……信じると思うのかよ？　あんたのやり方を見て学べって言ったのはあんた自身だろ」

「クハハハハ……殺すつもりなら、最初からここで撃ち殺してる――って言い分じゃあ説得できねえか。利害や道理に絶対はないって話をしたばかりなわけだからな。まあ、どちらでも構いやしねェさ。……ここに残って罪人になるのも、ここを出て官僚に戻るのも、お前の自由にしていい」

「そういう言い方、イリオルデのクソジジイにそっくりだぜ……仲良くしてる間にうつっちまったんじゃねえか？」

それでも、ヒドウは王宮に向かわざるを得ないのだろう。

ハーディの提案は恐らく、イリオルデ軍の中枢に食い込んだ部下達を恩赦で救うためのものでもある。加えてこれほどの政変の戦後処理には、黄都《こうと》議会もヒドウの助けを必要とするだろう。

（どいつもこいつも、この俺を都合よく使いやがって……）

「……ああそうだ、黄都《こうと》に戻る気になったらの話だが、ついでに確かめてほしいことがあるな」

ふと思い出したかのように、ハーディは頭を起こした。

「勝手に話を進めんなボケ」

「クッハハハ、そう言うな。遠《とお》い鉤爪《かぎづめ》のユノが何をしていたのかを知りたい」

「遠《とお》い鉤爪《かぎづめ》のユノ……あれか」

柳《やなぎ》の剣《つるぎ》のソウジロウを見出したという、ナガンの学士だ。ヒドウ自身も、タレン暗殺作戦の折に一度だけ会ったことがある。それ以上の印象などほぼ残っていないような少女で、ここで名前を聞かなければ、存在を思い出すこともなかったかもしれない。

「あんたが面倒見てるって話じゃなかったのか？　何をしてるかなんて、普通に部下にでも報告させりゃいいだろ」

「ところが、ユノは今俺の手元にいるわけじゃあなくてな。第三試合の最中、この作戦に関するやり取りを担当していた連絡員が襲われた。犯人は不明だが、恐らくは書簡を見られている。その日を境に、ユノは音信不通だ。簡単に意味を復号できねェようにはしてあるが、ナガンの学士なら、書簡に使った文章だけは解読できた可能性がある」

「はあ!?　そんな話を今まで黙ってたのか!?」

ヒドウは耳を疑った。

第三試合の時点で情報が漏洩していたとすれば、黄都《こうと》の改革派が総力を注《つ》ぎ込んできたこの作戦そのものが頓挫していた可能性があったのではないか。

ハーディの意図が分からない。ロスクレイやジェルキはこの事を知っていたのか？

「クハハハハ……あいつは何もかも未熟な小娘だが、俺とよう似た……非理性の怪物かもしれないぜ。そいつを確かめたかったから、俺はあいつに、六合上覧《りくごうじょうらん》の間自由にやれと言ってみたんだ。それから何日も経たない内に、ユノは俺の兵から情報を盗んで逃げた……」

常軌を逸している。ハーディだけでなく、ユノもそうだ。

この世界には常識では想像も及ばぬ行動に出る生き物達がいて、いつだって、そういう連中がヒドウを理不尽な運命へと叩き落とす。

「遠《とお》い鉤爪《かぎづめ》のユノに、何一つ後ろ盾はなかった。俺の手元にいた時点で、奴がどこぞの勢力の潜入工作員として動いていた可能性はない。あいつ一人で何ができたと思う？　偶然の結果として摑んだ俺達の機密を、切り札として使うことができたか？　俺に垣間見せた意志を貫き通すために、何かに戦争を挑むことができたと思うか？　……そいつが限りなく低い可能性だったとしても、俺はユノが何かをしたと思いたいし、何をしたのかを知りたい」

「……」

何もかもを問い詰めたい気分だったが、恐らく、今はそういう話ではない。

ハーディは、遠《とお》い鉤爪《かぎづめ》のユノの話を持ち出すことでヒドウを試験している。

この司令室には、真新しい血の色と臭いが染みついている。異相《いそう》の冊《ふみ》のイリオルデは、異なる価値観を持つ者の思考を想像できなかったから負けたのだ。

「あんたが言ってる戦争は……殺し合いのことだ。戦う前から勝負が決まっている、勝戦処理のような戦争はしたくなかった。だからといって、手を抜くのはあんたの信念に反することなんだろう。この日のために何もかもを捨てる覚悟でいたし、全ての力を尽くして勝つつもりだったはずだ。――だからこそ、本当に小さな爆弾だけを見過ごすことに決めた……。あんたは、自分とロスクレイの運を試しやがったんだな」

「クハハハハハッ……やればできるじゃねェか、ヒドウ……」

弾火源《だんかげん》のハーディは、ただ笑った。

ヒドウの考えが合っているとも、間違っているとも言わなかった。

「……さっき、柳の剣《やなぎつるぎ》のソウジロウが軍病院を脱走したって報告が入ってたよな。あんたは……あれがユノの仕掛けたことだと思ってんのか？」

「ソウジロウはまだ戦おうとしているらしい。まだやれるつもりでいるんだとしたら、面白いじゃねエか」

（あり得ない）

ユノが人知れず何かを仕掛けた可能性も、ソウジロウにここから何かができる可能性も、皆無に等しい。ハーディの期待を含んだ妄想に近い話だ。

黄都《こうと》に第十試合を行う意思はなく、ロスクレイはソウジロウと戦うことはない。ハーディがユノを見逃した事実を踏まえても、それ以上ソウジロウに肩入れすることはないだろう。擁立者を失った以上、ソウジロウは試合を行うまでもなく、規則上敗北する。

仮に何らかの勢力との合流を狙っているとしても、ソウジロウはこの日までロモグ合同軍病院に入院しており、外部と連絡を取り合う手段はなかった。どこで〝彼方《かなた》〟の兵器や魔具が飛び交っているか分からないこの日に片脚だけで脱走したのは、もはや自殺行為に近い。規則上の敗北どころか、命すら失っている可能性が高い。
第十試合の成立は、絶対にあり得ないことだ。
（それとも、できるのか？　……ソウジロウ、ユノ）
敵の名は絶対《ぜったい》なるロスクレイ。全能の詞術《しじゅつ》士キアすら打ち倒した、無敵の英雄。
（〝絶対〟の道理を覆し得るような、何かを）

十五 旧[redacted]県境

塚巌《つかよし》と出会った頃の宗次朗《ソウジロウ》は、戦争というものを知らなかった。

それは、生物が空気の存在を意識しないのと同じことだった。生まれた時から常に当たり前のように周囲に存在しているものを、概念として認識することはない。

生活して出会う全ての人間《ミニア》や兵器は基本的に自分に殺意を向けていて、それらを打ち倒すことが生活なのだと考えていた。そのような認識を正したという意味で、確かに柳生塚巌《やぎゅうつかよし》は宗次朗《ソウジロウ》の師匠と言えなくもなかったかもしれない。

「あのさあ」

その柳生塚巌《つかよし》は、呆《あき》れたように言った。

「宗次朗《ソウジロウ》お前、やりすぎだよ……」

〝彼方《かなた》〟に生きていた宗次朗《ソウジロウ》が、初めてＭ１エイブラムスを斬った時の記憶である。

道の両脇にはうず高く瓦礫が堆積していて、こうした戦車が通るために、残骸も死体も関係なく乱暴に重機で押しのけた道だと分かる。

そこに、深い斬撃痕が刻まれた戦車が停止していた。

宗次朗《ソウジロウ》の刀は主力戦車の装甲を斬り裂いて、乗員を皆殺しにしている。

「戦車斬るのはもうやりすぎ。お前おかしいって」

「おかしいのはオメェーだろうがよ。いつもヒラヒラした格好しやがって。だから毎回敵に見つかるんじゃねェのか」

「えっ、俺の格好は関係ないだろ。こっちが見つからないようにしてるのにお前がいつも飛び出していくんじゃねーか！　なんでそんなに人殺したいわけ!?」

こんな時代でも、塚厳《つかよし》はボロボロの着流しを着続けることに拘《こだわ》っていた。戦えないのに帯刀していて、偉そうなのに臆病で、そして役立たずだ。

柳生新陰流最後の正統継承者を名乗っているが、宗次朗《ソウジロウ》はそもそも柳生新陰流なる流派すら知らなかった。真偽は分からないが、高い確率で嘘なのだろうと思う。

「あっちが殺《や》る気なんだから、自分から殺りにいくのの何が悪《わり》ィんだよ。オメェだって斬るために刀持ってんじゃねェのか」

「あのさぁ〜、そういうことじゃないんだよな柳生って」

塚厳《つかよし》は頭をガシガシと掻《か》いた。生存のために必要な戦いに対して、彼は何やら面倒くさくて非合理的な哲学を持っているようだった。

「柳生石舟斎《せきしゅうさい》も『一文は無文の師。他流勝つべきに非《あら》ず。きのふの我に今日は勝つべし』って言ってるよ？　斬り合う以前に戦うこと自体を避けた方がいいし、自分から襲いかかるなんて下の下ってこと。兵法で強いからって、それで自分より弱いやつを倒していい気になってるようなのは所詮大したやつじゃないんだよな。自分と比べて劣ったところを打ち負かすんじゃなくて、自分と比べて優れたところを取り入れられるやつが最終的に強くなるっていう……」

「うるせ～」

殺し合いの最中にそんなくだらない小理屈を考える人間は、その間に死んでいるだろう。

だから塚厳《つかよし》はこんなにも弱いのかと、ある意味で納得してしまう。

「だからさ。この俺にだってお前にはない優れた点ってのがあるんだから、斬る斬らないの話で全部判断するんじゃなくて、そういうところを尊敬してほしいんだよね……」

「どこだよ」

「……」

「具体的にどこが優れてるんだよ」

「……」

塚厳《つかよし》は言葉に詰まって、瓦礫の山に視線を彷徨わせた。

柳生塚厳《つかよし》は弱い。宗次朗《ソウジロウ》が敵を追い払わなければ、もはや何度死んでいたかも分からない。

自分で豪語するほど剣が上手でもない。宗次朗《ソウジロウ》に比べればこの世界の全ての人間がそうだということを差し引いても、塚厳《つかよし》の技に関しては、さすがに大人が力任せに棒切れを振るっているだけにしか見えない。

「……あ！　ほらこれ！」

塚厳《つかよし》は、瓦礫の山の中から本を引きずり出してみせた。

「ほら、文字読めるか文字！　宗次朗《ソウジロウ》の世代じゃもうろくに習ってないだろ！」

「読めねえけど」

「いや分からないけど、確実なことは、俺は教養の面でお前より優秀ってことだ」

「役に立つのか？」

「……」

「文字が読み書きできて、今後何かの役に立つのかよ？」

「役に……立たないけどさぁ〜ッ！」

無人の荒野で塚巌《つかよし》は叫び、本を叩きつけた。

恐らくは、この国の文字や書籍が役に立つことは未来永劫《えいごう》ないだろう。

この世界のありとあらゆる国家が、この国の存在そのものを消し去ろうとしている。相原四季《あいはらしき》という少女の恐怖が、世界の何もかもを変えてしまった。

「そもそも、なんでオメェは飽きずに柳生柳生言ってくるんだ。オレはそんなの興味ねえって言ってンだろ。興味ねェやつに何度も同じことばかり言うのは迷惑だろうが」

「別にいいだろ。どうせ聞かないんだしさ……」

「何いじけてンだ……」

自分より十以上は年上の男の態度に、宗次朗《ソウジロウ》は本気で呆れた。

どこかで永遠に諦めさせなければ、同じことの繰り返しになるだろう。

「理由言え。ほら。聞かれたことには答えろや」

「だって……。宗次朗《ソウジロウ》は強いだろ」

「まあな」

自覚はしている。空を飛ぶ戦闘機やミサイルはさすがに斬ったことはないが、それを不戦敗に含めずとも良いのなら、宗次朗《ソウジロウ》は自分より強い存在を見たことがない。

「勿体《もったい》ないだろ……！　なんでそれで剣豪じゃないんだよ！　お前せっかく、伝説とかフィクションとかの剣豪みたいな強さしてんのに……誰だってお前みたいになりたかったのに……！　格好つけろよ！　柳生剣士は格好いいんだからさぁ！」

「マジでしょうもない理由だな……」

宗次朗《ソウジロウ》はますます呆れた。こんな血縁もない中年男性の感傷のために、毎度意味のない説教を聞かされてはたまらないとも思った。

「じゃあちょっとは強くなる努力しろよ。分かりやすいとこから教えてやっからよ」

「い、いやだ……！　宗次朗《ソウジロウ》の教え方って危険だし、なんにも分かりやすくない……！」

「優れたとこを学べってオメエが言ったんだろうが！」

「あー！　石舟斎の言葉！　それ認めたってことは柳生新陰流やるってことだと認識しまーす！」

「だからオメェの何が優れてんだ！」

「……」

「黙んな！」

◆

柳《やなぎ》の剣《つるぎ》のソウジロウは、戦争中の市街を彷徨っている。

これは〝彼方《かなた》〟と同じ空気だ。無数の兵士が殺意を向け合う、生まれ育った世界だ。

これまでの道のりで戦車は斬らなかったが、魔族《まぞく》や、馬車は斬った。

そのいくつかは黄都《こうと》軍のようでもあり、いくつかはそれ以外の軍勢のようでもあった。

特に気にしてはいない。単純に、襲いかかってくる相手を全て斬っただけだ。

「グッ、グッ……戦いを避ける奴のほうが強いだって？」

いつか言われたことを思い出して、笑ってしまう。

より強い力で敵を打ち負かすことが真の強さに繋がらないのだとしても、ソウジロウは永遠に戦い続けるだろう。

「そんなわけがねェだろうが。戦わなきゃ……実際どっちが強いかなんて、誰にも分からねェんだからよ……！」

ソウジロウは市街を当てもなく歩いているわけではない。

黄都《こうと》を訪れてから、あるいは病院で暇を持て余していた間、何もしていなかったわけではない。

市街の地理はソウジロウなりに把握していた。どこへ進めばいいかさえ分かっていれば、試合場へと辿り着くことはできる。

その過程でいくつもの戦場を通過することになるが、些細《ささい》な問題だ。

死体が街路の端に積み上がり、車が人を潰し、銃撃が飛び交い、爆発が起こる。これこそが、ソウジロウにとっての懐かしい日常だ。

「オレは戦うんだ……ロスクレイ。逃げるんじゃあねェぞ……！」

真の強さとやらを身につけた者が、立ち向かってくれば良い。

◆

第十試合開始予定日の二日前。

遠《とお》い鉤爪《かぎづめ》のユノはヒロトと同乗した馬車で帰ることなく、旧市街で彼と別れた。

ヒロトの言葉を聞いてしまった以上、すぐさま向かわなければならない場所があった。

逆理《ぎゃくり》のヒロトは、リナリスを殺そうとしている。恐らくその作戦も第十試合の当日に決行される。

リナリスが臥《ふ》せっている館で、きっと何かが起こる。

（私一人で、辿り着けるだろうか。黄都《こうと》はこれだけ広いのに……館への道のりも曖昧で、交通機関だってどこまで使えるか分からない）

ユノがどうにか辿り着いたとしても、この二日間でヒロトは、ユノの力を遥かに上回る何かを仕掛けているはずだ。黄都《こうと》も、〝灰髪の子供〟も、ユノの外側で状況は大きく動きはじめている。

自分を取り巻く全てから弾き出されて、そのまま待つだけでは全てが終わってしまう。

ユノも、まるで柳《やなぎ》の剣《つるぎ》のソウジロウと同じような状況だった。

（――ソウジロウは）

ヒロトは、ソウジロウとロスクレイに試合をさせるのだという。

（第十試合の日に、戦うんだろうか）

その日に試合が行われたとしても、ユノはまたしても、彼の戦いを見ることができない。

黄都《こうと》の策謀通りに試合が延期してしまえばいい、という気持ちがどこかにある。ユノ自身が望んだ復讐の結末を見ることは、確かにあの日のユノにとっての救いになるのだから。

けれど、ユノはソウジロウを近くで見て、理解してしまっている。

ソウジロウは、六合上覧《りくごうじょうらん》を戦えることを心から楽しんでいた。

彼を殺すために導いてきたという事実を知ったとしても、何も変わらないのだろう。

ユノは空を眺めた。

（どんな時だって、戦いたいと思うんだろうな）

何も知らないまま六合上覧《りくごうじょうらん》の試合を待ち望んでいる、平和な空だ。

けれどソウジロウやヒロトのように、意志を貫き通す力さえあれば、ロスクレイと試合をするような不可能を可能にすることだって――

「……あ」

そして、唐突に気付く。

――ヒロトが仕掛けている策謀は、諦めない意志の力などではない。

彼はもっと具体的に、逃れようのないかたちで、ロスクレイに試合をさせようとしている。

だから、商店主との交渉であのような冗談を言っていたのだ。

ヒロトの意図を知るユノですら冗談と思うような事柄が、現実に起こる。

(もしも……そうだったら。そうだとしても……!)

その策謀は実現しない。決定的な穴があるのだ。

だから、ソウジロウを知っているユノですら、今の今まで気付かなかった。

それはただの、偶然性の閃《ひらめ》きに過ぎなかったかもしれない。

けれど遠《とお》い鉤爪《かぎづめ》のユノは確かに、自らの力で、修羅の思考の一端に触れた。

「ソウジロウは……ソウジロウは、試合をする……!」

そうだ。ユノの復讐など、柳《やなぎ》の剣《つるぎ》のソウジロウにとっては関係のないことだ。

誰よりも戦いを望む修羅が戦わずに終わるなんてことが、あっていいはずがない。

――ユノは、ソウジロウを戦わせたかったのだ。

すぐにでも、リナリスの命を助けに向かわなければならない。

だから、ソウジロウを戦わせるために可能なことは少なかった。

答えを導き出すために必要な情報を、ユノは既に知っているはずだ。その答えを、誰にも気付かせず知らせることができるだろうか。

「……ソウジロウ！　私が、最後を見届けるまで」

最初にユノは、手近な石塀に傷をつけた。

ユノの研いだ鏃《やじり》で刻んだ傷。

「負けて死ぬなんて、許さないから……！」

十六　理想

第十試合の正午を前にして、青い甲虫亭は満席だった。

朝は暇を持て余していた店員のティカも、俄《にわか》に増えはじめた客への応対に追われている。

幼馴染の少女ネインすらも手伝いに入り、くるくると忙しくテーブルの間を縫って、注文を受け続けている。

「ねえーティカ！　こっちのお客さんが注文の料理がまだ来てないって言ってる！　揚げ芋と腸詰め、今すぐ持ってきて！」

「ええ〜〜、さっき出さなかったそれ!?　順番がもうごちゃごちゃだよ！」

予定されていた第十試合は、変更になった。だから誰もが城下劇庭園に向かうのをやめて、この旧市街にまでやってきている。

「それじゃあお前、ロスクレイはソウジロウをどうやって倒すと思う!?」

「そりゃあ詞術《しじゅつ》よ！　剣の腕前じゃあソウジロウの方が多少上だろうがよ、ロスクレイは間合いに踏み込まなくたって力術《りきじゅつ》で剣を……」

カウンターの裏に立っていても、客達の会話が聞こえてくる。

「第四試合の時みたいになったらたまったものじゃないわ……！　黄都《こうと》議会にロスクレイ様を陥れようとしてる連中がいるって、あたしは前から思ってたのよ！」

「ヒヒヒ！　その点ソウジロウは怪しいぜェ～！　なにせ〝彼方《かなた》〟の〝客人《まろうど》〟なんだ。得体のしれない奇術でロスクレイを妨害してくると俺は見てる！」

皆が、そのような話をしている。

絶対《ぜったい》なるロスクレイと柳《やなぎ》の剣《つるぎ》のソウジロウが戦うのなら、ロスクレイはどのようになな勝ち方をするのか。ソウジロウはどう足掻《あが》いて負けるのか。どんな見事な戦いを見せてくれるのか。

（……ロスクレイを信じている人ばかりだわ）

イスカもロスクレイを信じている。

心から大切に思っている。

――けれどロスクレイに本当に必要なのは、彼のことを信じない者であったのではないか。

誰しもが絶対《ぜったい》なるロスクレイを信頼しているから、彼は自分で自分を疑わなければならなくなってしまうのではないか。

（……ロスクレイ）

病弱なイスカは、店の手伝いとしては数えられていない。

城下劇庭園の試合が中止になったというのなら、イスカでもロスクレイの戦いを見ることができるかもしれないと思う。

観戦席を買ってもいないイスカにその権利があるとは思えなかったが、どちらにせよ、観戦席の話は全てなくなったのだ。

酒場の喧騒の只中を静かに通り抜けて、イスカは地上への階段を上がっていった。

◆

絶対《ぜったい》なるロスクレイには、果たすべき理想がある。

それを自覚したのは、勇者候補を相争わせる上覧試合――後の六合上覧《りくごうじょうらん》の構想について、初めて聞かされた日のことだ。

「――人の域を凌駕する脅威を、滅ぼさなければいけない」

黄都《こうと》中枢議事堂の廊下で、速《はや》き墨《すみ》ジェルキはそう語った。

「〝本物の魔王〟の災禍によって、我々人族《じんぞく》の力は大きく弱まってしまった。制御を外れた戦乱が起こってしまえば、王国は復興不可能な痛手を被ることになる」

「……。言わんとしている意味は分かります」

なんでもない雑談を続けているかのように、廊下を歩む。

ジェルキが指している力は、単純な暴力を指しているのではないのだろう。

三王国が併合した黄都《こうと》には、歴史上類を見ないほどの魔剣や魔具が、恐怖の時代を生き延びた強き人材が、戦時の混乱の中かき集めた資源がある。

ロスクレイも理解している。そうした力では、国家の本質的な力とは呼べない。

数の力。民こそが、国家という生物を構成する細胞なのだ。

「これ以上の戦乱には人が耐えられないと、そう考えているのですね」

〝本物の魔王〟は、全ての民の心に、消えることのない恐怖を刻んだ。

相対した者を狂わせ、破滅へと向かわせる恐怖は薄く、しかし確実に残留していている。魔王が死んだ今なお、この世界は滅びの方向へと顔を向け続けている。

「民を巻き込む戦乱は、狂気の激発を生む。それが一度起こってしまえば、どのような介入を以てしても修正することができない。……〝教団〟への迫害が証明している通り」

「……」

民は無意識に、敵意の矛先を探し続けている。民に近く、巨大な組織であった〝教団〟は、真っ先にその犠牲となった。

最大の社会福祉団体たる〝教団〟を切り捨てる一連の政策は、本来ならば黄都《こうと》にとっても不利益でしかない。理解していてもそうせざるを得ない状況だったのだ。

〝教団〟を守るための制度を立案しても、正確な理解を民に周知しても、一度燃え広がった敵意の火を消し止めることはできなかった。

次善の策として、黄都《こうと》議会に敵意の矛先が向かぬように〝教団〟を非難の矢面に立たせ、狂気の激発を制御する必要があった。〝教団〟を切り捨て支援を打ち切る一方で、彼らの果たしていた機能を代替する新たな機関を設立しているのは、それが理由だ。

「〝教団〟と同じように……上覧試合の勇者候補へと矛先を向けることで、敵意を制御できると考えているのですか？」

「……そう願っている。この世界は救われたが、正しい救われ方ではなかった。どれほど強大な存在でも最後には討たれるのだと、民に知らしめなければならなかった。今の黄都《こうと》議会の権力は――強大だが、強大であるが故に脆《もろ》い。黄都《こうと》の民は、我々をも恐れているからだ。その強き力によって、民を害する支配者になり得ると……」

矛先を逸らしているが、矛先そのものが消えることはない。

仮にジェルキの語る上覧試合の構想が実現するのだとしても、〝教団〟が滅び、勇者候補が滅んだ後は、きっと黄都《こうと》二十九官が滅ぶことになるだろう。

「――確実に来る破滅よりも早く、二十九官を解体しなければいけない。ただ一名の〝勇者〟という、正しく畏怖を集めるべき象徴を作り、その力を以て、黄都《こうと》の主権を移譲する。犠牲を最小限に留め、国家体制を改革する。それがこの構想の目的だ」

「……王も含めて、と言っているのですか」

「そうだ。この黄都《こうと》を共和制へと転換したい。強大な権力を握り続けている何者かがいる限り、民の狂気がいずれその者を殺すだろう。故に国を動かす者は、任期を有する公選制の議員とする必要があると考えている……〝勇者〟という象徴を、その体制移行のための旗印に使う」

無私の計画だ。

実現すれば、ジェルキは積み上げてきたものを全て失うことになる。

速《はや》き墨《すみ》ジェルキは、ロスクレイ以上に全存在を賭して、この黄都《こうと》を守ろうとしている。

「私は一切の手段を選ぶことなく、誰であろうと欺くつもりだ。それを始めるためには、理想を共有する仲間がいる。私欲なく黄都《こうと》のために尽くし、英雄としての人望を集め、誰よりも秀でた能力を持つ者が。……ロスクレイ。君に、協力してほしいと願う」

「……私は」

ロスクレイは、顔を上げてジェルキを見た。眼鏡の奥の鋭い眼差《まなざ》しの、瞳の奥を。

そこにはロスクレイのような打算はない。

(断るべきだ。ジェルキの考えが上手く行く保証など、どこにもない)

この申し出への答えがどちらであっても、ロスクレイを信じている目だ。そう思った。

だからこそ、乗るわけにはいかなかった。

ロスクレイのどうしようもない保身が、その高潔さの足枷《あしかせ》となるかもしれない。

計画が頓挫したその時、ジェルキを差し出して自分一人が逃亡するかもしれない。

望まれた役割を、望まれたとおりに果たせるとは限らない。

(私には無理だ。……無理だ)

だからそれは風が吹くように、淡く脳裏を撫でた思考に過ぎなかった。

——ふと、想像したのだ。

脅威渦巻く只中で、血に塗れた英雄達が人を守護する世界。

脅威を全て消し去った勇者が、一人だけ立つ世界。

……誰もが知っていながら、敢えて口にすることがない真実がある。

この世界は残虐だ。

竜《ドラゴン》や巨人《ギガント》の気まぐれが、築き上げられた文明を更地にする。

小鬼《ゴブリン》や鳥竜《ワイバーン》が集落を襲い、弱い者から嬲《なぶ》り殺して喰《く》らう。

人ならぬ者の存在を許す法則が、魔族《まぞく》の如き殺戮生物を生み出す。

心ある者全てに与えられた詞術《しじゅつ》は、心あるが故に暴力に用いられる。

詞神《ししん》は〝客人《まろうど》〟を呼ぶ。〝客人《まろうど》〟はその力を振るって世界を破壊する。

歪み軋んでいた世界は、〝本物の魔王〟がもたらした恐怖によって、ついに破綻した。

けれどそれ以前から誰もが、言葉にせずとも思っていたはずだったのだ。

この世界はまともではない、と。

幸福が、知恵が、あるいは愛が、理解のできない何かに蹂躙されるべきではないのだと。

〝客人《まろうど》〟をその目で見たことのない、王国から遠く離れた辺境の子供でも、実在を証明しようもない〝彼方《かなた》〟の世界がどこかにあると信じている。

詩歌が、演劇が、かつて存在した英雄の戦いを伝承する。英雄が望まれているからだ。

人の域を凌駕する脅威を殺しながらも、人である者が。

(そんなものは存在しない)

子供の頃から、ロスクレイはそれを知っていた。皆が当然のようにそれを受け入れていて、世界の残虐さと折り合いをつけることが、大人になることだと思っていた。

今はどうだろうか。

たとえ存在しないとしても――

「勇者……」

王国や民の未来よりも先に、その言葉が口をついて出た。

「最も強い、ただ一人の勇者を決める……フフフフフ。それは、実際には弱い者であるほど都合がいい。だから私に声をかけたのでしょう？」

「……勇者という偶像を立てるにあたって、君のことを思い浮かべたのは事実だ。しかし私は、何もかもを君に背負わせるつもりはない。より良い案を考える必要がある……」

「いいえ。それが最善です。――私が勇者として立ちましょう」

そんなものは存在しない。

だが、存在するかのように見せることはできる。

人々が勇者を望む心は、本物であるから。

絶対《ぜったい》なるロスクレイは、微笑んで答えた。

「昔から憧れていました」

◆

拉《ひし》ぎのティアエルを、ただ一人で倒した人間《ミニア》。

絶対《ぜったい》なるロスクレイは、不撓《ふとう》のオスローに代わる若き英雄として祭り上げられた。

何も知らない子供の頃は安全な仕事だと考えていた王都の防衛は、身を削るような責任と、それ以上の死の恐怖が常に襲いかかるものなのだと分かった。

魔王軍は市民に知らされている以上に幾度も襲来し、元は人族《じんぞく》だったそれを殺すたびにロスクレイは恐れ、今回も〝本物の魔王〟が到来していないことだけを願い続けた。

何度も、人知れず嘔吐《おうと》した。

自分が守っている民の数を理解するほどに、夜に見る悪夢は凄惨になった。

度々、自らの体を壊すような訓練に打ち込むことがあった。ロスクレイの事情を知る数少ない仲間であるアンテルが止めてくれなければ、どこかで死んでいたかもしれない。

(ここまでする必要があるのか?)

口の中に滲《にじ》む血の味とともに、何度も、その疑問が浮かぶ。

(……なぜ、僕が)

必要なことだ。自分で決めたことだ。

疑問が浮かぶたびに言い聞かせても、人に備わった正常な機能が、そう叫び続ける。

体が壊れるたびに、痛みを伴う生術《せいじゅつ》の治療を受け続ける。

苦痛も疲労も人々に見せることなく、いつまでも笑顔を貼りつけている。

母は流行《はや》り病で死んでしまった。死に目に会うことはできなかった。

何も見せてはならない。

英雄にならなければ。それはロスクレイにしかできないことだ。

ナルタが語った詩歌に出てくるような英雄を、演じ続けるのだ。


――血まみれの人生の中で、何よりも鮮明に覚えているのは、十七の頃の記憶だ。

石畳の道の上で、奴隷狩りの馬車が横倒しになっていた。

「はぁ……はぁ……」

ロスクレイの息は荒い。

どのようにして十七の若者が馬車を横倒しにできたのかは、自分でも分からない。

無我夢中の只中で発揮された力としか言えなかった。英雄として、あるまじき剣を振るったことだけを理解していた。

右肩が脱臼していることが分かる。奴隷狩り達は恐れのあまりもはや動けないだろうが、この負傷を悟られれば、反撃に出られる可能性は十分にあった。

深く呼吸をする。痛みを隠していることすら悟らせないように、正しい姿勢であるかのように左手で支えた剣に、右手を沿える。

「……そこで動かず、捕縛を待ちなさい。王都があなた達に、正しく裁きを下すでしょう」

英雄としての笑顔で告げる。

内心では、この場で斬り殺してしまいたいとすら思っていた。自分がそれほど焦っていたことに、自分自身でも困惑していた。

荷台は、転倒した馬車から切り離されていた。そこを開くと、奴隷として取り引きされようとしていた貧民達が一斉にロスクレイを見る。

「皆さん。もうご安心ください」

ロスクレイは、強いて感情を抑えながら、笑顔を向けた。

暗闇でも目を引く金色の髪と、赤い瞳。

その容姿にだけは、昔から自信があった。

「何者からも、私があなた達を守ります」

「あ、ありがとうございます……」

「絶対《ぜったい》なるロスクレイ……本当に、私達みたいな貧民まで」

「た、助かるの……？　私……」

全員が無事だ。

——よかった。

たかが貧民の誘拐事件だ。ロスクレイはこの程度の事件よりも遥かに恐ろしいものを相手に戦っていて、遥かに多くの人々を救っている。けれど、心からそう思ったのは初めてだった。

取り返しのつかない犠牲を防ぐことができた。

貧民達の中には、まだ七歳ほどの、幼い少女の姿がある。

「お兄さんが……助けてくれたんですか？」

確かな面影が分かった。

栗色の髪の少女だ。利発そうな大きい瞳が、ロスクレイを見た。

「ええ。そうですよ」

心の内を見せないようにして、ロスクレイは笑った。

顔の見えない民を救い続ける戦いに、心が押し潰されそうだった。

けれど、彼ら一人一人を大切に思う者がいるのだ。

ロスクレイがこの日救った多くの人々の取るに足らぬ一人に、彼女がいてくれたように。

「……ありがとうございます。私は、イスカといいます」

「そうですか。良い名前ですね」

——良い名前に決まっていた。ロスクレイがその名前を名付けたのだから。

あの時の僕がいた証明は、きっとその名前しかないのだから。

助けることができたのだと、英雄になれたのだと、子供のように誇りたかった。

その誇りを胸に秘めて、ロスクレイは笑った。


絶対《ぜったい》なるロスクレイは、ただ一人のための英雄であってはならない。

誰かが見ている限りは、そうでなければならなかった。

僕は。自分は。私は。

「私の名前は、絶対《ぜったい》なるロスクレイです」

◆

——目を開ける。

第十試合は何もかもが変化する要の日だ。こうして、精神を集中する時間が必要だった。

（ようやく……ここまで辿り着いた。死地を何度も乗り切って、ここまで）

各地で戦闘が始まりつつある。市街になだれ込む菌魔兵《ファンギ》とイリオルデ軍は、少なからぬ被害を黄都《こうと》へともたらすかもしれない。その犠牲をどれだけ抑え込めるかが、ジェルキとロスクレイの計画の正しさを証明する。

黄都《こうと》の力は、星馳《ほしは》せアルスと、冬《ふゆ》のルクノカを討ち果たした。そのどちらも、単独で王国を滅ぼし得る脅威だった。

勇者候補の何名かが死に、何名かには深刻な傷痕を残した。反黄都《こうと》の真の首魁《しゅかい》たるイリオルデは斃《たお》れ、分断されていた黄都《こうと》の力は一つに集約されることになるだろう。

十分な成果を出した。これで終わってほしいと、何度も思っている。

そうはならない。始めてしまった以上は最後まで戦い続けるしかない。

この作戦で得た大きな優位を用いて、逆理《ぎゃくり》のヒロトか哨《みはり》のモリオを調略しなければいけない。国防研究院や軸《じく》のキヤズナ、〝黒曜の瞳〟といった不確定要素を排除しなければいけない。そうして集約した力の全てを投入して、キア、ツー、メステルエクシル——盤外に取りこぼした勇者候補を無力化しなければならない。

（それでも、可能なはずだ。人の手で、人の域を凌駕する脅威を……滅ぼし尽くすことが）

全ての人々が望み、諦めていることを成し遂げたい。

大人になってから自覚した、子供じみた願いだ。

それでも、心の奥底では昔から思っていた。オスローを殺した竜《ドラゴン》がいなかったなら。イスカを苦しめる貧困がなかったなら。〝本物の魔王〟がいなかったなら。

――王国のような力を振るう個人がそこにいれば、全てを打ち倒すこともできたはずなのだ。

絶対《ぜったい》なるロスクレイは、自我を一切殺して民のための英雄と化したわけではない。

本当はジェルキのように、王国の未来像を考えていたわけではない。

民のための英雄として利用されることで、王国の力を真の望みのために利用している。

――ふと、想像したのだ。

脅威渦巻く只中で、血に塗れた英雄達が人を守護する世界。

脅威を全て消し去った勇者が、一人だけ立つ世界。

あの日まで、ロスクレイはただの青年に過ぎなかった。けれど数奇な巡り合わせの果てに今、この世界がどちらに向かうのかを、選択する権利を手にしているのだとしたら……

「ジェルキ。私の理想は――」

イスカのために残したい世界は、どちらであるのか。

十七◇試合中止

二枚盾《にまいだて》のスルグという若者がいた。

彼はイリオルデ軍として決起した兵士の一人だったが、それ以外の点ではごく平凡な青年に過ぎず、他の者達と同じように黄都《こうと》で暮らしていた市民だった。

スルグには、黄都《こうと》を変えようという若者らしい理想があった。血縁に旧王国主義者がいたために黄都《こうと》軍への入隊資格を得られなかったが、それでも英雄として戦いたいと願っていた。

そして彼は勇猛に先陣を切って、群がる菌魔兵《ファンギ》から一人の少女を救うことができた。紛れもなく英雄的な行いだった。

――そのスルグの死体は、旧市街の傾いた馬車の下に押し込まれたまま放置されている。


「……結局のところ黄都《こうと》は、最初からすべての邪魔者を消すつもりだったわけだ」

哨《みはり》のモリオは、政変に関わった名もなき兵士の末路として、スルグの死骸を見た。

モリオはオカフ自由都市を率いていた〝客人《まろうど》〟にして、元魔王自称者だ。オカフが正式に王国の傘下となり全ての制裁が解除された結果として、黄都《こうと》に出入りすることもできるようになった。

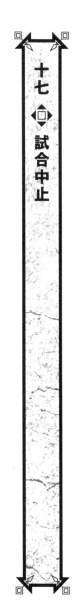

黄都《こうと》が間違っているとは思わない。味方を可能な限り生かすとともに、敵を徹底的に滅ぼす。そうして全てを味方につけた末に、最善の未来を導くことができると信じている。

哨《みはり》のモリオも逆理《ぎゃくり》のヒロトも、彼らと同じことをしてきた。敵対者を利用し叩き潰すことに躊躇《ためら》いはないし、そのこと自体を非難する資格はないと考えている。

（黄都《こうと》は俺達と同じなんだろう……だが、間違い続けている）

モリオも戦争を好むが、黄都《こうと》とはやり方が本質的に違うと感じている。

戦争は、相容《あいい》れない陣営同士の最終手段として起こるべきものだ。そこでの暴力には必然性があり、一人一人の兵士は、自らが信じるものを貫き通すために命を賭すことができる。

しかし、イリオルデ軍を欺き滅ぼしたこの方法は、問題を解決する手段としての戦争ではなく、邪魔な存在を皆殺しにする口実としての戦争に過ぎない。

（黄都《こうと》は、人とは違う化物になろうとしている。連中には交渉が通じているようで通じていない。最初から結論を定めていて、敵と妥協するつもりがないからだ。だから黄都《こうと》はいつだって、敵が動き出す前に先手を打つことができる。対抗勢力が誰であろうと……全ての敵を絶滅させてしまえばいいと考えている）

リチアとの戦いで、警《いまし》めのタレンは〝冷たい星〟を用いた大義なき先制攻撃を仕掛けたということになっている。だがその一方で、黄都《こうと》は何をしようとしていたのか。

発見されたばかりの〝客人《まろうど》〟の性能試験として、表向き同盟関係を維持しているはずの警《いまし》めのタレンを暗殺しようとしていた――ヒロトが、遠《とお》い鉤爪《かぎづめ》のユノから聞き出した話だ。

黒《くろ》い音色《ねいろ》のカヅキを使ってオカフ自由都市を攻めていたのも、それと同じような試みだったのだろう。ヒロトが介入していなければ、哨《みはり》のモリオもまた戦争に至るまでもなく暗殺され、黄都《こうと》が望む通りの結論を一方的に押しつけられていたはずだ。

（――許されるはずないだろうが）

たとえ敵と決して相容れないことを確信していたとしても、戦争は最初の手段ではない。

イリオルデ軍を構成していた反黄都《こうと》主義者達も、その大半は、元々黄都《こうと》に属する民だったはずだ。黄都《こうと》議会の側に、彼らの願いを反映する余地が全くなかったはずがない。これだけの力を持っているのなら、互いが納得できる落とし所を見つけ出す努力をするべきだったのだ。

真に血と恐怖に狂っているのは、民ではなく黄都《こうと》の方だ。

何もかもを絶滅させることで、絶対を成り立たせようとしている。

「絶対《ぜったい》なるロスクレイ。あんたは強いんだろう。だが、ここであんたが勝てば……他の誰も勝てなくなる。この大陸は人族《じんぞく》主義に支配されて、小鬼《ゴブリン》も傭兵どもも、あんた達と違う奴らは誰一人として生きていられなくなる」

市民の歓声が、通りを隔てた広場の方向で響いている。

スルグの死体が放置されたままの路地は、対象的なほど静かだ。

「――あんた達以外の誰も、そんなことは望んじゃいない。本物の化物に成り果てる前に、そろそろ逆転劇が必要だろう」

「――ロスクレイ！　広場には向かうな！」

◆

同時刻、司令本部。

速《はや》き墨《すみ》ジェルキはラヂオに向かって叫んだ。

通信手を介する余裕もないほど、追い詰められていた。

「私が全て処理する……市民への情報伝達は私の不手際だ！　出ていってしまえば、君に危険が及ぶ可能性がある！」

〈危険は承知しています。ですが、既にあなたの体力も限界に近いはずです。私と会話するよりも、王宮の……女王の身を最優先に行動してください。私が直接説明しない限り、事態は黄都《こうと》議会そのものへの信用に波及します〉

「しかし……！」

ジェルキは反論しようと口を開いたが、それが感情に任せた無意味な反応に過ぎないことは分かっていた。ロスクレイを動かすことこそが事態を収める最善の手である。

これを仕組んだ者もそれを理解している。

（……これは罠だ！）

――オーデ旧市街広場に、黄都《こうと》市民が詰めかけている。

元々この区画に住んでいた住民だけではない。文字通り黄都《こうと》全域から、この広場に無数の人が集まっている。

市民は情報を摑んでいたからだ。黄都《こうと》が出した発表ではない、しかし予定時刻も場所も正確に同じ内容で、黄都《こうと》全域の市民に満遍なく伝わるように流布された、ある噂を。

城下劇庭園で中止になった第十試合が、試合場を変更して行われるのだと。

（市民が集まりすぎている！　こうなった以上もはやロスクレイ本人が中止を宣言する以外に事態を収拾する手段はない……！　こんな芸当ができる者は一人しかいない！）

「ジェルキ様、ハプール羽毛ギルド本部からラヂオ通信です。ギルド代表ではなく、は……〝灰髪の子供〟を名乗っています……」

「……私が受ける」

受話器を受け取ったが、握力はひどく弱くなっていて、取り落としてしまいそうだった。

精神的な動揺以上に、体力の限界まで肉体を酷使した疲労が現れていた。

〈――ご苦労様です。第三卿ジェルキ様。ご多忙の中恐縮ですが、本日は〝灰髪の子供〟としてジェルキ様と交渉を行いたく、こうしてご連絡いたしました〉

「〝灰髪の子供〟……！」

風説の流布。

黄都《こうと》全域から情報を収集していたジェルキの目をすり抜けながら、黄都《こうと》以上の影響力で情報を拡散する――一見して不可能なこの矛盾の両立が、逆理《ぎゃくり》のヒロトには可能だった。

〈あらゆる犠牲を最小限に、黄都《こうと》への悪影響を極力残さぬよう――あなたの優先順位は立派でしたが、市民の自然な感情を疎《おろそ》かにしていましたね。……いえ。あなたと改革派だけでは、優先順位の上位から処理していれば当然、そこまで手が回るはずがなかった〉

「この規模、貴様だけが実行犯ではないな。いくつもの商業区をまたいで、黄昏潜《たそがれもぐ》りユキハルも加担しているのか……。黄都《こうと》議会と直接やり取りを交わすことのない、個人商店の主や小規模ギルド……貴様らは、我々から直接見えない情報の下流に割り込んでいた！　黄都《こうと》内の事務所に商店主を頻繁に呼んでいたのは、このために……！」

〈――勿論、取引先の方と話をしていただけです。何もおかしなことではないでしょう？〉

試合が迫った数日前から、商店主や小規模ギルドそれぞれに、第十試合当日に試合場変更が行われるという噂を少しずつ仕込んでいく。商談に紛れさせて堂々とそんな冗談を話していたとしても、相手は特に警戒対象でもない一般市民だ。しかもヒロトの監視役は王宮警護の備えを最優先に進めていた荒野《こうや》の轍《わだち》のダントの兵である。

絶対《ぜったい》なるロスクレイの試合を、最も大きな試合場である城下劇庭園で執り行わないことはあり得ない。既に観戦席の販売をはじめとした動きもある以上、変更の可能性もほぼあり得ない。

よってそれは根拠を提示して信じさせるような、確かな情報提供ではなかったはずだ。ジェルキ達が大規模政変に向けた対策の構築に追われる中、目立った量の黄都《こうと》への問い合わせが発生しないように……ただし、それを聞いた者の記憶には確かに残るように、もしも本当だったらという疑念の種を植えつける。

現に、六合上覧《りくごうじょうらん》は第七試合で試合場変更の噂が一度流れているのだ。空雷《くうらい》のカヨンがその際の風説の流布に〝灰髪の子供〟の協力を得ていたとしたなら、六合上覧《りくごうじょうらん》においてこの仕掛けが有効に働くかどうかも、既に実証を終えていることになる。

さらに巧妙なのは、黄都《こうと》からの公式な発表を否定して別の事実を吹き込んでいたのではなく、付け加えるかたちで解釈可能な情報を流していた点にある。

城下劇庭園での第十試合は中止とする——『が、旧市街広場での開催に変更とする』。

そして当日、逆理《ぎゃくり》のヒロトが伝えた通りに、この噂の前半が実現する。

重大な変更を先んじて知っていた〝灰髪の子供〟からの情報ならば、後半もまた真実であると、噂を仕込んでいた多くの者が思い込むのだ。

（〝灰髪の子供〟は、願望を利用する。黄都《こうと》が正式に中止を告げたとしても、この日に絶対《ぜったい》なるロスクレイの試合を見たいという民の願望を利用して……信じさせる噂を作り出した。民として当然の心理故に、対処が後手に回ったのだ……）

ジェルキの視点から、噂の広がりを認識し食い止められた可能性はあったのだろうか？

この激動の一日に対処するため、ジェルキは情報に優先順位をつけ、人命と経済の損失を防ぐことに注力せざるを得なかった。第十試合中止に関する問い合わせの殺到は当然想定されていたものであったたし、実は開催される、試合場が変更されるといった風説に関しても、次々と流れ込んでくる戦闘報告や政治対応の緊急性に比べれば、いくらでも対処を後回しにして構わない問題に過ぎなかった。

ジェルキ以外でも解決可能な問題は、通産省の他の官僚や、他省庁へとすぐさま振り分ける。各商店組合や他省庁からの出頭の要求は全て後日の対応とし、必要ならば代理の者を送る。その方針を決めたのはジェルキ自身だ。そして〝灰髪の子供〟は、午前中の限られた時間内で可能な政治的対応の死角を、この司令本部の外側にいながらにして利用したのだ。

——普段取引している商人達とただ会話をするだけで、黄都《こうと》の目を欺いて目的を達成する。

そのような魔法があり得る。〝灰髪の子供〟は魔法を使ってみせた。

「……これで、ロスクレイは貴様が意図した通りの日時と場所に引きずり出された。いくらでも貴様の手駒を紛れ込ませることのできる、無数の群衆の前に……そういうことだな」

〈事実としては、そのようになります〉

このラヂオ通話を打ち切ることはできない。むしろジェルキは、他のあらゆる業務に優先してこの交渉を続ける必要がある。この段階でヒロトが直接連絡を取ってきた理由は、絶対《ぜったい》なるロスクレイの命を陣営の交渉材料にするためだからだ。

——移《うつ》り気《ぎ》なオゾネズマ。千一匹目《せんいちひきめ》のジギタ・ゾギ。逆理《ぎゃくり》のヒロトの手駒であった二名は、第一回戦で二名ともが敗退した。オカフは軍としての行動を制約され、小鬼《ゴブリン》もその総戦力においては黄《こう》都《と》軍と比べるべくもない勢力だった。〝灰髪の子供〟は警戒すべき存在として盤面に残っていたが、黄都《こうと》との交渉で切ることのできる札は、全て見えていると思われていた。

だが逸脱の政治家は敗退してなお、悪魔的な鬼札をその場で用意してみせた。

確定したはずの最終勝者の喉元へと、真っ先に敗北した者の刃が突きつけられている。

〈それでは順を追って、こちらからの提案をお話ししましょう〉

「……その必要は、ない」

――しかし。

現実がそうであるように、刃を突きつけた者が常に優位に立つとは限らない。

〈ジェルキ様にはご理解いただけるものと思っていましたが〉

「……そちらこそ、理解すべきだ。逆理《ぎゃくり》のヒロト」

無法の徒が最後に何かを得ることはない。

刃を振るう者は法によって裁かれ、決定的な破滅へと転落することになる。

「貴様は、絶対《ぜったい》なるロスクレイがその場にいるという意味を分かっていない。会話の内容から、貴様が打った手は群衆に紛れ込ませた手駒による攻撃だと分かった。現時点をもって、貴様らがロスクレイを攻撃することは不可能になった」

ロスクレイへと繋いだラヂオが、無音で点滅している。安全の確保が完了したのだ。

この〝灰髪の子供〟との会話の内容は、全てロスクレイに筒抜けになっている。

〈……その言葉を信じるためには、根拠が必要ですね〉

「攻撃を試してみればいいだろう。ロスクレイはこれまで幾度も、群衆の前に堂々と姿を現している。襲撃や暗殺に何も備えていなかったと思うか？」

〝灰髪の子供〟の策を理解したその時、ジェルキは本気で敗北を覚悟した。

旧市街広場に誘い込まれたロスクレイに対して即座に何らかの攻撃を仕掛けられていた場合、防ぐ手立てはなかったからだ。

ジェルキは、他のあらゆる業務に優先して交渉を続ける必要があった。それはこの敵から情報を引き出し、ロスクレイがその攻撃に対応する時間を稼ぐためだ。

「……認めよう。貴様は私を見事に出し抜いて、最小限の力で黄都《こうと》の対応能力を越えてみせた。だが――絶対《ぜったい》なるロスクレイを、甘く見たな」

◆

旧市街広場は、まるで喧騒の荒波だった。

「ロスクレイはどこ⁉」

「試合開始時間もう過ぎてんじゃねーか！」

「観戦券！　観戦券があるんだってば！」

非常識的な密度の群衆の中に、黒い外套《がいとう》の男が紛れていた。

口元も黒い覆面で隠している。視界の端に入った程度では、その顔立ちも、外套の中に鎧を着込んでいることも分からないだろう。

「……広場周辺を把握シた」

男の耳元では、虫の羽音がまるで人の声のように鳴った。

「広場を見下ろセル限りの建物に、狙撃手はイない。小鬼《ゴブリン》は二十名ほど潜ンデいるガ、武装はシていナい。ただしオカフ傭兵は羽虫の視点デハ確実ナ判別ができない……代わりに小火器デ武装をしていタ者は、先んジて使用不能ニしておいた」

虫や鳥を用いた心なき屍魔《レヴナント》を大量に生成し、自らの心を転写するかのように遠隔操作する。黄都《こうと》広しといえども、それが可能である者は真理《しんり》の蓋《ふた》のクラフニルただ一人だ。

黒い外套の男は万一にも声を聞かれぬよう、指で掌《てのひら》を叩く回数で返答する。『肯定』。『今』。『出る』。

「……。手を抜くツモりはない。フリンスダとツーの処分緩和に動いテクれる限り、私ハ喜んで協力しよう」

クラフニルは本来、先触《さきぶ》れのフリンスダの私兵に近い立ち位置にいる。フリンスダは二十九官の派閥抗争からは中立の立ち位置を維持しており、莫大な報酬と引き換えでも、フリンスダ自身の身を守るクラフニルを動かすことはなかった。

動乱の結果として、その状況も変わった。

星馳《ほしは》せアルス襲来の際、フリンスダは魔法《まほう》のツーの動きを止めることができなかった。その後、ツーは第十試合に先立ってフリンスダの管理下を脱走しており、勇者候補が擁立者の制御を離れた状態と見做されている――ツーを魔王自称者と認定し、討伐できるということだ。

そうなれば魔王自称者を出してしまったフリンスダも、何らかの責任を取ることになる。黄都《こうと》二十九官を更迭されたヒドウほどではなくとも、彼女の立場は大きく悪化するだろう。

（――だからこそアルス襲来のあの時、フリンスダと交渉しておく意味があった。ツーが制御不能の駒であったとしても、運用について交渉を行っていたという事実さえあれば、間接的にクラフニルをこちらに引き入れることができる……ジェルキは正しい判断をした)

民の中を迷いなく進み、かつ警戒を怠らない。

恐ろしい密度の群衆だが、黒衣の男は絶妙な体捌きで縫うように進んでおり、人々の流れに巻き込まれることを避けている。

黒衣の男は、絶対《ぜったい》なるロスクレイだ。

ロスクレイは数千もの知覚を同時に展開するクラフニルを用いて、この場の安全を確保した。金属の羽虫は力こそ弱いが、銃の機構を一部破壊する程度のことは容易くこなす。

そうした武器を使わず、数による制圧を画策していたとしても、手数は常にこちらの方が多い。

「……ダガ、あの男は本当ニ問題ナいのか？　奴がコの場にイルだけで、君ガ討たれる確率は大きく跳ね上がル。それどころか奴ハ、黄都《こうと》に対して敵対的でスらあるはずだ」

事前に告げてはいたが、依然としてクラフニルはその男の存在を懸念しているのだろう。万が一彼がロスクレイを始末すべく動いたとしたら、クラフニルに対処はほぼ不可能だ。

ロスクレイは指を叩く。『否定』。『問題なし』。

そちらは既に、ロスクレイの想定の内にある。

しかし、この騒ぎはすぐさま収めなければならない。手をこまねいて時間をかけるほど予想外の攻撃を受ける可能性は高くなるし、戦闘に伴う被害を最小限に抑えるためにも、ロスクレイはまだ動き続ける必要がある。

空間という空間が人で埋め尽くされたこの広場で、全体に呼びかけることのできる、一人だけが目立って立てる空間など、ほとんど存在しないように見える。

だが、ロスクレイの足取りに迷いはない。

広場中央にあるものの中へと踏み入っていく――それは第一試合で破壊され、その後に高く真新しく修復された噴水である。

広場を埋める群衆も、浅い泉の中にまでは及ばない。

この噴水は、ロスクレイが広場に向かいはじめた時点から水の噴出を停止している。だから、中央の構造物の頂上に登ることもできる。

まるで舞台に上がるように黒衣の男がその上へと到達すると、奇怪な行動を取った男へと、群衆の視線は一斉に集まった。

「皆さん、どうかお静かに」

横隔膜だけを使って息を吐き出す、演劇のような腹式呼吸。

喧騒の中でも、濁りのないその声は、凛《りん》として通った。

「ロスクレイ……！」

「嘘」

「ロスクレイじゃないの？」

「でも来ないって噂が」

群衆の声が、注目に伴う困惑で僅かに鎮まる。

それと全く同時に、黒衣の男は優美な動作で立てた指を口元に当てた。

「――静かに」

むしろ囁くような声だった。

「黄都《こうと》の皆様には、誠に申し訳なく思っております。本日、試合が行われることはありません。皆様へのせめてもの誠意として、兵士を通してではなく、私自らご説明に上がりました」

「――」

広場は、水を打ったように静まり返った。

人の感情は、集合するほど巨大に燃え上がってしまう。

一度火がついてしまった後では、どれほどの権力者でも強者でも、たった一人でその数千倍もの群衆を同時に鎮めることは、ほぼ不可能に等しい。

だが、絶対《ぜったい》なるロスクレイにはそれができた。

英雄としての人生の果てに、最大の効果を発揮する振る舞いと声を磨き上げてきた。

ただ顔貌《かおかたち》に優れている以上の、人を惹きつける生まれ持った魅力を備えていた。

「私は黄都《こうと》第二将。絶対《ぜったい》なるロスクレイです」

噴水の上から、黒い外套を捨て去る。

太陽か宝石の光を思わせる、金色の髪と真紅の瞳。

生まれてから一度も傷ついたことのないような、瑞々《みずみず》しく生気に溢れる肌。

彫像よりも均整が取れた、逞しさと美しさを兼ね備えた姿。

輝く白銀の鎧を纏った、絶対《ぜったい》なるロスクレイが立っている。

「おおおおおおおおおおおおお！」

静寂は、鼓膜を破りそうなほどの熱狂へと転じた。

腕を振り上げる音。足を踏み鳴らす音。手を叩き、叫び、感動のあまり泣き出す音。

たった今まで無秩序の状態にあった群衆は、ロスクレイへの熱狂という秩序に支配された。

「ロスクレイ！　ロスクレイ！　ロスクレイ！　ロスクレイ！」

市民が一斉に叫ぶ。

それをすぐさま止めることはしない。

熱狂を利用して民の思考と注意を自分自身に集中させた後は、逆のことをする。

ロスクレイは噴水の上で動かず、語らない。

一斉に集まった注目を逆流させるように、ロスクレイ自身の静けさを、群衆の全てへと伝播《でんぱ》していく。全ての民がロスクレイの次の言葉を待ち、聞きたいと望む。

「改めて、もう一度、ご理解をお願いします」

試合中止の決定は最初に告げていたが、全ての群衆に意味が伝わったとは考えていない。ロスクレイの発表を受け入れるための、心理的な下地を作り出しただけだ。

「第十試合は、行われません。これは私自身だけではなく、柳《やなぎ》の剣《つるぎ》のソウジロウの合意でもあります。――皆様がご存知の通り、彼は第三試合で右脚を切断しています。これまで治療に徹していましたが、傷口の完治には至っておらず……現在の状態で試合を行った場合、傷が開き彼自身の生命に関わると判断されました」

多くの点で事実と異なる情報を交えているが、この場に集まった者の大半には、真偽を確かめる術すらないだろう。ロモグ合同軍病院ではソウジロウへの連絡を遮断するだけではなく、ソウジロウの容態を外部に漏らさぬことも徹底されている。

「多発した火災や暴動への対応もあり、黄都《こうと》市民への発表が直前となってしまったことを、改めて謝罪します。黄都《こうと》は、この試合延期に伴う損失の全額を補塡する決定を既に発表しています」

ロスクレイは自らの胸に手を当て、目を閉じた。

そして目を開き、剣を掲げた。

「しかし、この試合は必ず日を改めて行うと約束します！　柳《やなぎ》の剣《つるぎ》のソウジロウには試合を行う強い意思があり、私もまた、彼の意思に応えたいと思います！　ソウジロウの傷が癒える日は、遠くはありません。皆様にはどうか、その時を見届けていただけるよう――」

「ソウジロウだ」

「――。声援をお願いします」

意識しなければ分からないほどの一瞬、ロスクレイは言葉を止めた。

群衆の誰かがソウジロウの名を呟いたように聞こえたからだ。

「ロスクレイ！　ロスクレイ！　ロスクレイ！」

「ロスクレーイ！」

「ロスクレイ！　ロスクレイ！」

「ロスクレイ！　ロスクレイ！　ロスクレイ！」

人々がその名を口々に叫ぶ中、ロスクレイの背には不気味な予感が這《は》い寄《よ》りはじめている。

……柳《やなぎ》の剣《つるぎ》のソウジロウだ。

先程自分で口にした名だというのに、今この瞬間まで、彼の存在を忘れていたようにすら思う。

現在、彼はロモグ軍病院を脱走している。目的は不明だが、各地の戦闘に巻き込まれている報告もある。……ただし彼自身は、あくまで規格外の剣士という個体戦力に過ぎない。巨大な破壊で大隊を消滅させることはできないし、神出鬼没の機動力や予測不能の即死能力を持つわけでもない。

戦局そのものに影響を及ぶすわけではない——この状況以外では。

「クラフニル先生。周辺に車はありませんか」

大歓声に紛れて、小さく囁く。

どれだけ臆病に見えたとしても、全ての可能性を潰さなければいけない。

「いいや。正確ニハ一つ離れた路地に壊レタ馬車がアるが、元から路上に放置されテいタものだ。コノ周辺は狭い路地や階段の多イ区画だ。住民モ馬車を使ッてはイない。……そモそも戦闘が勃発した時点で、貴様らガ交通規制を行っテイるだろう」

「…………」

分かっている。クラフニルに声をかけたのは、例外が起こっていないことの確認だ。

ロスクレイは群衆の声を意識している。

「ロスクレイ！　ロスクレイ！　ロスクレイ！」

「ねえ、あれ」

「ソウジロウ」

「ロスクレイ！　ロスクレイ！　ロスクレイ！」

「ロスクレイ！　ロスクレイ！　ロスクレイ！」

「〝柳《やなぎ》の剣《つるぎ》〟が……」

ロスクレイは息を呑んだ。動揺が表情に現れないようにしていた。

耳元で羽虫が伝える。

「ロスクレイ。……コレハ一つ目の忠告ダ。今、感知圏内に入ッタ。区画に踏ミ入って、コノ広場まで近ヅいてきている」

「……。何がですか？」

理解していながら、尋ね返さずにはいられなかった。

クラフニルは答えた。

「柳《やなぎ》の剣《つるぎ》のソウジロウ」


噴水から見える人波の一角が、道のように二つに割れはじめていた。

それはロスクレイのような英雄性と技術ではなく、人の形に内包した凶暴性と危険性で群衆を動かしていた。肉食獣を察知した草食獣の群れが、誰に命令されるでもなく一斉に動くように。

その一角にロスクレイの名を呼ぶ歓声はなく、代わりに囁くような警告があった。

「ソウジロウだ」

「アレでしょ……」

「赤い服の」

「片脚がないって」

「ソウジロウが本当に」

ロスクレイの視点からも、それが見えた。

〝彼方《かなた》〟の赤いジャージ。乱雑に一つにまとめた頭髪。その面相は左右非対称に歪んでいて、人というよりは危険な爬虫類《はちゅうるい》を連想させる。

逸脱の剣豪。ここに現れるはずのない存在だった。

「柳《やなぎ》の剣《つるぎ》のソウジロウ……」

万に一つも遭遇の可能性はなかった。

もしも最初からソウジロウの脅威を認知していたとしても、ロスクレイはこの旧市街広場に赴いたはずだ。この群衆が暴発した場合の黄都《こうと》への損失は計り知れない。

広大な黄都《こうと》の只中を彷徨う片脚の男が、偶然にこの旧市街広場に到達する可能性などなかった。

「ソウジロウ」

「ソウジロウが来た」

「ロスクレイは!?」

「ロスクレイがいるってことは」

(――この空気)

「ロスクレイは戦うのか……」

「来たってことは」

「でも劇庭園での試合は中止なんでしょ」

「怖い！　ソウジロウが来てる！」

「ロスクレイ！　ロスクレイ！」

「ロスクレイとソウジロウだよ」

「広場での試合に変更だって」

(……手遅れだ。〝灰髪の子供〟は願望を利用する)

脱走した柳《やなぎ》の剣《つるぎ》のソウジロウに、無理に対処する必要はなかった。万が一ロスクレイをはじめとした要人が彼に遭遇してしまった場合にも、片脚のソウジロウとの交戦を避けてやり過ごすことは容易なはずだった。

旧市街広場の群衆前に姿を曝すことにも、ジェルキが危惧していたほどの危険性はなかった。この日に備えてロスクレイがクラフニルを引き入れていることは、フリンスダをはじめとした限られた者しか知らない。暗殺者が紛れていたとしても、その多くの可能性を排除できた。

だが、この二つが同時に訪れてはいけなかった。

(一つ一つは致命的ではなかったはずの要素が……最悪の形で)

「ロスクレイ！　ロスクレイ！　ロスクレイ！」

「ソウジロウ！　ソウジロウ！　ソウジロウ！」

声がやっと届くほどの距離からでも、ソウジロウの歪んだ笑みははっきりと見えた。

「よォ……やろうじゃねェか」

第十試合。柳《やなぎ》の剣《つるぎ》のソウジロウ、対、絶対《ぜったい》なるロスクレイ。

十七　試合中止

十七　第十試合

〈最初から、ロスクレイ様の暗殺など企図してはいません〉

速《はや》き墨《すみ》のジェルキは、疲労と衝撃で朦朧とした意識で〝灰髪の子供〟の声を聞いた。

ロスクレイは万全だった。避けようがない道に張られた罠さえも、防いでみせた。

そのはずだった。

〈これは脅迫ではありません。交渉による合意が有効性を持つためには、私達が不正な手段でロスクレイ様を攻撃することはできませんし、あなた方がどのように情報統制したとしても、捏造の余地がないような方法を取る必要があります〉

絶対《ぜったい》なるロスクレイは確かに、旧市街広場の罠には完璧に対応してみせた。

安全を確保し、民を誘導し、広場を離れれば良かった。

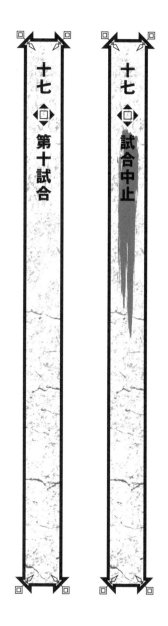

だが、そもそもロスクレイ本人が群衆を誘導しなければならなかったのは、彼らがソウジロウとロスクレイの試合を望んで集まっていたからだ。そこにソウジロウ本人が現れてしまった。

もはや試合を始める以外にない。

〈どこにも不正の余地はありません――予定された通りのことを、ロスクレイ様自身が望んで行うというだけのことです〉

「何が望みだ」

ジェルキは、迷わず折れることを選択した。

ここで敗北を認めなければ、ロスクレイが討たれる。ジェルキ自身のくだらぬ面目などより、ロスクレイという偶像を守る方が遥かに重要なことだ。

〈……私の提案はまず、奴隷法の一部改正です。現法では定義や刑罰が曖昧なために、不法就労の温床となっている鬼族《きぞく》奴隷に関する、取り扱いの明確化および市民間での取引の合法化。合法的な市場を開くことで、鬼族《きぞく》扱いと銘打った他種族奴隷の取引や犯罪組織での鬼族《きぞく》奴隷の売買等を抑止するとともに、領土内における労働者人口を確保します。そして、魔王自称者アルス襲撃および一連の軍部政変による損害への復興支援のご提案。こちらの政府から資金および労働力含む資源を黄《こう》都《と》へ貸し付け、また一部贈与します。これら二点の政策について、前向きな回答をいただきたいと思います。――以上、まずは質問にお答えいたしましたが、重要な点を一つ〉

ジェルキが返答を考慮するよりも早く、ラジオの向こうの声は滑らかに言葉を続けた。

〈重ねて言いますが、これは脅迫ではありません。この要求を受けることと引き換えに私達がロスクレイ様を救助することはしませんし、こちらはソウジロウを止める手段も持っていません。今しがたのご提案は、あくまでこの試合の結果が出た後の交渉であると考えてください〉

「な、何がッ」

息が詰まった。ジェルキの喉は、動揺ではなく疲労のために震えていた。

「何がしたいのだ、貴様は……！　交渉のためにこの大仕掛けを仕組んだのではないのか⁉　六合《りくごう》上覧《じょうらん》に敗退したとしても、貴様の国家が政治的勝利を収めるために……！　これが脅迫ではないとしたら、一体なんだというのだ⁉」

〈公約ですよ〉

間違いなく少年の声色であるはずなのに、恐ろしいほどの重圧だった。

黄都《こうと》が〝灰髪の子供〟を受け入れることを拒んだ時点から、黄都《こうと》は〝灰髪の子供〟の味方ではなくなった。ただの、彼の味方を勝たせるための供物でしかない。

〈私ではありません。あなた方が、試合をすると公約したのです。あなた方は、市民に対して嘘をつきすぎた。リチア新公国の滅亡は戦争によるものではないと、〝教団〟は貧困層を搾取しているのだと、六合上覧《りくごうじょうらん》は最強の勇者を決める正々堂々の戦いだと――速《はや》き墨《すみ》ジェルキ様。あなたにはもう一つ、認識の誤っている点があります〉

そんなことのために。

国すら異なる民衆への誠実さのために、と返すことはできなかった。

〝灰髪の子供〟は理解している。

〈私は決して、この日のために黄都《こうと》の人々と交流してきたわけではありません。我々は日々の交流を積み重ね、あなた方は市民に多くの情報を隠してきた。結果として……彼ら一人一人が、あなた方の発表よりも、我々が語った噂を信じました〉

人と何よりもかけ離れた怪物のくせに。

なぜ、それを理解しているのだ。

〈――信頼こそが、何よりも強い〉

◆

停止した噴水の上に佇んだまま、ロスクレイは呟く。

「クラフニル先生。会場周辺の安全確保を再度お願いします。柳《やなぎ》の剣《つるぎ》のソウジロウに注意を集めている間、何らかの行動を起こしている者がいるかもしれません」

「……ソウいう仕事の方が助カル。私も立場上、勇者候補ト敵対したクはない」

ソウジロウが――人の形をした死が近づいてくる。

彼の周囲からは引き潮のように人々が退き、旧市街広場の只中に異様な空白を作り出している。

そこに境界線はなかったが、試合場のように開いた空間を敢えて埋める者もいない。誰もが期待しているのだ。黄都《こうと》最強の剣士と、〝彼方《かなた》〟最強の剣士の試合を。

「オメェがロスクレイだよな？」

「ええ。お初にお目にかかります。……なぜここに?」

最大の疑問はその一点だった。

〝灰髪の子供〟は恐らく、第十試合の数日前から噂を流し、この旧市街広場にロスクレイを誘い込むことを決めていたのだろう。

だが、そもそも、その決定を伝える手段がどこに存在したのか?

これは決して、偶然の遭遇ではないはずだ。ロモグ合同軍病院からこのオーデ旧市街までは相当の距離がある。片脚しか使えず馬車の類を利用できなかった以上、脱走から迷わずここを目指していなければ、物理的に間に合うわけがない。

「言っても分かんねェと思うけどな」

ソウジロウはぼんやりとロスクレイを見上げている。

「分かるよう努力しますよ」

「あー……知り合いにユノってやつがいんだけどよ。そいつがだいぶ前に、どっかで同じことしてたんだよ。鏃《やじり》で傷をつけて、目印にするっつー……迷いそうなとこにその傷があったから、来れたってだけだ」

——特定個人間でしか通じない暗号。当然、その可能性は考慮していた。建造物を引っ掻《ひか》いたようなただの傷は、ソウジロウの感覚ならば判別できても、巡回していた兵では暗号として認識できなかったはずだ。しかし、そんなことは問題ではない。

「……。私が疑問に思っているのは、場所ではなく日時のことです。なぜ、あなたはここで試合が行われると思い、病院を脱走したのですか？」

「ここで試合やるからだろ」

「いいえ。第十試合は中止です。あなたにも事前にお伝えしていたはずです」

「いや、やるんだろ？　訳分かんねェこと言う奴だなァ」

話が嚙み合わない。なぜソウジロウは……病室にいながらにして、あるはずもない試合の開催を確信していたのか。そしてその連絡手段を誰にも把握させなかったのか。

「あれだけ堂々とオレに見せておいて、何言ってやがンだ」

ソウジロウの中には何らかの明白な理路が存在する。

ロスクレイの脳は、一呼吸の内に全速力の思考を行った。

（見た。その手段は視覚的な何かなのか？　そして自分に見せていると認識できる……ならばそれは、病室から見えるものなのか？　少なくとも書簡で秘密裏に伝えられたような情報なら、こんな表現はしない。そもそもソウジロウは〝客人《まろうど》〟だ。この世界に読める文字など――）

そして思い至る。

一つだけあった。誰にも隠すことなく堂々と、ソウジロウに何かを伝えることのできる方法が。

ロスクレイは、空を見た。

（――気球だ）

ロモグ軍病院の病室の窓からは、商店区の色とりどりの広告用気球が見えた。

逆理《ぎやくり》のヒロトは取引先の商店に対する強力な影響力を持っている。指定した通りの図柄の気球を上げさせることは何も難しくなかったはずだ。

この六合上覧《りくごうじょうらん》を通しても、柳《やなぎ》の剣《つるぎ》のソウジロウと逆理《ぎゃくり》のヒロトの間に、接点はない。この二者間で通ずる暗号など存在し得ないと考えていた。

だが、一つだけあるのだ。

それは、堂々と掲げたとしても、黄都《こうと》市民も、ロスクレイも、誰も読み取ることができない。

「そうだ、使えた手段はある……ソウジロウに伝えるために……」

「オレに伝えようとしなきゃ、あんなの書くわけねェだろうがよ。この広場での試合は、極秘でやるから誰にも知らせねェって――」

〝彼方《かなた》〟ではない、この世界で生きているが故の、思考の死角。

ソウジロウと、ヒロトの間でしか通じない暗号。

「日本語で書いてあったんだからよ」

（……逆理《ぎゃくり》のヒロト）

黄都《こうと》からの試合告知のように見せかけて、この日にソウジロウを動かしていた。

広告用気球の図柄は個性主張のために複雑化している。無数の商店が掲示する図柄のどれかが異世界の文字に偶然一致していたとして、この世界の誰が判別できるだろう？

（……予測できるはずがない。〝彼方《かなた》〟に存在するという数千の言語の内の、特定の一種を解読できる者がいたはずがない……！　まして私達は、黄都《こうと》全域で勃発する大規模政変の対応に追われる時期だった……運命を操作するかのような必然性で、出会わされた！）

逆理《ぎゃくり》のヒロトは敗退した。政治的にも、戦力的にも、黄都《こうと》という巨大な国家に敗北した。

逆転の可能性など残されていない状況から、ここまでできる者が他にいただろうか？

まさに逆理。逆理《ぎゃくり》のヒロトは、紛れもない怪物だった。

そして今、もう一体の怪物が、ロスクレイの眼前にいる。

「ロスクレイ！　ロスクレイ！　ロスクレイ！」

「やれるぞロスクレイ！　応援してるからなァッ！」

「片脚だからって手抜かないでくれよ！」

「俺、母さんに自慢できるよ！　夢みたいだ！」

「ソウジロウも大したもんだぜ！」

「ロスクレイ！　ロスクレイ！」

「ロスクレイ！　ロスクレイ！」

戦わなければいけない。ロスクレイは逃げてはいけない。

誰と戦ったとしても、絶対《ぜったい》なるロスクレイが負けるはずはないのだから。

「逃げたっていいんだぜ」

歓声の中、ソウジロウだけが吐き捨てるように言った。

「さっきからオメエ……随分ビビってるみたいに見えるんだよな。そういう奴斬ったって、オレの方は全然面白くねエからよ」

「フ……ありがとうございます。ですが、それだけはできないんですよ」

ロスクレイは噴水から下りて、ソウジロウと同じ高さに立った。

群衆を説得するために必要な行動だったが、泉を踏み越えた結果、靴の中が濡れて戦闘には不利に働いている。

もっとも、足元の不利という意味なら、片脚のみで戦うソウジロウはロスクレイの比ではない。

それでもロスクレイとソウジロウには、次元の異なる実力の開きがある。

「……開始の合図はどうしましょうか？」

「別に、好きな時打ちかかってくりゃいいし……オレから手を出さない縛りでも構わねェよ。どっちにしても、いつか剣の間合いにはなるだろ」

「そうですね。では呼吸が合った時、ということで」

話しながら、ソウジロウと十分な距離を取る。

必要なのは、敵の射程がどの程度であるかの確認である。第三試合で見せたような、刃を弾き投擲する能力を含めた攻撃射程だ。

「どうか市民の皆様は、この広場から離れるようお願いします！　真業《しんごう》の戦いである以上、安全は保証されません！　助力は無用です！」

ソウジロウに堂々と背を向け、市民に呼びかけながら距離を離す。

敢えて背を向けているのは、心理的な効果を狙ったものだ。先程の会話も含めて、まだ戦闘の段階ではないと、ソウジロウと観客に認識させている。

（この広場に隣接している高い建造物は――どれも使えないか。第一試合の時点で住民の立ち退きは完了しているはずだが、広場を見下ろせる建物には人が集まりすぎている……）

丘の上に聳える展望塔に到達する。古い時代の巨大な石造りの塔で、頂上の展望台は狭い。この『特等席』を取っている市民は恐らく十名前後だろう。

「展望塔で観戦されている皆様も、どうか、下りて距離をお取りください。……たとえソウジロウとの試合に勝っても、戦闘にあなた方を巻き込んで傷つけてしまったのならば、私にとっては本当の勝利とは言えません」

「ロ、ロスクレイ様……！」

「なあ！　ロスクレイが俺に！　話しかけてくれたぞ！」

「アンタねエ！　あたしらが迷惑かけてんの！　バカ言ってないですぐ下りるよッ！」

「ロスクレイ様、応援しています……！　決して負けないって、信じてます！」

展望塔にいた市民は口々に言葉を述べながら、塔を離れた。

その後も、ロスクレイは何度か同じようなことをした。

ロスクレイが到着した当初は人を避けるために噴水に立つ必要すらあったが、柳《やなぎ》の剣《つるぎ》のソウジロウという恐怖の一滴が、群衆を遠ざけるための役に立った。

決して近づいてはならない空間が僅かにでも生まれれば、群集心理としてそこに再び踏み込むことは困難になる。ロスクレイはそれを押し広げて、自分に有利な試合場を構築している。

城下劇庭園だけが絶対《ぜったい》なるロスクレイの戦場ではない――そして。

「オイコラ！　さっきからダラダラすんなッ！　いつまで待たせるつもりだ!?」

背後からソウジロウの怒鳴り声が聞こえた。

ロスクレイは、展望塔に近づく者がいないかをもう一度確認に向かったところだった。

「戦闘開始を自由に定めていいと言ったのは、あなたです。それにあなたにとっては関心のないことかもしれませんが……この私にとって、市民の安全は何よりも優先すべきことですから」

「だからって、ああ……面倒くせェ！　斬るぞ！　やる気ねェなら背中からいくからな！」

（そうでしょうね。激高して、自分から向かってくる。あなたは……この勝負を成立させなければいけない立場だから）

ロスクレイは塔の傍らで振り返って、微笑みを向ける。

泉の水で濡れた足元は既に乾いていた。

棒状の右脚を引きずってよろよろと進むソウジロウの動きは、不格好な歯車人形のようだ。走る、跳ぶなどの咄嗟《とっさ》の回避行動が不可能ということになる。ましてや精神的に興奮状態にあるのならば、動きはより直線的にならざるを得ない。

「――よろしいでしょう」

剣の間合いではない。ソウジロウは丘の下にいる。

ロスクレイは左手側を払うように剣を薙いだ。威嚇行動ではない。

剣の切っ先だけが、展望塔の基部を引っ掻くように掠り……

ミギ、という石の軋みがあった。

「お望みとあらば、始めましょうか」

展望塔がソウジロウの方向へと正確に傾ぐ。

基部を斜めに切断された塔が、長方形の断面を見せはじめる。

「お――」

激突する。石、土、鉄骨が、何もかもが砕けて混ざる破壊の音。

ようやく事態を理解した観客の歓声と叫びが響く。

一撃で殺すことが目的ではない。斬撃だけでは対処不可能な大質量の落下で、回避行動を封じることが目的だった。騒音に紛れさせる。

「【アンテルよりジャウエドの鋼へ。《anteliojadwedo》軸は第一右指。《laeus 2 telbode》音を突き。《temoyamvista》雲より下る。《iusemnohain》回れ《xaonyaji》】」

――ラヂオ越しの力術《りきじゅつ》。

倒壊した塔の只中に既に生成されていた長剣が、白銀色の嵐と化して瓦礫の隙間を貫いた。六。十。十三。十九本。観客にも目視不可能な速度で殺到する。

上と左右と前後から、通り抜ける。

恐るべき速さのそれは、ジジジジジッ、というような音となった。

ロスクレイは、数歩下がった。

（……殺せていなかったか）

瓦礫の隙間から、人の腕が這《は》い出《で》た。その片手だけで長剣を二本摑《つか》み取《と》っていたが、肩が這い出る頃にはその長剣の形もボロボロと崩れ落ちている。

ソウジロウの手には、一切の刀剣を摑ませるべきではない。

「【オノペラルよりテミルルクの剣へ《ownopellaliotem》。羽持つ夜《nactekcca》。棘なる積雪《silliyo axolis》。尽きよ《nika》】」

展望塔を破壊し、無数の長剣を自己崩壊させたものは、ロスクレイがラヂオから流し続けている工術《こうじゅつ》である。先の力術《りきじゅつ》の使用者も、言うまでもなくロスクレイ自身ではない。

試合を避け得ないと判断したロスクレイは、可能な限り開始を引き伸ばした。

その僅かな時間があれば、速《はや》き墨《すみ》ジェルキが召集できると知っていたからだ。旧市街付近で反乱軍掃討を行っていた整列《せいれつ》のアンテルと、駅周辺に留まっていた骨《ほね》の番《つがい》のオノペラルは、特に迅速に到着している。力術《りきじゅつ》担当者と工術《こうじゅつ》担当者が揃った――

瓦礫の山の中から、光が放たれる。

バチ、と虫が潰れるような音とともに、空中で光の軌道が変わった。空中で十字に交差した二本の長剣を切断し、遅れて反応したロスクレイの剣身に半ばまで突き刺さる。

どこかの家で獲得したと思しき、果物ナイフだった。

ロスクレイは総毛立った。

「…………！」

「あー……さすがに、適当に投げたんじゃダメか」

(対応できない……クラフニルとアンテルが全力で防御して、やっと間に合っただけだ。ただのナイフすら……この距離まで届くのか！)

柳《やなぎ》の剣《つるぎ》のソウジロウは、傷一つ負っていない。

瓦礫の山に押し潰されたようにしか見えなかったが、よく見ると山の中には一人分程度の空間があった。偶然の結果ではない――ソウジロウが瞬時の内に解体した瓦礫は、互いが互いを支え合うようなかたちで堆積し、破壊の中心部にいたソウジロウをむしろ守ったのだ。

隙間から逃げ場なく殺到した長剣への防御すら、その程度の空間があれば十分だったのだろう。

刀剣の術理を、自らが手に取らずとも支配下に置く、逸脱の剣豪。

最強の混獣《キメラ》が投擲した手術刀の威力を正確に反射し、〝客人《まろうど》〟の膂力で刃を押しつけられてなお致命傷にならぬ。自分自身が刃と一体であるかのように、全てを理解している。

「それで終わりかァー？」

（……今の投擲がただの牽制《けんせい》という認識なら、隠し持った武器はそう多くない。展望塔を倒してソウジロウを封じ込めたのは、瓦礫で射線を通さないためだ――試すだけの価値はあった。力術《りきじゅつ》による攻撃は有効ではなく、むしろ剣を逆用される危険性が大きい）

「逃げてもいいぜ。だけどな、勝つために逃げろよ」

距離を離す。ここで近づかれる訳にはいかない。

ソウジロウの不格好な歩みが、ふ、と歩調を変えたように見えた。

「――クラフニルッ！」

「うぜエよッ！」

金属の羽虫が、ソウジロウを食い破らんと群がる。

観客から見えぬ限界の密度だったはずだが、鬼神の如く刃の嵐が舞い、剣士では対処不可能なはずの虫の群体が一羽《わ》たりとも到達できずに落ちる。

逸脱の脚力。仮に万全の状態のソウジロウと戦っていれば、試合開始から一呼吸の時間も与えてもらえなかったはずだ。

「勝ち目ねェんならやめろッ！」

「もたナイぞ、ロスクレイ！」

「あと少しだけ、お願いします！」

一羽ずつが兵士一人にも相当するであろうクラフニルの戦力が削られていく。出し惜しみできるような相手ではない。軍勢が途切れれば死ぬ。

ロスクレイは退き続けているが、空間を斬り続けるソウジロウを訝《いぶか》しむ観客もいた。

「ソウジロウの技はありゃ何なんだ？」

「まさかトロアみたいに見えない突きを隠し持ってるんじゃ……」

「いや嘘だろ……ロスクレイが攻めきれないって……」

ソウジロウが進み、ロスクレイが退く。

「【アンテルより《antelio》——】」

仮に正確にソウジロウに当てられたとして、長剣の投射はまったく有効な攻撃手段ではない。それはアンテルも理解しているはずだ。

ロスクレイは丘を下り、代わりにソウジロウが、先程まで展望塔が立っていた丘の上に立っている。距離は十分に離していたが、経験から来る危機の予感があった。

（今は、ソウジロウが高所を取っている）

丘の上で形を変える、細長い影を見た。ロスクレイは呟く。

「……オノペラル教授。ガス灯の支柱に工術《こうじゅつ》を」

ラヂオ越しの指示である。

展望塔が存在する以上、そこには夜景を照らすガス灯もある。

塔よりもか細いそれが、ロスクレイを目掛けまっすぐに倒れ込んでくる。

丘の上で切断されたのだ。

「【オノペラルよりオーデの柱へ。《ownopellal io orde.》滝の眼球《ikutes dea》】」

（そうだ。私でもそうする、、、、）

「ナメ、てンじゃあ――」

金属が擦れる音。

「ねエーぞッ！」

丘の下へと倒れていく、斜めに傾《かし》いだ柱を滑走する音。

右脚の代わりにした二本の骨組みを、ガス灯の柱に嚙み合わせている――

「【剝がれる微光。《arpistera》開け《gill》】」

「……！」

滑走する線路の役目を果たしていた柱が、中途で歪んで折れた。

ソウジロウは体を投げ出されまいと、左腕で柱を摑んだ。

逆にロスクレイは、この試合で初めて間合いを詰めた。

教練通りの、何よりも正しい剣術。踏み込みと刺突は、一つの流れのように同時だ。

しかしそれが刃の技である限り、〝客人《まろうど》〟の剣がロスクレイの剣先を絡め取る――

「……テメェ」

寸前、ソウジロウは義足の蹴りで刺突を阻んだ。

甲高い炸裂音が響いて、義足を構成していた二本の支柱の一本が折れ飛んだ。蹴り込まれた義足越しに伝わる猛獣の如き脚力が、ロスクレイの右腕を開くように大きく弾く。

正中線を防御できぬ一瞬が――

「……」

「……」

静止。

ソウジロウは追撃を仕掛けずに転がり、片膝を立てて着地した。

絶対《ぜったい》なるロスクレイも、その場に留まっていた。

突き出し、大きく弾かれた右手とは逆側。後ろ手に構えた左手には、柳葉刀の如き厚身の刀身を備えた、濃紺色の、異様な剣がある。

左腕で柱を摑ませ、右脚の義足を爆砕した。仮にソウジロウが斬り込んできたのならば、絶対先手の速度で斬撃し、顔を縦に割ることができた。

「なんで」

ソウジロウは、吐き捨てるように言った。

「オメェがそいつを使うんだよ」

「フ……あなたの方こそ、剣で受けてくれると思ったんですが」

「ロスクレイ！　ロスクレイ！　ロスクレイ！」

「ロスクレイ！　ロスクレイ！　ロスクレイ！」

圧縮されていた時間が戻ってきたかのように、ずっと鳴り響いていた歓声が耳に届いた。

ソウジロウがガス灯を切断し、間合いの内へと飛び込んできた時に、力術《りきじゅつ》は発動していた。たとえ数百本の長剣を撃ち出したとて、長剣の射出はソウジロウへの有効打にはならない。

だが、ロスクレイに剣を手渡すことならば容易にできる。

突き出した右手には、チャリジスヤの爆砕《ばくさい》の魔剣《まけん》。

後ろ手の左手には、ラズコートの罰《ばつ》の魔剣《まけん》。

ジェルキは手配に全力を尽くした。決死圏を潜《くぐ》り抜《ぬ》け、反撃の策は必殺のはずだった。

〝彼方《かなた》〟の剣豪には、なお届かない。

(私は、ソウジロウとは違う)

ソウジロウとロスクレイは今、ともに同じ大地の上で戦わなければならない。

剣の間合いの僅かに外側で、対峙している。

「……防御をこじ開けたとこで、油断しちまうとこだった。大した演技しやがる」

「お褒めの言葉は、ありがたく受け取りましょう」

剣士は二人ともが笑っていた。

血を求める凶悪な笑みと、敵を称《たた》える高潔な微笑み。

（クラフニル。ジェルキ。アンテル。オノペラル教授）

絶対《ぜったい》なるロスクレイは、それでも勝つつもりでいる。

外道卑劣の全てを投じ、自らを削り尽くしたとしても――

「ロスクレイ！　ロスクレイ！　ロスクレイ！」

「ロスクレイ！　ロスクレイ！　ロスクレイ！」

正しき英雄に相応しく、勝つ。

（……私は、私一人で戦っているわけではない）

◆

その栗色の髪の少女は、無数の観客がひしめく中の一人に過ぎない。

旧市街広場の熱気は、それだけでイスカを押し潰してしまいそうだ。

客席が整理されているわけではないから、身を乗り出す人々の頭で、ロスクレイの姿もよく見えなかった。

けれど人の隙間から、何度かその姿を見た。

塔を一撃で斬り倒し、嵐のような力術《りきじゅつ》で攻め立てるロスクレイを。

見えない刃に追い詰められているかのように下がり続けながら、瞬間の交錯でソウジロウへの優位を取り返したロスクレイを。

「ほら、ロスクレイがやったでしょ！　義足が一本なくなってるわ！」

「バカ、ありゃソウジロウの方が足で受けたんだよ！　しかし前から思ってたが、ロスクレイは力もとんでもねェな……掠《かす》っただけであのザマかよ」

「なあ、父ちゃんは第三試合見に行ったんだろ？　ソウジロウはどんな技使うんだよ！」

「知らねえけどロスクレイにあの距離まで詰められたら終わりだろ」

「ロスクレイ！　ロスクレーイ！　こっち見て！」

（……ずっと、こうしていたのね）

イスカは頻繁には外に出られない体だ。ロスクレイの戦いを実際に目にしたことはない。

これまで彼がどのように戦い続けてきたのかは、ロスクレイ自身の懺悔《ざんげ》か、母が外で伝え聞いてきた話で想像するしかなかった。

絶対《ぜったい》なるロスクレイという存在は、ロスクレイが語る話では敵を騙し討ちにして民を欺く悪漢のようで、母が語る話では完璧で潔白な堂々たる騎士のようだった。

叶わないことだと分かっていても、思っていた――もしもイスカ自身が彼の戦いを目にすることがあるなら、本当のロスクレイはどんな姿なのだろう。

（――格好つけてる）

観客として見たロスクレイは確かに、母が語っていたような強く美しい英雄そのものに見えた。

一度だけ垣間見えた力術《りきじゅつ》も、全てを知っていてなお本人の技のようにしか思えない仕草で、この場でロスクレイ自身の口から真実が語られたとしても、とても信じられないだろう。

だけど、ひどく無理をしているのも分かった。

どこにでもいるごく普通の青年が、強く美しい英雄であるように、戦っているのだ。

必死で、誰にも知られることなく。

(ロスクレイ。こんなことを感じているのは……全部、錯覚なのかもしれないけれど)

個人としてのロスクレイを知っているが故の、錯覚なのだと思う。

(この錯覚が、私だけのものならいいのに)

イスカはロスクレイを愛している。

二人だけの未来が欲しいと願う。

けれど絶対《ぜったい》なるロスクレイが素晴らしき黄都《こうと》の英雄である限り、彼はイスカが見たような戦いをずっと続けていくのだ。

(大丈夫。私は、今更止めたりしないわ。……ロスクレイ)

それが彼の望みならば、せめてここで見守ろうと思う。

絶対《ぜったい》なるロスクレイの言葉通り、一人一人の民の力がロスクレイの力になるのだというなら——

せめてその一人分くらいは、イスカにも力があるはずだから。

◆

柳《やなぎ》の剣《つるぎ》のソウジロウは、絶対《ぜったい》なるロスクレイにさほど興味があったわけではなかった。

試合の場に立たない誰かに手助けをさせるのはいい。

しかし、仮にそのような小細工で戦いに勝ったとして、本人は楽しいのだろうか？

どちらにせよ負ければ死ぬのは自分なのだから、命を張っている分、最大限に楽しめる殺し合いをしなければ、最終的には損をするだけではないのか。

実力的な面でも、確かに人間《ミニア》の限界近くまで鍛え上げてはいるのだろうが、言ってしまえばそれだけのことに過ぎない。ソウジロウと斬り合いができる基準には全く達していない。

そう考えていた。

「すぐ殺れるはずなんだけどな……」

ソウジロウは敵の目前で、ガリガリと頭を掻いた。

絶対《ぜったい》なるロスクレイは、どうやらソウジロウが感じたほどには弱敵ではないらしい。

命までの道筋が見えているはずなのに、常に二重三重の策で正解に辿り着かせない。ソウジロウが、裏をかかれている。

実力の差を埋めるだけの札を常に備えている。先程の魔剣の攻防についてもそうだ。

外見だけでは〝客人《まろうど》〟とそうでない人間《ミニア》の区別がつかないように、それが魔剣であるか否かは、剣そのものを見るだけでは判別できない。爆砕の魔剣を回避できたのは、使い手であるロスクレイの意を見たからだ。

しかも、一枚目の爆砕の魔剣を見破っただけでは返り討ちに遭っていた。絶対《ぜったい》なるロスクレイはそれを突破されることすら見越して、罰の魔剣を伏せていた。

「ウィ。で……どうすんだ、そこから」

「少なくともあなたに、同じ手は通用しないでしょうね」

「おう、そりゃな」

爆砕の魔剣の絶大な反動で一段目を確実に弾き、飛び込んできたところを絶対先手の罰の魔剣で狩る。合理的ではあるが、あくまで合理の範疇《はんちゅう》である。爆砕の魔剣の命中を前提とした技の組み立てでしかない。ソウジロウにとっては、初めから躱してしまえばいいだけの話だ。

ソウジロウは左膝を浅く曲げ、上下左右前後、全ての方向への蹴り出しに備える。

一方のロスクレイは、依然として同じ構えだ。

右手の爆砕の魔剣を前方に、左手の罰の魔剣を後方に構えている。

端正な微笑みのまま言った。

「同じ手で行きます」

「……あァ？」

「【オノペラル《ownopellal》よりアルテの剣へ《io arte》】」

詞術《しじゅつ》。考えるより早く、ソウジロウは地面を蹴った。

爆砕の魔剣が既に振り下ろされている。ソウジロウが動く瞬間を読みきったかのようだった。

——だがその実、読めてはいない。ただ最速で振り下ろしただけの剣は、命中することなく地面を爆破した。

(違うな)

殺意のない爆破だ。開けた低地への誘導。目眩《めくら》まし。音の偽装。

振り抜くはずだったアルクザリの虚《うつ》ろの魔剣《まけん》を、ソウジロウは本能的に止めた。

ひどく重い抵抗がある。ライフル弾が刀身に接触していた。狙撃。

衝撃で手首が破壊されるよりも先に、弾丸の回転方向に沿って刀身上で転がすように流す。

(ロスクレイの反応は)

ソウジロウが注視しているのは、ロスクレイの左手だ。

「【塚の左方《yones hamsh》。罪知る帳《rix te neshel》】」

(こっちだ)

ソウジロウは動かない。

ラズコートの罰の魔剣が動く。

絶対先手の刃がすぐ眼前を通過するのが分かった。絶対先手の魔剣は絶対先手であるが故に、対手の姿勢や速度を正確に認識し、軌道上に当たるよう置かなければ意味を持たない。

その刃が翻り、最速の二撃目が動くと同時、ソウジロウもライフル弾に弾かれたばかりの刃を返していた。虚ろの魔剣が罰の魔剣の先端を絡め取って、恐るべき加速慣性のままロスクレイの手からもぎ取っている。使い手が修羅ならぬ存在ならば、魔剣殺しは容易い。

爆砕の魔剣は地面に突き刺さったままだ。罰の魔剣は弾き落とした。

そして半歩踏み込めば、斬殺の間合い。

「【弦の暗音《disterda》】」

「見たぞ。オメェの」

「【虚けよ《nima》】」

「命」

斬殺。

「──」

手応えは空を切った。

ソウジロウの直感は、確かな殺戮の道筋を認識していたはずだ。

だが、ソウジロウの方が届いていなかった。

刀身が土の如く崩れていた。

折れず、欠けることのないはずの、アルクザリの虚ろの魔剣が──

「防御をこじ開けて、油断する」

その一手で引き抜かれていた爆砕の魔剣が、振り上げざまにソウジロウの左肘を掠めた。

ソウジロウの小柄な体を衝撃が叩いて、取り囲む観客の付近にまで吹き飛ばす。

「──同じ手で行くと言ったでしょう」

「ゴ、かハッ」

逸脱の剣豪《ブレード》は、倒れたまま血を吐いた。

左肘が殆ど骨まで吹き飛んだことよりも、至近距離の爆風で片方の肺が潰れたことのほうが問題だった。いずれにせよ、片腕の機能の大半を奪われていた。

（……やられた！）

絶対《ぜったい》なるロスクレイは、弱い。

最弱ではないにせよ、純粋な戦闘能力においては、百鬼魔人入り乱れる勇者候補の中にあって、疑いなく最底辺に近い。誰もがそう認識する。

（……こいつは、強い）

強い。決してそう見せていなかったことも含め――

〝客人《まろうど》〟も人である限り、欺くことができる。

アルクザリの虚ろの魔剣はそもそも、誰から与えられたものだったのか。

「魔剣を……やるだと――ハーディの野郎。カ、ハハッ、ゲハッ」

初めから、この一戦で使わせるためだったのだ。

オゾネズマを相手に勝ち上がれば、戦うことになる……ロスクレイとの試合で。

「や……やっぱ……悪いこと、考えてンじゃねェか！」

それが魔剣であるか否かは、剣そのものを見るだけでは判別できない。たとえそれが最初から不壊の魔剣などではなく、致命的な状況を狙い澄まして、工術《こうじゅつ》で崩すための絶壊の剣であったとしても――ソウジロウの技はそもそも、ライフル弾を受け流してなお剣を折ることはない。

〝客人《まろうど》〟の異能を前提とした、看破不能の嘘。

ソウジロウの手には、一切の刀剣を摑ませるべきではない。

「おい、ソウジロウだよ」

「嘘だろ……一発であんな吹き飛ばされるのかよ」

背後で、人垣がどよめく。

「ロスクレイも剣を弾かれて」

「おいソウジロウ、大丈夫か？　降参するか？」

「うぜエ～よ……」

爆発で吹き飛ばされた結果として、追撃の間合いではない。

至近に人垣がある状況下で、力術《りきじゅつ》や羽虫を使った攻撃が来る可能性も低い。

体を起こすために無事な右手を地面に突くと、ぬとり、という嫌な感触があった。

「……なんだこりゃ」

金属の甲虫がドロドロに溶け合わさったような群れが、ソウジロウが倒れ込んだちょうどその位置で死んでいた。ロスクレイの仲間が操っていた虫に違いなかった。だが、なぜ死んで……

「……ガ、カッ！」

右手の指先から、急速に激痛が広がりはじめていた。

悶え、右手で地面を掻く。爪が容易に剝がれて、赤い線がいくつも描かれた。

観客が悲鳴を上げて、ソウジロウを遠巻きにするよう離れる。

「なん、だ……こりゃ……ッ！」

「——刻食腐原《こくしょくふげん》ネクテジオ」

悲鳴の只中。他の誰にも聞こえないような囁《ささや》き声《ごえ》で、ロスクレイが冷たく呟いている。

たった今何をしたのか。これから自分はどうなるのか。少なくとも、一つだけは分かる。

(違う。オレの見立ては全然違った)

この男は——間合いではないとか、周りに人垣がいるとか、そういった理由で追撃を諦めるような、甘い敵ではなかった。

それどころか、最も効果的な追撃へとソウジロウを追い込んでいた。

黄都《こうと》の英雄の真実を知っている者ほど、名もなき市民の子供でさえ知る、ひどく単純な現実を見失ってしまう。

絶対《ぜったい》なるロスクレイは、黄都《こうと》の全ての敵を殺してきたのだ。

あの冬《ふゆ》のルクノカさえ。

「あなたは死ぬ。私はもう、あなたの間合いに踏み込みません」

黄都《こうと》が生まれてから、誰も勝ててはいない。

◆

司令本部。疲労困憊《ひろうこんぱい》にあるジェルキは、机に突っ伏したままラヂオからの音声を聞いている。

諦めるわけにはいかなかった。

(……血泉《けっせん》のエキレージは、ロスクレイの指示でネクテジオの調査と毒素採取を行っていた……クラフニルとの連携には、成功したのか……)

緊急時に備えた切り札の一つだったが、この戦いにはそのような切り札をいくつも投入していた。

ロスクレイは備え、積み重ねてきた。

整列《せいれつ》のアンテル。骨の番《ほねのつがい》のオノペラル。王宮防衛用魔剣。貨弾《かはじ》きダリー。血泉《けっせん》のエキレージ。この場で可能な限りの戦力は手配したつもりだ。

ひどく頭が傷んでいて、左腕の感覚が殆どなかった。

連日の慢性的な過重労働に加えて、この日に一挙に押し寄せた莫大な業務と心理的重圧が、ジェルキの命を縮めている。

(できる限りのことを……ロスクレイが、勝つために…………)

正しくは、ロスクレイへの執着ではないのだろう、と自分自身で思う。

まだ見ぬ黄都《こうと》への執着だった。

王も民も殺すことなく、世界を脅かす危機を排した上で、統一国家として成る黄都《こうと》。

逆理《ぎやくり》のヒロトが言うように、ジェルキは偽り続けてきたのかもしれない。

それでも、自分達の手段が間違っていたとは思わない。真実無妄《しんじつむもう》の正しき道を進んでいたのならば、今よりも、きっと遥かに多くの犠牲が生まれていた。

国家の真なる価値は、民の支持率などではない。民の安全が保証され、それを恒久的に維持する機能を有しているということ。

「……言い返せれば……良かったのだがな……」

〝灰髪の子供〟からのラヂオ通話は、既に切れている。

ジェルキもまた、あの時に反論するだけの余裕はなかった。何よりも真っ先に、ロスクレイを支援するために、奔走しなければならなかった。

「悔しいな……」

◆

——体が死にかけている。

負けるということは、ソウジロウの戦い方のどこかに間違いがあったということだ。

それは右脚を喪《うしな》った状態で挑んだことではなく、アルクザリの虚ろの魔剣の実在を疑えなかったことでもない。ロスクレイとの試合を求めながら、最初に斬りかかることができなかったこと。

（戦いを避ける奴の方が、強ェだと——）

ロスクレイに準備の時間を与えなければ、これほどの増援の物量に摺《す》り潰されることはなかった。その点で、絶対《ぜったい》なるロスクレイは恐ろしく優れていたのだ。

城下劇庭園で戦闘することが前提のロスクレイにとって最悪の条件であったはずの、民に扇動され、その場で戦わざるを得なかった試合。

だが、ロスクレイは最悪の条件の中からでも、試合開始の合図が曖昧で、人を逃がすための準備が必要である、という武器を即座に見つけ出した。

あの時、絶対《ぜったい》なるロスクレイは広場を動き回りながら周辺の地形を観察し、自分が最大限の有利を得るための時間を稼いでいたのだ。

力で劣るように見える者ですら、自分と比べて優れた点がある。

ソウジロウも、その強さを手に入れることができれば――

「ち……げエ、だろ……ッ！」

もがくように起き上がる。

次ではない。今だ。

今、距離を詰めて殺さなければ終わる。自分が先に死ぬ。

右脚切断および義足破損。左腕は肘に爆傷。右手は致死の毒に浸った。

「逃げんじゃ、ねエーぞ、英雄がよ……！」

「柳《やなぎ》の剣《つるぎ》のソウジロウ！　私は、あなたほどの剣士を殺したくはありません！　肘からの出血が酷いはずです。動けばより危険な状態になるでしょう。すぐに手当てをすれば助かります。どうかそこで安静に、医師の到着を待ってください」

違う。右手の激痛は手首まで広がりはじめている。

ロスクレイがそう言っているということは、動かなければ毒が回って死ぬのだ。

絶対《ぜったい》なるロスクレイは、ソウジロウを殺したくて仕方がない。

「まだ、オレは、やる……」

最後の力を振り絞って、ソウジロウは地面を蹴ろうとした。

その肩が引き戻される。


「──あ？」

黄都《こうと》市民だった。

大柄な黄都《こうと》市民が進み出て、ソウジロウを摑んでいる。

「いやいや、あんた……そんな体で無理しちゃ駄目だってば」

「大丈夫かい!? 診療所連れていくからね」

「テメェ……ッ」

ロスクレイはソウジロウに呼びかけていたのではなかった。

黄都《こうと》市民。もっと正確には、黄都《こうと》市民がそうしてもおかしくはないという状況を作るために、わざわざ呼びかけたのだ。

(仕込みだ。この……最悪の一瞬を窺っていた。ロスクレイ……ここまで徹底して──！)

一瞬たりとも無駄にできない状況で、可能な選択肢は少ない。

（やるしかねェ）

破壊された左腕で、すぐ横の市民のベルトからナイフを奪った。可能なことだ。

ソウジロウの肩を掴んでいる大柄な男の指を、斬り落として引き剝がせば良い。

大柄な男が呟く。

「悪いけど」

（斬――）

「あんたに俺を斬ることはできない」

神経の速度で走るはずの斬撃は、指一本ほども動かずに止まった。

他ならぬソウジロウ自身が止めた。

「……な……ッんで、ここにいやがる」

大柄な男の声を知っていた。市民に紛れるためか、黒い帽子と眼鏡で印象は大きく変わっているものの、殺戮の直感だけは欺くことはできない。

この男に攻撃すると、死ぬのだから。

「ふへへ……久しぶりだね。ソウジロウ」

通《とお》り禍《か》のクゼは、さらに強く、両手の指をソウジロウの肩に食い込ませた。

「ぐ……う、テメェ……ッ」

「そして今日は、さようならだ」

◆

通《とお》り禍《か》のクゼは、暗殺者だ。女王セフィトを暗殺しなければならなかった。

信仰を救うためには、〝教団〟の全ての悪名を被るに足る罪が必要だった。

王族が試合を観戦する第二回戦に進出すれば、それが叶う。勝ち上がるために、第一回戦のたった一人だけを殺せば良いはずだった。

そうはならなかった。クゼは黄都《こうと》に命じられるまま、星馳《ほしは》せアルスさえ殺した。

「俺は……次は誰を殺せばいいんでしょうかね？」

大火災に見舞われた黄都《こうと》東外郭第二条――運河沿いの小屋である。

室内にあった木箱へと、クゼは疲れたように座った。

「絶対《ぜったい》なるロスクレイ。こんなところに呼び出したってことは、そういう話なんでしょう」

「――この話は、黄都《こうと》議会でも私以外は誰一人知りません。だから姿を隠し、私が直接会う必要がありました」

小屋の中には、ローブで姿を隠した男がいる。

顔立ちを見れば演劇俳優以上に整っているのだが、白銀に輝く鎧を身に着けていないロスクレイは、普段の存在感が嘘のような、ごく普通の市民のように見えた。

「はぁ。何の話ですか」

「私の考えを先に言います。私は、あなた達の目的に協力できます」

「……！」

――殺す。

その選択肢が脳裏を過ったことに臓腑が腐るような嫌悪を覚えるが、覚悟は決めなければならない。まだ、そこまでの話になると決まったわけではない。

「ふへへへ……目的？　目的かぁ……あのロスクレイ様が〝教団〟の立て直しに協力してくれるってことなら、大歓迎なんですが」

「それではもはや信仰を立て直せないところまで来ている。あなた達はそう考えたのではないですか？　正しく生きる者がいつまでも報われないなら、その咎を負う者を作る必要がある――」

「あんた方が俺達にやってることと同じでしょう」

〝本物の魔王〟の時代、詞神《ししん》の教えで救われた者は誰一人いなかった。〝教団〟は腐敗し、貧民を搾取して生き永らえている。

この世界の人々は詞神《ししん》への信仰を忘れた代わり、そんな物語を信じるようになった。

自分に降りかかった惨劇や悲劇が、何一つとして理由のないものだったと信じたくはない。〝教団〟は今やその理由として必要とされている。

理由を、守り続けるべき〝教団〟と切り離す必要がある。

「……どこまで知っている？」

女王暗殺の企ては、教団部門の長である暮鐘《ぼしょう》のノフトクすら知らなかったことだ。

もしも知られてしまえば、これまでの犠牲の全てが無意味になる。秘密を守るためなら、クゼ自らの意志でナスティークを動かすことすらする。

「結論は既に申し上げました。私は、協力できます。あなた達は女王暗殺の罪を被り、それを以て〝教団〟を延命させたい《い》――そうですね？」

「…………」

意図的に沈黙を保ったというよりも、答えられなかった。

ただ、それをたった一人で突き止めた、絶対《ぜったい》なるロスクレイの尋常ならざる執念を思った。

「どうしてこんなことをしたと思いますか？」

「なんだろうね。俺を利用するためとか？」

「答えは似ていますが、違いますね。死にたくないんですよ」

ロスクレイは、疲れたように笑った。

「〝教団〟では、肉体が死しても詞術《しじゅつ》は永遠に紡がれると教えているかもしれませんが……私は死にたくありません。自分が永遠に失われることを想像するだけで、恐ろしいんです。……だからあなたとは、敵同士でいたくない」

きっと、皆がそう思っているのだろう。

今この瞬間ですら、思うだけでロスクレイを殺すことができるのだから。

「いいんですか？　女王暗殺を看過したとなれば、それこそ死刑の罪じゃすまないでしょう」

「……。私達の派閥が目的を達成すれば、いずれにせよ、最後には王政を廃することになります」

「……なんだと？」

「あなた達〝教団〟も、夢にも思っていなかったでしょうね。女王を廃するという点で我々と目的が一致していたなど――我々は勇者という象徴を用いて、この黄都《こうと》を共和制に転換するつもりです。六合上覧《りくごうじょうらん》は、その改革のための催しでもあるのですから」

「ははは。そりゃ……本当かい？　ははは、はははははははは……」

クゼは笑ったが、笑おうとして出た笑いではなかった。

――何のために殺していたのか。

感情はひどく乾いていて、虚《むな》しかった。

「いやあ、なるほど、なるほど！　生きたまま廃位するより、死んで断絶してもらったほうが話は早く済むってことですか……！　しかもお誂《あつら》え向《む》きに、実行犯役が自ら名乗り出てくれる！　確かにあんた方にとっては願ったりな話だ！」

そして何もかも、救われない。

どうせなら、それもいいだろう。

今手を結んでいる〝灰髪の子供〟も、最後には女王を暗殺して裏切るつもりでいたのだ。

女王を殺し、〝教団〟への迫害を引き受けること。通《とお》り禍《か》のクゼにはもはや、それしか残っていない。ナスティークがそうであるように、その一つを成し遂げるだけの刃であればいい。

「いいよ。笑わせてもらった礼に、仲間になるさ。誰を殺せばいい？」

「冬《ふゆ》のルクノカ」

ロスクレイは答えた。

「第二回戦最初の第九試合を利用して、冬《ふゆ》のルクノカ討伐に動いている者がいます。絶大な戦力が投入される見込みですが、それでも及ばなかった場合、ルクノカは黄都《こうと》を襲撃する可能性があります。……あなたが、切り札として必要です」

冬《ふゆ》のルクノカの凍術《とうじゅつ》の息《ブレス》は、ただ一息で黄都《こうと》全域を容易に滅ぼす。

だからこそ、通《とお》り禍《か》のクゼこそが彼女の天敵といえた。絶大な攻撃範囲のどこかにクゼが含まれていれば、それだけでナスティークは最強の竜すら殺し返す。

「……俺に直接出ていって殺せとは言わないんだな」

「ええ。これは消耗させることも含めて作戦ですので」

絶対《ぜったい》なるロスクレイが何を企図しているのかは、クゼの知るところではない。

けれど恐らく、このロスクレイも空《そら》の湖面《こめん》のマキューレと同じように、恐ろしく遠大なことを考えられる類の策謀家なのだろう。

（あんたと〝灰髪の子供〟と、どちらが強いんだろうな）

「クゼさん。あなた方〝教団〟を助けられず、申し訳ありません」

「……なに。いざって時は言ってくれよ。裏切ることなんて……今更なんでもないさ」

——第九試合。無尽無流《むじんむりゅう》のサイアノプおよび紫紺《しこん》の泡《あわ》のツツリの奮戦の結果、冬《ふゆ》のルクノカは討伐された。

絶対《ぜったい》なるロスクレイは、切り札を温存していた。

◆

絶対《ぜったい》なるロスクレイは、常に周到に策謀を張り巡らせて戦う。

中には、使われることなく終わる仕掛けもある。

旧市街広場に踏み込むにあたって、彼は真理《しんり》の蓋《ふた》のクラフニルの魔族《まぞく》による警戒網を敷いたが、本来はこれでもなお万全とは言いがたい。

例えば、地平咆《ちへいほう》メレの矢や、窮知《きゅうち》の箱《はこ》のメステルエクシルの爆撃。

広場ごと消滅させる類の攻撃に対しては、そこに集まった民を監視しても無意味でしかない。

故にそうした攻撃の対策として、通《とお》り禍《か》のクゼが居合わせる意味がある。

居合わせるだけで良い――クゼは攻撃範囲に巻き込まれる位置にいるというだけで、先んじて攻撃者を殺し返す、究極の盾となるのだから。

通《とお》り禍《か》のクゼがロスクレイと繋がっている事実は、ソウジロウを除いて誰一人知らない。周囲から見て、ロスクレイの支援者にとっても、今のクゼは黄都《こうと》市民の一人に過ぎないはずだ。

そして、もはやその場に止《とど》めているだけで、ソウジロウは死ぬ。

「て、め……え……！」

「諦めなよ。俺がやらなくたって、そのザマじゃもう助かりようがない」

先程の騒動で、ソウジロウはナイフを手に入れていた。

この場に近づいてきたのがクゼ一人だけならそのような武器も携帯していなかったが、このような状況になれば、群集心理として無関係の者も止めに入る。

そしてソウジロウが手にする限り、ナイフはただ群衆を追い払う道具ではない。

「まだ、足りねえよ……！　こんなもんじゃ、全然……！　ッ、ぐぅあ！」

「きゃあ！」

「ひっ……！」

どさり、と腕が落ちた。

クゼ以外の群衆が悲鳴を上げ、恐怖で引き下がった。

ソウジロウは、致死の細菌に感染した自らの右腕を斬り落としたのだ。

「……！」

押さえ込んでいたクゼも周囲と合わせて距離を取るしかない。ただでさえ顔の知られた勇者候補なのだ。他の者達が全て離れてしまえば、一人だけ目立つ動きはできない。

「お、おい、何やってるんだ……!?　いくらグチャグチャになった腕でも、斬り落としちまったら出血でもっと早く戦闘不能になるだろ……！」

「外野、ごときがッ、口出し、するんじゃねェよッ！」

ロスクレイに向けて、一歩ずつ歩いていく。

四肢の細胞の大半が死んでいる。右腕と右脚を失い、左肘も半ば千切れかかっている。

自分から動いては到達できない以上、敵から近づかせるしかない。

ソウジロウは、ロスクレイの戦い方を学習する必要があった。

弱者が強者を討つ戦い方。環境と心理を使って、望む戦場に敵を引きずり込む戦いだ。

「ロスクレイ！　オメェはいいのかよッ！」

「……」

「黄都《こうと》最強の剣士だぁ？　――オレの頭をきっちり落としてから言えッ！　最後まで斬り合ってこその剣士だ！　オレはオメェに殺されねェ限り負けを認めねェぞ！」

近づいていく。

絶対《ぜったい》なるロスクレイは、その場で佇んだままだ。

……否。観察している。ソウジロウが死んでいくのを、冷たい獣のように待ち構えている。

「私の価値観は違います。私は、立つこともできないような相手をいたぶり殺すような戦いを良しとしません。……どうかそのまま倒れて、手当てを受けてください」

動かない。剣ではなく言葉の戦いならば、当然のように敵が上手だ。

ロスクレイをあの場から動かす言葉を思いつけるのか。

できなければ死ぬ。何もできずに無意味にここで野垂れ死ぬ。

最後まで戦わなければならない。

「ロスクレイ！　止めを刺せッ！」

「戦ってあげなよロスクレイ！」

「やめてよ！　残酷だよ！」

「ソウジロウはおかしいって……」

「ロスクレイ！　首だぞ！　首！」

いつまでも逃げているわけにはいかない。観客がいる以上、きっと動く。

半ば朦朧とした意識で、言葉を吐いた。

「オレは柳生……地球最後の柳生だぜ。最強の、剣士………」

そうだ。柳生新陰流。ソウジロウこそが、最後の。

「ええ。その名に恥じぬ見事な戦いでした。柳《やなぎ》の剣《つるぎ》のソウジロウ、あなたのことは忘れません」

「………今なら勝てるぞ」

「……」

ロスクレイの表情が僅かに変化したことは、半ば直感で分かった。

「オメェでも……正々……堂々と勝てるって、言ってんだ」

◆

肘を爆破された左手で、剣士はどこまで戦えるだろうか。

少なくとも、ロスクレイにはできない。肘の外側に位置する長橈側手根伸筋《ちょうじょうそくしゅこんしんきん》が断裂すれば、手首を屈曲することは極端に困難になる。握力も低下し、当然、物を摑み続けることも難しくなる。

投擲動作は物理的に不可能だ。

それでも柳《やなぎ》の剣《つるぎ》のソウジロウは、〝彼方《かなた》〟最強の剣豪である。

――死を待てば勝てる。そのように戦ってきた。

「ロスクレイ！　ロスクレイ！」

「ロスクレイ！　ソウジロウはやるつもりだぞ！」

「根性ある奴じゃねえか、なあ⁉」

「ロスクレイ！　気をつけて！」

「もう……嫌！　終わらせてあげて！」

（……限界か）

民の空気からして、これ以上決着を引き伸ばすことはできないだろう。

絶対《ぜったい》なるロスクレイの試合は、残酷な決着であってはならない。

恐らくはソウジロウもそれが分かっていて前に進み、挑発しているのだ。

ロスクレイは、もう一度だけ群衆を見た。彼ら一人一人の顔を。

深呼吸をする。

（十分に弱体化させた。決闘で終わらせる。ここまで続けてきたことは、最後まで貫かなければ）

ソウジロウは一歩ずつ進んでいく。

瀕死《ひんし》でありながら、その一歩ずつが強い。

ロスクレイもまた歩きはじめ――そして呟いた。

「……クラフニル」

観客の視点では見えないソウジロウの足元へと、何かが群がる。

ネズミ、百足、蜘蛛《くも》。クラフニルの屍魔《レヴナント》である。

「シィ、アッ！」

白い残光が乱れた。

屍魔《レヴナント》の群体の一匹一匹を正確に知覚しているのか、触れる前に全て斬り落としている。

怪物的だ。四肢の殆どを喪ってもなお。

（採取したネクテジオの毒は、あの時触れさせた量しかない。見えない形で虫やネズミに襲わせる物量的にも、この数が限界……）

だが、距離を詰めるロスクレイの目に動揺はない。観察している。

（柳《やなぎ》の剣《つるぎ》のソウジロウは、極限まで弱体化した――その状態がどの程度の反応か。どの程度の速さか。どの程度の力か。本当に、私の実力で勝てる程度なのか）

ソウジロウの歩みは、まだ弱っていないように見える。

失血や毒による死を待ち構えることは、本当に可能だったのだろうか？

ソウジロウにもまた冬《ふゆ》のルクノカの如き常軌を逸した生命力があって、戦闘を続けるためである限り、無限に駆動できるかのようにすら思える。

ロスクレイは、応じるように剣を構えた。

極度の集中状態にある。ロスクレイは、脳内で処理している情報を呟いている。

「よし。力術《りきじゅつ》で長剣を飛ばす技はない。屍魔《レヴナント》以上の飽和攻撃が可能とはいえ、万が一にも新たな剣を持たせる可能性があるから……」

「……？」

「狙撃はない。狙撃とほぼ同時に爆砕の魔剣で銃声を消す必要があるし、この間合いで爆砕の魔剣を振るのは不自然な動作。そうすれば、最後の力で間合いを詰める――」

「ウォッ！」

ソウジロウは本能的に、ナイフで空を払う。ギン、という音があった。

「――と、思っていたでしょう」

今回の狙撃に銃声はない。亜音速弾を用いた消音狙撃。

「お望みとあらば、正々堂々」

「……ッ！」

弾丸を斬り払わせたその一瞬で、ロスクレイは猛禽《もうきん》の如く距離を詰めた。

「正しき技で勝負しましょう」

剣の刺突。ナイフで払われ刃が逸れる。完全に虚を衝《つ》いた上でなお、逸脱の反応速度。

ロスクレイは、ナイフに受け流された勢いに逆らうことなく剣身を半回転させた。その剣身を止めていたソウジロウのナイフが、巻き込まれて手から離れる。

次の斬撃への移行を兼ねている。切断された右手側への斬撃。

（やれる）

義足の蹴りが受ける。

残り一本だった支柱に刃が食い込んだ。爆発する。

チャリジスヤの爆砕の魔剣。

（やれる）

常人ならば爆破衝撃で崩れるはずの態勢を、ソウジロウは軸足で耐えている。だが、その股関節部を押さえつけるような蹴りを、ロスクレイは踏み込んでいる。

ソウジロウは物理的に平衡を保つことができない。地面へと踏み倒す。

何もかもが美しく、手本のような正統剣術だった。

（ああ……やれる。私にも、正しく――）

〝彼方《かなた》〟の最強の剣豪を、正統なる剣で倒すことができた。

ロスクレイはソウジロウへと爆砕の魔剣を振り下ろし、

「……たぞ。オメェの命」

「……？」

肩が下がらなかった。代わりに、血まみれの何かが肋骨の内側から右肩を貫通していた。

「ケフッ」

咳のような、肉体の反応があった。

血を吐く。

爆砕の魔剣を振り下ろす寸前、何かを刺されたのだと分かった。

ソウジロウは全ての武器を失っていたはずなのに。

思考だけが高速で巡る。

（ソウジロウが……体を起こしている。何を刺した。距離が近すぎる。武器を仕込んでいたとしても、取り出す時間は確実になかった。第三試合……第三試合のように、投げ上げた何かを命中させたのか。いや。一度使われた手を、私が見落とすはずがない――――！）

ロスクレイは常人だ。負傷しただけで、爆砕の魔剣を取り落とした。

ぐじゅり、という粘性の音を立てて、ロスクレイを貫いた刃が引き抜かれている。

観客の大半はそれを理解できなかったが、一部の者は恐怖の声を上げた。

同じく瀕死の息で、ソウジロウは凄絶に笑った。

（違う。武器を隠していたんじゃない。この男は）

「グッ、グッ……腕を……斬ったのは、感染を止めるためじゃねェー……」

血まみれの刃は、恐ろしいほど白い。

それはソウジロウの右腕そのものから生えていた。

（……武器を――作っていいたんだ）

ソウジロウほどの剣豪ならば、それができる。

病に蝕《むしば》まれる右腕をナイフで切り落とした時、まるで断面の骨格それ自体が刃物であるかのような……鋭利な断面で。

鉄の義足よりも肘部が破壊された左腕よりも、遥かに肉体に直結した剣を、作ったのだ。

天正十年。

小山田信茂《おやまだのぶしげ》の反逆によって織田《おだ》方に追い詰められた武田勝頼《たけだかつより》とその家臣は、天目山栖雲寺《てんもくざんせいうんじ》にて最後の一戦に臨まんとしていた。しかし目的地とした天目山は既に織田軍に回り込まれており、勝頼はこれまで来た道を引き返さざるを得なかった。

既に五十名にも満たぬ数となっていた家臣達の中で、撤退に際し殿軍を引き受けた、土屋惣蔵昌恒《つちやそうぞうまさつね》という名の武将がいた。

殿軍は人ひとりがようやく通れる程度の日川沿いの狭い崖道で、織田軍を待ち受けた。

土屋惣蔵は片手で戦い続けたのだという。崖を覆う藤蔓《ふじづる》に片手で捕まりながら、もう片手の太刀だけで押し寄せる敵軍を斬り伏せ、眼下に流れる日川へと蹴落としていった。

その数は千にも及ぶと伝えられている。片手千人斬り。


文字通りの片手で、ただ一人を斬る。逸脱の〝客人《まろうど》〟にとって、それのいかに容易いことか。

「言った……だろうがッ！　最後まで斬り合ってこそだってよ！」

ソウジロウは斬撃した。紛れもない斬撃である。

アンテルの力術《りきじゅつ》で空中に割り込んだ長剣を盾に、ロスクレイは辛うじて防いだ。

「どうして……、どうして、戦う！　柳《やなぎ》の剣《つるぎ》のソウジロウ！」

あらゆる刀剣を、誰よりも使いこなすことができる。斬るたびに自分自身を苦しめる腕の断面で戦っているはずなのに、むしろ生身の腕よりも速く強い。
斬る。防ぐ。斬る。斬り合う。
二つの世界における世界最強の剣士は、極限の戦闘にあって、ようやく拮抗した。
「そんなに、戦いが楽しいのか！」
「楽しいね！　それしかねえのさ！」
爆砕の魔剣を取ることができれば。
クラフニルの羽虫の増援まで耐えることができれば。
詞術《しじゅつ》や狙撃でソウジロウを崩すことができれば。
余計なことを考えられないほど近く、速く、極限だった。
骨の刃が白銀の鎧を斬り裂いて内臓を抉り、白銀の刃は肉に食い込んで肋骨を絶った。
血を飲み込み、食いしばりながらロスクレイは戦い続けている。
死にたくない。死にたくない。死にたくない。
（絶対《ぜったい》なるロスクレイは）
呪いのように、自分自身に唱え続ける。
（英雄でなければいけない）
どれほどの苦痛の中でも膝を突いてはいけない。
どれほどの負傷でも死んではならない。
どれほどの戦いでも勝ち続けなければ。

死に瀕《ひん》した集中力で、時間が白く止まっているかのようだった。

（…………。どうして、こんなことを）

何を犠牲にしてでも……民を裏切って、女王すら弑《しい》しても、地平の全ての脅威は、英雄に倒されなければならなかったから。

そうして誰も英雄を必要としなくなる未来が、きっと来るのだ。

いつか来るその日のために、形に残る贈り物でなければいけなかったから。

イスカと

「――あ」

赤い。

「ブッ殺し合いのッ、最中に」

骨の刃が、ロスクレイの腹を貫通していた。

小腸と、何かの内臓が巻き込まれて、背中側から零《こぼ》れ落《お》ちていた。

「余計なこと、考えてんじゃねえよ！」

手にした長剣は正眼に向いたままだ。

最後の一手で、反応が遅れた。叩き落とせなかった。

「フ」

ロスクレイはよろめいて、三歩下がった。

負けた。全力を尽くして、それでも届かずに負けた。

言い訳のできない敗北だった。何もかもをした。

「……ハハ、あはははは……」

負けたというのに、緊張が解けたように笑ってしまっていた。

ずっとそれを続けていて、自分の一部であるかのようにすら思っていたのに、解ける時は本当に一瞬なのだと思った。

命が流れ落ちているのが分かる。

ごく普通の人間《ミニア》がそうであるように。

不撓《ふとう》のオスローでさえそうだったように、絶対《ぜったい》なるロスクレイも死ぬのだ。

(臓器と動脈が斬られている。だけど、そんなことは私にとって重要じゃない……)

横隔膜と、肺と、喉と、顔。

それさえあれば良かった。ロスクレイは崩れ落ちそうになる体を、剣を使って支えた。

「――黄都《こうと》の皆さん」

それは何の技術もないただの声だったが、会場の悲鳴や絶叫が静まり返った。

志半ばで、絶対《ぜったい》なるロスクレイは死ぬ。

けれど、ただで死ぬつもりはない。

最後の攻撃を仕掛ける。

「嘆くことは……ありません。私……私は……はじめから、勇者などではないからです。で……ですが、最後のお願いがあります……！　私のこの戦いを無駄にしないために、どうか、見出してほしいのです――」

絶対《ぜったい》なるロスクレイは、目的を達するために何もかもを利用してきた。

自分自身の死すらも利用できるはずだ。

「勇者を。私では及ばなかった、本当の勇者を。見出してください。……この六合上覧《りくごうじょうらん》を、継続してください！　最後まで！　最後の、ただ一人だけが残るまで……！」

それがどれだけの犠牲を伴う道であったとしても。

――英雄が死ぬ時には、怪物どもも道連れだ。


勝利したソウジロウは、きっと倒れているのだろうと思う。

けれどロスクレイはそうしない。彼は絶対の英雄だからだ。

血まみれの顔で笑った。

剣を支えにして、まっすぐに立った。

視力も、痛みもなくなっていく。

嘆きと、叫びと、歓声。

ひどく聞き慣れた喝采の音だけが、最後まで残り続けている。

第十試合。勝者は、柳《やなぎ》の剣《つるぎ》のソウジロウ。

十八　赤い珊瑚

ラヂオからの報告が聞こえ続けている。
ロスクレイが負けた。
ソウジロウとの試合で一歩及ばず、致命傷を負った。
倒れたジェルキの耳に届く声は本当に現実なのか、曖昧だった。
（……ロスクレイ）
完全な勝利を得られるはずだった。
これからもまだ、長い戦いを続けてもらうはずだった。
ずっと、ひどい負担をかけ続けてしまった。
許してほしいとは言えなかった。
（私の……責任だ。ロスクレイの分も……私が、やらなければ。私が、最後まで……）
意識が閉じていくのが分かる。起き上がらなければいけないのに、そうできない。
精神力で肉体を支えなければいけないのに、そうできない。
そんなことができたのは、絶対《ぜったい》なるロスクレイのような英雄だけだった。

（……）

温かいものが、頬を流れ落ちている。

ジェルキの現実は、今や曖昧である。

悲しみかもしれない。怒りかもしれない。悔しさかもしれない。

それとも単純な、疲労故の肉体の反応に過ぎないのかもしれない。

けれど――ジェルキのような男でも、泣くことがあったのか。

「……ロスクレイ。どうして負けた……」

机に突っ伏したっまま、ジェルキは強く指先を握った。

「ロスクレイ……！」

◆

同時刻、逆理《ぎゃくり》のヒロトも、広場で観戦していた小鬼《ゴブリン》の通信で試合結果を知った。

柳《やなぎ》の剣《つるぎ》のソウジロウが、絶対《ぜったい》なるロスクレイを倒した。

単純な戦力の比較でいえば、当然の成り行きのような結果かもしれない。

だがヒロトは、それがどれほど大きな事実であるかを知っている。

(勝てない可能性の方が大きかった)

それでもヒロトは、ジギタ・ゾギ亡き後の最後の賭けに、何もかもを投じた。

ひどく単純で、絶大な賭けだ。ソウジロウが勝てば、ヒロト達の戦いは続く。ソウジロウが負ければ、ヒロトは積み重ねてきた全てを失う。

逆理《ぎゃくり》のヒロトのような戦い方は、最後には、自分ではない誰かに結末を委ねなければならない。

それが人を信じるということだからだ。

「……柳生宗次朗《ソウジロウ》さん。素晴らしい戦いでした」

誰の目もない応接室で、ヒロトはただ一人、音もなく拍手をした。

「あなたの勝ちです」

◆

柳《やなぎ》の剣《つるぎ》のソウジロウには、初めから勝利など用意されてはいない。

非公式の第十試合で互いに重体を負った柳《やなぎ》の剣《つるぎ》のソウジロウおよび絶対《ぜったい》なるロスクレイは、入り組んだ旧市街に可能な限り入り込んだ医療部隊の馬車へと運び込まれ、即座に搬送された。

――だがその部隊を手配しているのは、六合上覧《りくごうじょうらん》を事実上運営する、速《はや》き墨《すみ》ジェルキである。

絶対《ぜったい》なるロスクレイは、個人であり陣営であった。民の目に触れない限りは何もかもができる。

故に意識不明のソウジロウを乗せたこの馬車に同乗している医師二人も、搬送途中の死亡に見せかけてソウジロウを始末するためにいる。

たとえ負けたとしても、敵を勝たせることは決してない。

「驚いた。これだけ酷い状態なのに、大きな出血がないのだよ。骨を見る限り、右腕は鋭利に切断されている……しかし動脈周辺の組織だけがまるで狙ったように潰れているわけだ。一体どういう技術で斬ったらこんなことができる？」

「〝客人《まろうど》〟のことを理解しようとしないほうがいいぞ。放置していても死ぬだろうが、意識が戻ってからでは面倒になる。昇圧剤を投与して傷口を開くとしよう」

馬車はオーデ旧市街を抜けていくところだった。〝処置〟が開始される。

「──潔いやり方じゃないな」

「え」

客車の座席に、いつの間にか三人目の男が座っていた。

猛獣を思わせるような筋肉質な体格と、口髭《くちひげ》の男。

最初からそこにいたはずがない。

「ああ、走行中に乗り込むのはマナー違反だったか？」

「な、なんだ、どうやって君は」

「なに。聞き捨てならない話が聞こえたもんでな、医師の先生方。患者を殺す相談なんて、さすがに冗談だと思いたいがね……」

「……」

「……」

「冗談だっていうなら、さっそくソウジロウの応急処置に取りかかってもらおうか。俺の目を欺いて失敗できるなら、それでも構わないがな」

二人の医師は、沈黙する他なかった。

〝灰髪の子供〟はロスクレイが徹底した手段に出ることを理解していた。そして暗殺を防ぐべく、前もって別の怪物をも配置していた。

この六合上覧《りくごうじょうらん》では──逸脱者に関わる限り、必ず他の逸脱者と出遭うことになる。

「さあて──俺が言うのもなんだが」

哨《みはり》のモリオは真新しい葉巻を切って、火を灯した。

「同じ〝客人《まろうど》〟には、どうにもいい思い出はないな」

◆

同じく旧市街広場から搬送途中だった絶対《ぜったい》なるロスクレイの車両では、柳《やなぎ》の剣《つるぎ》のソウジロウと逆のことが起こった。

ロスクレイを運んでいた馬車は旧市街の路地で停《と》まっており、同乗していた医師が詳しい事情を聴取されていた。搬送中、ロスクレイが突如として姿を消したのだという。

「……はい。ロスクレイ様自身の口から、ここに停めるよう頼まれまして……ロスクレイ様からの命令とはいえ、緊急搬送の最中なので一度はお断りしたのですが……六合上覧《りくごうじょうらん》運営に大きく関係することだと言われまして」

「それで、逃げ出したとでもいうのか!? そんなバカな……仮に貴様の証言が本当だったとして、瀕死の重傷者をどうして取り逃したりした!?」

「薬物を目潰しに使われました。いえ、正確には薬瓶に入った液体だったので、無害だったかもしれませんが……応急処置用の薬品には劇薬もありましたから」

「くそ……当てにならん! すぐにでも見つけ出さなきゃならんというのに……!」

官憲は頭を掻いた。

診断が正しければ、ロスクレイは小腸および腎臓を欠損している。生術《せいじゅつ》による応急処置でも止血しきれないほどの大出血だ。治療しても助かる見込みは殆どない。

それほどの重傷の処置ができないのだとすれば――

「目潰しだと……。絶対《ぜったい》なるロスクレイが、そんな卑劣な真似《まね》をするはずがないだろうが……!」

◆

つい先程まで身を浸していた広場の喧騒が嘘のように思えるほど、静かな場所だった。

吊りスカートを着た、栗色の髪の少女だけが歩いている。

広場を離れて、外郭部に近い区域になると、このオーデ旧市街を行き交う人はとても少ない。

今はほとんどの人々が広場に詰めかけているのだろうから、元より住民の少ないこの路地には、本当にイスカしか歩いていないのかもしれない。

――いつかその日が来ても、涙は流さないと決めていた。

絶対《ぜったい》なるロスクレイは最後まで戦った。黄都《こうと》の民の英雄として、誇りある戦いで散ったのだから、イスカが悲しむべきではないと分かっている。

だからこの道を歩いているのも、ただの感傷でしかないのだ。

この旧市街がまだ旧くはなかった、中央王国の時代。

この道で、絶対《ぜったい》なるロスクレイに助けてもらったのよ、と母から教えてもらったことがあった。

イスカがまだ幼い頃だったから、その記憶は断片的な白銀の輝きのようにしか覚えていない。

けれど、思い出の道だった。最後に思い出していたかった。

誰もいない石畳の上で、コツコツと靴音を響かせて……

「ああ……本当に、あなたはいつも」

そして、思わず笑った。

本当に呆れてしまったからだった。

「格好つけていて、バカなんだから」

誰もいない道に、石壁に寄りかかるようにして、ロスクレイが座っていた。

腹から流れる血が石畳の格子を伝って、とても真っ赤に広がっていた。

ロスクレイは頭が良かった。イスカがこの思い出の道を辿ることなんて、簡単に分かるのだと、そんな子供じみた自慢をしているみたいだった。

「………イスカ」

ロスクレイは笑った。

いつもの完璧な微笑みではなくて、死に際の、弱々しい微笑みだった。

ああ。けれど、本当の顔だ。

イスカはスカートが血に浸るのも構わず屈んで、彼の頰へと掌を当てた。

「帰ってきましたよ。イスカ」

「ええ。ロスクレイ。がんばったわね」

いつかのように、ロスクレイの頭を抱いて、頭を撫でてあげる。

絶対《ぜったい》なるロスクレイは、完璧な英雄だった。

〝本物の魔王〟の時代にいくつもの恐怖が黄都《こうと》を襲っても、皆の心が折れてしまうことがなかったのは、そこにロスクレイという英雄がいたからだった。

いつだってずっと、イスカが知らないところでもずっと、最後まで、そうだった。

負けて命が尽きる瞬間だって、彼は誰にも見せないのだ。

「イスカ……ごめん、なさい……私は、あの時……」

「……ええ。分かっているわ」

ソウジロウの挑戦をロスクレイが受けた、あの時。

もしも戦うことがなければ、負けなかったのだと思う。

だけどあの時。

「正しい……正しい剣で……勝ちたくて…………」

――イスカは、正面でロスクレイの姿を見ていたのだ。

分かっていた。

「ええ……ロスクレイ。つらくて、苦しかったわね」

「よかった……イスカ……これで……誰も私の行方は……」

ロスクレイの手が、イスカの手を握った。

絶対《ぜったい》なるロスクレイは、いくつもの策謀を使った。

けれど、彼に本当の最後の策があったとしたら。

「だ、だから……これ、からは、一緒に……」

「ええ。ずっと……心配しなくたって、ずっと一緒じゃない」

いつかその日が来ても、涙は流さないと決めていた。

イスカが耐えている以上のことを、ロスクレイはずっと演じてきたのだから。

その代わり、母親のように笑った。

頑張ったわね。ありがとう。ご苦労さま。

どれだけ言葉を重ねたって、足りないのだと思う。

この黄都《こうと》の全ての人々がそう思うに違いないのだから。

「――愛してる」

イスカだけが、この言葉を言う。

「愛してるわ。ロスクレイ」

いくら諦めようとしてもその気持ちだけは捨てることができなかったから。

イスカは、ずっと手放せなかったそれを、指先に嵌めてあげる。

赤い珊瑚の指輪だった。


「う、ううう」

誰もいない石畳の道に、弱々しい泣き声が響いた。

涙は流さないと決めていた。

子供のような泣き声だった。

「うあああああ、ああああああああ」

絶対《ぜったい》なるロスクレイが、泣いていた。

イスカの胸の中で、涙を流して泣いた。

「ロスクレイ。いつまでも大好きよ。ロスクレイ……」

イスカはただ穏やかに笑って、安心させるように、その背中を撫でてあげた。

「ああああああ……わあああああああああああああ………」

全てが静かになるまで、そうしていた。


一人の英雄が死んだ。

イスカの愛する人だった。

十九 合流点

王宮から遠く離れた市街を歩いている少女がいた。

世界詞《せかいし》のキアという。肩を抱いて、震えていた。

「あんな、あんなこと……」

王宮前で起こった惨劇は、キアの理解をまったく超えたことだった。

蹲っていたあの男は、自爆したのだろうか？　少なくとも、居合わせていた二人の軍人が仕掛けたことのようには思えない。

「自分から……し、死のうとした……？」

第四試合のロスクレイや、リチア新公国のラナがそうだったみたいに。

キアの体に傷はない。たとえ至近距離で〝彼方《かなた》〟の兵器による爆発を浴びたとしても、全能の詞《し》術《じゅつ》は常にあらゆる危険を回避することができる。

だが、自動でキアの身を守る詞術《しじゅつ》は、当然キア自身にしか作用しない。ただの子供でしかないキアはあの瞬間まで、簒《した》のキャリガが自爆するなどとは想像もしていなかった。

キアの詞術《しじゅつ》がある程度の盾となったためなのか、二人の軍人は辛うじて息があった。

爆心地にいたキャリガは……

（あたしは、なんでもできる……のに。死んだ誰かを生き返らせることだけは、できない）

あの場で爆発に巻き込まれた三人の体は、完璧に治せたはずだ。

なのに三人のうち一人だけが、二度と目を覚ますことはない。

（………あたしのせいなの？）

ここは王宮区画から遠い。キアの力があればこの距離を瞬時に移動することも容易い。

けれど、逃げてしまった。あの場にいたくなかった。

恐ろしい死を直視したくはなかった。

（誰か……）

市民は何も知らない。この黄都《こうと》の裏側にどれほど多くの悲劇があって、この日だけで、どれだけの人が死んでいったのか。

歓声がどこかから聞こえる。

道端の商店が、絵の描かれた張り紙や気球が、あの絶対《ぜったい》なるロスクレイの試合を待ち望んで熱狂している。

（誰か、助けてよ……）

どれだけ逃げ続けたのかは分からない。

けれどただ人の死から離れたくて走っているうちに、世界詞《せかいし》のキアは黄都《こうと》の知らない区画にまで迷い込んでしまった。

簣《した》のキャリガの死は、キアの責任ではないのだと理屈では分かっている。

彼の死因は自爆で、キアの行動にかかわらず最初からそうするつもりだった。

けれど、もしそうでなかったら、どうしたらいいのだろう？

キアの力は強すぎる。気の向くまま濫用してはならないと、エレアにも強く言われていた。キアが王宮を訪れたせいで何かが狂って、ああなってしまったのだとしたら。

あらゆることを起こせるのだから、無意識のうちに、あらゆることを変えてしまっているのかもしれない——

（また、起こるのかしら。あたしが王宮に行ったら、あんなことが）

その時、何かをひっくり返す金属音が響いた。

ならず者めいた男達が、目の前の路地から逃げていく。

「ねえ、待ってよ！」

路地の中から、少女の声が男達を引き留めようとしていた。

「もー……ついでに聞いただけなのに逃げなくたっていいじゃん！」

「ええー……？」

少女を追い回すような悪党については学校でも注意されていたが、その逆の場合はどうなるのだろう？　単純な興味で、キアは路地を覗き込んでみた。

緑の瞳に、長い三つ編みの少女だった。武器を持っているようには見えない。

少女は、キアの存在にすぐに気付いた。

「あれー？　きみ、前会ったことない？」

「いや、急に何……？」

あまり詳しいわけではないが、変なギルドへの勧誘だったら嫌だなと思う。

こうした見た目の良い少女を使った手口は、いくつかあるらしいと教わっている。

「あ、もしかして知ってるかな、年近そうだし！　そうだ、ぼくの名前はツー」

「え、もしかして名前聞かれてる……？　キアだけど……」

「キア！　セフィトに会う方法知らない？」

「――セフィトに？」

そんな方法があるなら、キアも知りたい。

キアの詞術《しじゅつ》は何もかもができるが、可能であるなら、その何もかもをせずに、正しくセフィトに会いたいと思う。

簞《した》のキャリガが死んでしまったのだって、キアがずるをしたせいなのかもしれないのだから。

「セフィトなら、同じ学校に行ってたけど……今はちょっと」

「ちょっと？」

「学校どころか……今はあたし家もなくて、あと黄都《こうと》にも追われてて……」

「ええーっ!?　奇遇だね！　ぼくもだよ！」

「嘘でしょ……」

だが、不思議とツーを怪しむ気持ちは失《う》せはじめていた。見た目はキアよりも大人びているのに、振る舞いも言動も、これまで見たどんな大人よりもずっと素直だ。そういう意味で言えば、彙《たぐい》のアクロムドの態度にもどこか似ている。

「ねえ……あたしも、実はセフィトに会いたいって思ってて」

「すごい！　三つも同じなの!?　じゃあ一緒に方法探そうよ！」

「一緒に探……そう、あたしが言おうとしたこと」

一人でもできることでも、最も良い方法を探す必要があった。

そのためには、無敵のキアにだって仲間が要《い》る。


——人は出遭う。その偶然は、あるいは全能の力以上に大きな力なのかもしれない。

いつか交差した二名の旅路は、一つの点で合流する。

◆

イリオルデ陣営による大規模政変の一方、黄都《こうと》の注目からは大きく外れた地点では、目的を異にする軍勢も動いていた。

旧王国主義者の残党であった。武装した男達の中に、大小の機魔《ゴーレム》の姿もある。

周囲は鬱蒼《うっそう》とした森だ。清水が流れ、日光を木の葉が遮る。

その中に佇む館が、黄都《こうと》内に存在する〝黒曜の瞳〟の拠点だった。徹底的に覆い隠されてきたこの拠点を暴き出したのは、軸《じく》のキヤズナだ。

〝黒曜の瞳〟に鹵獲《ろかく》されたメステルエクシルに組み込まれていた発信機の信号を辿ることで、この拠点を割り出している。

兵士の一人が、木々に覆われた地面を音も立てずに歩き、報告した。

「カニーヤ様。西側の捜索報告では、確かに住居があったそうです」

「それは良かった。すぐ突入を準備しましょう。――交戦がなければ何よりだけれど」

この異様な状況においても、摘果《てっか》のカニーヤは、変わることなく笑顔でいる。

その一方で、ケイテとキヤズナは作戦を打ち合わせていた。

「今更だが婆ちゃん、血鬼《ヴァンパイア》の抗血清は持ってないのか？　俺は二十九官として接種済みだが」

「持ってるわけねェだろそんなの」

「ではやはり、メステルエクシルを治す手段は壊して再生しかないのか……？」

「だから最初からそうだって言ってんだろ！　メステルの装甲をブッ壊して、保存羊水ごとエクシルをブッ飛ばす！　暴力が一番！　分かりやすい話だろ！」

「……そうするしかないと分かってるが、メステルエクシルはいいのか？」

「いい！　メステルエクシルにもそう教えてる」

断言されてしまうと、ケイテには返す言葉がない。

軸《じく》のキヤズナの機魔《ゴーレム》への愛情は確かなのだろうが、キヤズナが持ち合わせる倫理観はそもそも常人から大きくかけ離れているのも確かだ。

「……まあいい。俺の考えを言わせてもらう。仮に抗血清を使うのが無理でも、ここが本当に連中の拠点だというなら、苦労してエクシルを破壊しなくたって、別の方法があるんじゃないか？」

「ああ？　お前の思いつきはロクなもんじゃねえからな。何だ」

「……俺でなくとも考えつく。それにこちらの方が可能性は高い」

ケイテは西を見た。木々で閉ざされたこの先に、目的の館がある。

「暗殺だ。単純に親個体を殺せば済む話だろう」

◆

（リナリスが殺されるかもしれない）

遠《とお》い鉤爪《かぎづめ》のユノは、疲労していた。

殆ど身一つで〝黒曜の瞳〟の館へと戻ってきた。第十試合当日には間に合っていたが、本当に間に合ったのかは分からない。

〝灰髪の子供〟は既に復讐の計画を動かしている。それが何で、どのようにして止められるのかは分からないが、誰よりも先に、リナリスを逃がす。

（やれるの？　今の私に何ができる……？）

仲間は誰一人いない。せめてレンデルトと連絡を取ろうとしたが、できなかった。

袖に仕込んだ鏃の弾数すら心もとない。ユノは黄都《こうと》に来てからも日々休みなく鏃を作り続けてはいたが、ソウジロウに試合を行わせる作戦のために、大半を使い潰してしまった。

「……震えるな。こんなところで……！」

自らの足に向けて、忌々しげに毒づく。

この先に何が待ち受けていて、どんな危険があるのかも分からない。

けれどせめて、分からないうちから恐れたくない——と思う。

何より、友達を助けるためなら、ユノは命を賭してでも先に進まなければならなかった。

（……ずっと、思っているもの）

ナガン迷宮都市が燃えて、ユノの大切な友達が死んだ。

その後悔を、いつか取り戻さなければいけないと思う。

「あの時、助けられたじゃない」

今があの時だ。


誰よりも最弱の駒は、たった一人で前に進もうとしている。

◆

「なるほど。〝黒曜〟はこんなところに拠点を構えていたのか」

千里鏡《せんりきょう》のエヌは、感心したように呟きながら森の道を歩く。

「中央王国時代の記録にもない、本当の個人別荘だ……よくこんな拠点を見つけたものだ。彼女らは私に拠点の場所を教えていなかったからね」

「俺も教えられていない」

その足元に並ぶように、焦茶色のコートを着た小人《レプラコーン》が音もなく歩んでいる。

戒心《かいしん》のクウロの顔には、乱雑な包帯が巻かれている。

「ならばどうしてここが分かった？」

「俺は〝天眼〟だ。黄都《こうと》のどこに拠点があろうと、探せば一日もかからない。連中が見つかった理由は、俺のことを探す気にさせたからだ」

「素晴らしい自信だ」

一方は元〝黒曜の瞳〟最強の殺し屋にして、多くのものを〝黒曜の瞳〟に奪われた男。

一方は〝黒曜の瞳〟に命を握られてきた擁立者にして、〝黒曜の瞳〟の利用を画策する者。

「詮索はしないようにしてきたが」

戒心《かいしん》のクウロが、仏頂面のまま尋ねる。

「……何が目的だ？　千里鏡《せんりきょう》のエヌ。国防研究院にはお前達が拠点を提供していたそうだな。さざめきのヴィガとも繋がりを持っていた。そして何かのために……血鬼《ヴァンパイア》の生きた試料を集めて、〝黒曜の瞳〟と接触した。お前の行動は六合上覧《りくごうじょうらん》よりずっと前から始まっていて、その一つの目的のためにいくつもの勢力で暗躍している」

「物騒なことを目論んでいるわけではないよ。むしろその逆だ」

「平和利用か？」

「嘘を言っているように見えるかな」

「……見えない。本気でそう言っている奴を見たことがなかったから、気味が悪いだけだ」

「君の方はどうだろうか。〝黒曜の瞳〟への復讐に迷いなどは？」

クウロは〝黒曜の瞳〟を強く恨んでいるのだろう。

しかし事実として、彼女らはかつての仲間でもある。

「それは俺のやり方でやる。しかるべき者にしかるべき報復を与えれば、それで終わりだ。必要以上の仕打ちを望んでいるわけではない――」

「ふむ。黒曜《こくよう》リナリスを心配しているのかな」

「俺がいた頃は、聡明で大人しい子供だった。俺達の仕事とも関わりはなかった。俺の意見を言わせてもらえば……どのような扱いをしてもよい、とは言えない」

「しかし、人を殺している」

エヌはステッキを突いた。

「それは事実だ。君の天眼で見るまでもない。確かに多少は非人道的な扱いになるかもしれないが、その謂《いわ》れのない子だとは、私は思わない。……最悪でも身体を欠損させる必要はない、という説明で納得してもらえないかな」

「……まあ、妥当な線引きではある」

戒心《かいしん》のクウロは、あからさまに不愉快そうに答えた。

体を傷つけなくとも有効な拷問を、いくつも知っているのだろう。

「だったら、メステルエクシルと〝黒曜の瞳〟以外の連中の介入があった場合はどう考えている？

無意味に殺したくはないが……」

「他に来るのか？　あえてこんな場所に来る者などいないだろう」

「――もう来ている」

クウロは、〝彼方《かなた》〟の短機関銃の遊底を引いた。

彼の目には常に、全てが見えている。

「急いだ方がいい。生きてリナリスを捕らえるのが目的なら」

◆

ティム大水路に繋がる倉庫群。

外観からは到底そうは見えないよう偽装されているが、倉庫群の一部はその実、異形なる者達の研究施設である。――国防研究院という名で呼ばれていた。

六合上覧《りくごうじょうらん》に渦巻く陰謀の中で、時折その名がふと浮上するが、実際にその所在や意味するところを知っている者は誰もいない。そのような組織である。

長きに渡《わた》り、その存在を追跡していた男もいた。

「向こうはもう始まってるなあ」

黄昏潜《たそがれもぐ》りユキハルは手をひさしのようにして、市街の方角を見た。

写真機を首から提げた、小太りの男である。背にはなぜか木箱を背負っている。

市街からは薄く煙が立ち上っていた。いずれにせよこの戦いは黄都《こうと》軍が一方的な勝利を収めるだろうが、戦争は起こってしまった時点で完全な勝利などない。常に犠牲を伴うものだ。

小さな木箱の中にいる存在が、声を発した。

「あっちを取材したいとか思ってるんでしょ」

「あはは、ごめんごめん。やっぱ戦場記者やってたから、本能的にちょっとね……。でも、国防研究院に直接踏み込む機会なんてそれこそ今くらいしかない。優先順位は間違わないよ」

ユキハルは、六合上覧《りくごうじょうらん》開始前からこの国防研究院を追跡してきた記者である。

どのような組織であるのか、誰によって運営されているのか、大まかな情報すら摑んでいる。

だが記者としてはより深い情報を、直接知らなければならない。

ユキハルが追い続けている黄都《こうと》の暗部のいくつかは、国防研究院に端を発している。

「でも変な話だよね？　ユキハルは〝本物の魔王〟とか勇者の情報だって突き止めたんでしょ？勇者の話なんて、この前音斬《おとぎ》りシャルクに話してたくらいだし。失礼だよ。人の気も知らないで」

「いいでしょあれくらい……君とすごく関係者ってわけじゃないじゃん」

「じゃあそっちはいいとして、この世界の皆が追い求めてる秘密より、国防研究院のほうに時間かけてたのはどうして？　国防研究院のほうは今更報道したって手遅れだと思うけど」

「うーん。なんかこれ、言っても共感してもらえなさそうだな……。どっちにしろ記者としての考え方の話だから、みんなに通ずるものだとは思ってないんだけども」

ユキハルは柔らかな顎に手を当てて、珍しく真面目そうな表情になった。

「〝本物の勇者〟とか〝本物の魔王〟は、取材するのはいいけど、報道としてつまらないんだよ」

「なんで？」

「物語がないから」

「また面白さの話か」

「ほらそう言うー。でもさ、実際のとこ考えてほしいんだけど、これをみんなに知らせるとして、どうすんの？　この人が勇者です。この人が魔王でした。終わり。――にしかならなくない？　そういうのじゃないんだよな……。結局のところもっと、関係者の心とか思惑が複雑にあって、その結果として出てくるような『真実』がみんな欲しいんだと思うんだよ」

「ユキハルのそういうこだわりは分からないよ」

「誰でも心にそういうとこがあるんだし、正直になっていいと思うんだけどな……」

話しながら、既に倉庫群へと踏み入っている。

大半はこの大規模政変のために出払っているとはいえ、警備の兵も少なくはない。

とはいえ、今回は十分な下調べをしてきた。突破できない数ではないだろう。

「そこの男、止まれ」

そして、当然のように呼び止められる。ユキハルは姿を隠しているわけでもない。

警備兵は通常出回っている歩兵銃《マスケット》で武装していたが、ただの倉庫業者でないことは明白だ。

「ここはルーレイズ運輸の土地だ。民間人の立ち入りは禁止されている」

「ああごめんごめん、今日からだから分かんないか」

ごく自然に、堂々と話す。

「僕は束衣《そくい》のヤイドさんのとこから送られてきた生術士《せいじゅつ》だよ。確か君が警備責任者、ええと……耳裂《みみざ》きのオリジャでしょ？　ヤイドさん、新薬の取引で君と話した時に僕のこと話すの忘れちゃってたらしくてさ。あ、これ紹介印ね。それよりさざめきのヴィガさんはいる？　用件があるからすぐ会いたいんだけど」

「……紹介印は確かに。さざめきのヴィガは生物実験棟だが……」

「あ、持ち物検査とかする？　これ写真機ね。実験記録残さなきゃいけないって話で来てるから。木箱の中も確認するよね？　今開けるから」

部外者が踏み込もうとしているとは夢にも思わせない態度と、矢継ぎ早に相手の思考を上書きする話術で、警戒を先んじて解く。

さらには、世間話の如く語った情報は全て関係者以外知らないはずの事実だ。ユキハルの経験上、侵入者が堂々としていればいるほど、すぐさま疑える者は少ない。

「よし。では木箱をそこに下ろし……」

警備兵が何かに気付く。ユキハルの反応はさらに早い。地面に伏せていた。

ダン、という銃声が鳴って、警備兵の頭が爆ぜた。

「あらら」

返り血を浴びて、ユキハルは目を丸くする。

「黄都《こうと》軍だ！」

「どういうことなんだ!?」

「交戦した者は数と方角を言え！　迎撃に向かう！」

遠くから聞こえる警備兵の声で、黄都《こうと》軍が奇襲を仕掛けてきたのだと分かる。

すぐに銃声が鳴り響き、誰のものとも知れぬ呻きや叫びが続く。

ユキハルとしても、これは予想外の展開だった。

「……おかしいな」

「いやおかしくないでしょ？　国防研究院がイリオルデ軍と繋がってるなら、黄都《こうと》としては当然叩きたい相手じゃない」

「他の日ならね。でも今は市街が攻められてるんだよ？　黄都《こうと》がどこもかしこも大変な日に、国防研究院を片手間で攻め落とそうなんて、そんな余裕あるかな？　どんな魔族《まぞく》がいたっておかしくないじゃん。ヴィケオンみたいな奴の屍魔《レヴナント》がいるかもしれないんだし」

「……。片手間じゃないって言いたいわけ？」

「どうだかね。どっちにしろチャンスだ！　見回ってた奴はみんな死んだし、この隙に入っちゃおう」

「前向きすぎてなんだかなあ」

ぼやきを漏らす木箱の声をよそに、ユキハルは倉庫へと立ち入る。

意味なく手を擦り合わせながら、建物の中を見回した。

「いや〜、楽しくなっちゃうなこういうの」

「人死んでるよね？」

研究施設と言っても基本的には外見通り、厚い壁でいくつかの部屋に仕切られている倉庫というだけの建造物ではある。だがその一つ一つで、異なる研究が進行しているはずだ。

手始めに倉庫内の金属階段を上がって二階連絡通路を通り、先程聞き出した生物実験棟へと向かう。すぐ隣の棟だ——

「あ」

生物実験棟に入った直後、ユキハルは足を止めた。

「どうしたの」

「兵士が入ってきた。イリオルデ軍じゃないなあれ。攻めてきた黄都《こうと》軍か……」

「逃げ隠れするのは得意でしょ？」

「そうだなあ。いつも通りやるか」

頭を掻いて、廊下の壁沿いに一番手前の部屋へと向かおうとする。

バン、という音があった。

ユキハルは扉が強く閉められた音だと思い、振り返った。

そのまま崩れ落ちた。

「ユキハル!?」

「え……？　え？　あれ〜……？」

激痛は遅れて感じた。ユキハルの右足首が、吹き飛ばされていた。

黄都《こうと》軍が入ってきたのは生物実験棟の階下だ。ユキハルは、彼らからは死角であろう二階にいる。あの位置からユキハルを撃てるはずはない。

しかしここは窓もない屋内で、外からユキハルの足を狙撃できる道理もないのだ。

「どうしたの」

「れ、連絡通路から……撃たれた……！　でも、マジか」

連絡通路から誰かが来ていたのなら分かったはずだ。

体を引きずるように、機材の陰に体を隠す。

「ま……まずい！　黄都《こうと》軍か!?　国防研究院の誰かなのか!?　流れ弾とかじゃなガッ」

座り込んでいたユキハルの体は大きく跳ねて、壁に左肩をぶつけた。

着弾衝撃だった。左肩が大きく爆ぜている。

「物陰に隠れてないの!?」

「隠れた……！　隠れてる！　だ、弾丸を……撃った後から、弾丸を、曲げる……！　そ……そんなこと、できる奴なんて」

ユキハルが絶句したのは、むしろその英雄に心当たりがあるからだ。

だが、死んだはずだ。

——近づいてくる者がいる。

光に照らされて、その影がある。しなやかな女性の腕が、銃剣付きの歩兵銃《マスケット》を手に――まるでリズムを刻むように、くるくると回している。

銃士の〝客人《まろうど》〟。

「く、黒《くろ》い音色《ねいろ》の、カヅキ……！」

「ソノ通リダ」

影は答えた。

それはカヅキの姿とは似ても似つかない、異形の獣であった。

恐ろしく巨大な狼《おおかみ》のような、蒼銀《そうぎん》の毛並みを持つ八足獣。流線型の体には水平に赤い線が走っており、その一部が開いて、歩兵銃《マスケット》を持つ女性の手が生えていた。

「黒《くろ》イ音色《ねいろ》ノカヅキノ、腕ダ。肉体性能ダケデ、コノ技ヲ扱エルモノカ、不安ハアッタガ」

その女性の指先はまるで自分の腕の一部のように歩兵銃《マスケット》を回転させて、逃げ場のないユキハルへと銃口を向けた。

「使エナクモナイ」

「オゾネズマ……！」

――移《うつ》り気《ぎ》なオゾネズマ。

史上最強の混獣《キメラ》にして、かつては同じ〝灰髪の子供〟の陣営でもあった。

「最初ノ一撃ハトモカク……黄昏潜《たそがれもぐ》リユキハル。肩ニ受ケタノハ、ソノ木箱ヲ庇ッタカラダロウ。ソコニ何ガ入ッテイル？」

「お、教えたく、ないね……！」

「待って！　オゾネズマなら味方じゃないの!?　なんでこっちを攻撃してくるの!?」

「違う……！　こいつが黒《くろ》い音色《ねいろ》のカヅキの腕を使えるってことは……死体を回収できた勢力との繋がりがあるってことだ……！」

ユキハルが予感した通りだった。

この日黄都《こうと》軍が攻め込んでくるのは、明らかにおかしなことだったのだ。

彼らはここで国防研究院ではなく、ユキハルに狙いを定めて、始末するつもりでいた。

「こ、こいつは……黄都側だ！」

黄昏潜《たそがれもぐ》りユキハルは、黄都《こうと》にとって致命的な情報を知りすぎた。

ユキハルを人知れず始末する機会を、黄都《こうと》は窺い続けていたのだ。

「私自身ニモ、君ヲ始末スル理由ハアル。〝本物ノ魔王〟ノ真実ハ……コノ世界ノ誰ニモ、決シテ知ラセテハナラナイコトダ。……ソレ以上ニ、〝本物ノ勇者〟ノコトモ」

「ハハ」

ユキハルの喉から、状況にそぐわない笑いが漏れてしまう。

知ってはならないことを知りすぎた記者が、殺される。

あまりにも陳腐すぎる物語で、これほど絶大な力が行き交うような世界であっても、結局はそんな構図になるというのがおかしかった。

「こ、殺すのは、僕だけじゃなくて……さざめきのヴィガもなんだろ？　国防研究院を探らせる役目が終わった以上……生かしておく必要もなくなったわけだ……」

だから黄都《こうと》は、この両者を確実に始末できる者を引き入れた。

どの勢力にも属することなく、魔王の恐怖との深い因縁を持ち……必要とあらばそのために手を下すことのできる、移《うつ》り気《ぎ》なオゾネズマを。

ユキハルは機材の隙間に追い詰められているが、生物実験棟の部屋に入る扉は機材を越えたすぐ隣だ。さざめきのヴィガはそこにいるだろうか。何か逆転の手段はあるだろうか。

そもそも、このオゾネズマに正面から銃を突きつけられているこの状況から、逃れる術はあるのだろうか。

ユキハルの視点からは、一階から一人の黄都《こうと》兵が階段を上がってくるのが見える。

オゾネズマに心理戦は通じないだろうが、皆無に等しい可能性でも、賭けなければならない。

「そうだオゾネズマ。面白い話をしたいんだけどさ……」

「不要ダ。私ハ十分ナ説明ヲシタ」

間に合わない。そのはずだった。

だが、二階に到着した黄都《こうと》兵の右腕が恐ろしい速度で千切れ飛んだ。

弾丸のようにオゾネズマに飛来した。

「……」

オゾネズマの背が、弾丸よりも速く開いた。

ぐばり、と湧いた無数の刃が、目にも止まらぬ速度で腕を切り刻んだ。

その腕の断面には植物の根のようなものが張り巡らされていたが、オゾネズマには根の欠片すら触れられず、空中で消滅する。

それと同時に、建物が揺れた。

渦のような破壊と轟音。

蛇竜《ワーム》だった。地中から出現したそれは、何もかもを粉砕しながら、オゾネズマへ躍りかかった。

「……新手カ」

混沌と破壊が吹き荒れる。

その間にユキハルは機材を飛び越えて扉を開け、室内へと駆け込んでいる。

実験室というよりは、手術室じみた部屋である。解剖台の上には首のない女性の体が――

「ごぶ」

そこで視界が回転する。

血を吐く。背後からの弾丸が、胃を貫通していたことに気付く。

ユキハル如き、オゾネズマにとっては蛇竜《ワーム》に対処する片手間で処理できる程度の標的に過ぎなかったということだ。それよりも重大な問題がある。

「……あ、や、やばい……な……」

背中を撃たれたということは、木箱は無事ではないのか。

朦朧とした意識のまま首を上げると、前掛けをしたさざめきのヴィガがこちらを見下ろしていた。

先程のユキハルの言葉が漏れ聞こえていたなら、命が狙われていることを認識しただろうか。

「た、頼む……よ……ハハ……」

意識を失ってしまうよりも早く、伝えなければ。

「これでも……結構…………相棒でさ……」

◆

「……黄昏潜《たそがれもぐ》りユキハルはこの中か」

国防研究院に突入した黄都《こうと》兵達は、予想外の攻撃を受けた。

まずは兵士の一人が植物の根のようなものに寄生され、その兵士に誘導されるかのように、明らかにオゾネズマを狙って蛇竜《ワーム》が出現した。

移《うつ》り気《ぎ》なオゾネズマはそれらの――あるいは同一の生物兵器にただ一匹で対処し、この倉庫の外へと引き離している。

蛇竜《ワーム》の出現で棟は半壊していたが、最優先の殺害対象を逃すわけにはいかない。

崩れた部分には縄と板を渡して、彼らの部隊は壊れた足場を渡った。

交戦の隙にユキハルは実験室に転がり込んだようだが、オゾネズマが致命傷を与えてはいる。

「黄昏潜《たそがれもぐ》りユキハルは死んでいるかもしれないな」

「そうだとしても、死体の確認だ」

放置すべき男ではなかった。

いずれ誰かが殺すべき、世界の脅威である。

残るはさざめきのヴィガ——先程の蛇竜《ワーム》で最後だったのか、現状では危険な魔族《まぞく》の気配はない。

「さざめきのヴィガ……魔王自称者か」

「生術士《せいじゅつ》だ。耐毒装備を点検しよう」

「ああ。油断するなよ。合図と同時に突入するぞ」


精鋭達は一斉に、ヴィガの実験室内へと踏み込んだ。

床に、黄昏潜り《たそがれもぐ》ユキハルが倒れている。

手術台の傍らには、さざめきのヴィガがいる。

——もう一人がいた。

兵士は歩兵銃《マスケット》を構えた。

「……誰だ？」

全裸の少女が手術台の上に立って、背を向けていた。

血色は白というよりも蒼白《そうはく》である。

奇妙なのは、首筋を一直線に走るように、血が滲んでいることだ。

ユキハルの背負っていた木箱は、銃弾が掠めて砕けていたが……

その中身はない。

「くす……さあて、誰だろうね？」

少女は、とても久しぶりに笑ったようだった。

——かつて、鵲《かささぎ》のダカイという男がいた。

彼は敗北が定まったリチアに残って戦い、リチアには勝ち目がないことを知っていたが、たとえ負けるとしても、敵を勝たせない可能性はまだ残っていると考えていた。

逸脱の観察眼を持つ、盗賊の〝客人《まろうど》〟だった。

彼は最後に、黄都《こうと》が魔族《まぞく》兵器を用いてリチアを攻撃した証拠すらも盗んだのだろうか？

いずれにせよ鵲《かささぎ》のダカイにとっては、屍魔《レヴナント》の命の核を破壊せず無力化することは、極めて容易なことだった。その生きた証拠は新公国の残党の手に渡《わた》り、勢力も人物も渡《わた》り歩きながら、まるで爆発を待つ時限爆弾のように——最大のスキャンダルとして。

黄昏潜《たそがれもぐ》りユキハルはついに、その爆弾を起爆した。

「くす、くす。くすくすくすくすくす——」

少女の裸の背には、神経の如き触手が伸びている。

そして、両手を後ろに組んで、振り返って笑った。

「復活」

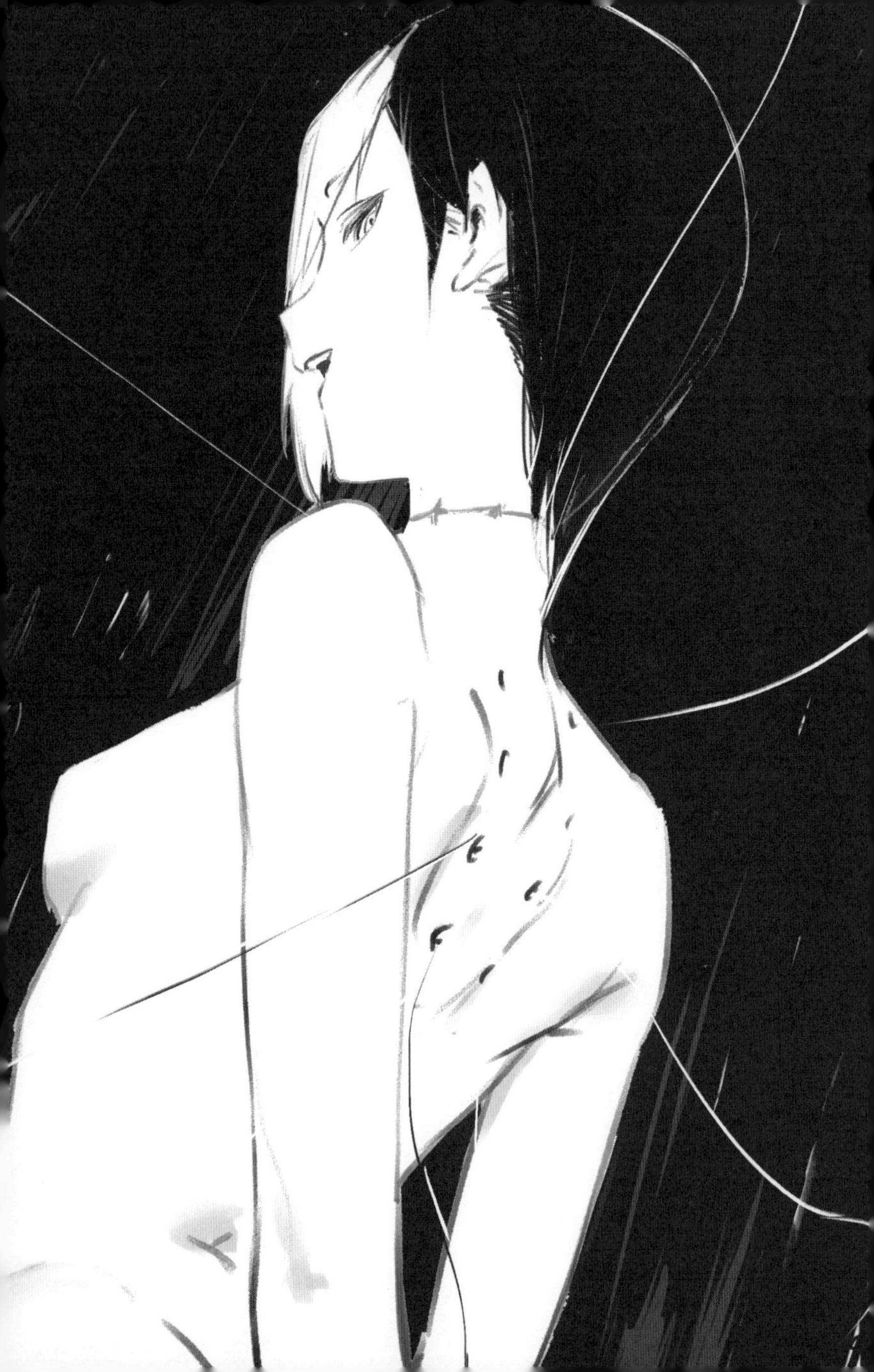

あとがき

お世話になっております。珪素《けいそ》です。八巻のあとがきを記すにあたって、少々退屈かもしれませんが、この異修羅という作品が電撃の新文芸様から刊行されるまでの成り立ちを説明させてください。異修羅はもともとカクヨムという小説投稿サイトで連載していた作品で、その内容を大幅に加筆し再構成したものが書籍版異修羅です。終わり。

七巻までの試合結果やストーリーそのものは、ウェブ連載版を読んでいただいても（大幅に内容は減ってはいても）一応は分かるようにはなっていました。なのでこの八巻の内容は全て、まだ完全にどこにも出していない新規のストーリーとなっています。こうして無事にウェブ版の先のお話をお届けできたのは、作品を応援してくださった読者の皆様、こちらの要望に完璧に応えた最高にカッコいいイラストを描いてくださるクレタ様、珪素がどんな状態でもご相談に乗ってくださる担当の佐藤《さとう》様、出版や宣伝に関わる全ての方々のおかげです。本当にありがとうございます。

また今巻からの新しい施策として、異修羅の設定に関わるQ＆Aコーナーを担当編集様からのご提案で新設いたしました。本編のネタバレに関わるところもありますので、本編読了後のおまけとして、また一月から始まる異修羅アニメの予習として、お楽しみいただければ幸いです。

新しい試みは他にもあります。ペペロンチーノの作り方です。ペペロンチーノについて、レシピに関して新しいと言えることはそうはないと思うのですが、今回ご紹介するのは、唐辛子ではなくわさびを使った、わさびペペロンチーノです。

ペペロンチーノはシンプルな分技術が問われるパスタ料理だと言われていますが、人に見せず家で食べる分には自分が美味《おい》しければいいので、上手《うま》い下手を気にすることもありません。にんにく二欠けが浸る程度のオリーブオイルをフライパンに敷いて、弱火で揚げましょう。その間にレンジでパスタを茹《ゆ》でます。異修羅のあとがきでは前々からレンジ調理器でパスタを茹でていますが、ペペロンチーノを作るにあたっては特にレンジ調理器であることが重要です。この時、普段パスタを茹でる時間より二〜三分程度短めの調理時間に設定してください。理由は後で述べます。

にんにくの全体がきつね色になったら取り出して食器に先に入れ、フライパンでは、にんにくの香りがついた油で刻んだベーコンを揚げていきます。ここで塩も入れるのですが、小さじ一杯未満くらいがいいでしょう。ベーコンの塩気やパスタの量に合わせて調整したほうがいいかもしれません。ベーコンにいい感じの焦げ目がついたら火を止めます。

パスタが茹で上がったら、パスタをレンジ調理器にある茹で汁ごと全部フライパンに投入します。そのままさらにフライパンを火にかけ、茹で汁が煮詰まってなくなるまで、全体を混ぜて乳化させていきます。ここでさらに火を通すので、茹で時間を短くする必要があったんですね。

茹で上がったら食器のにんにくとよく絡め、好きな量のわさびを入れて完成です。わさびペペロンチーノは唐辛子を使った辛さとはまた別の辛味と爽やかさがあり、またチューブわさびは唐辛子よりも扱いやすく、調理も楽です。簡単でありながら新しい料理として、ぜひお試しください。

ウェブ連載版範囲を越えた後でも、ますます激しい展開を計画しております。今後とも、新たな異修羅の応援を、ぜひよろしくお願いいたします。

異修羅徹底解剖！珪素先生に聞いてみた！

六合上覧も気づけば残すところあと五試合。脱落する修羅も多くなってきましたが、
いまだに底がしれない膨大な設定を隠し持つ本作。
担当編集ですらその全貌を知らされていない……ということで、
珪素先生に一問一答形式で聞いてみました！

Q1. 作中世界で詞術と呼ばれている現象にはどのような法則性がありますか？

実際のところ、作中世界においても詞術の定義は厳密になされているわけではありません。

作中で呼称されている“詞術”だけでも、竜族や獣族や魔族の生命を成立させている法則である広義の詞術から、熱術力術工術生術心術の五系統で世界に干渉する技術である狭義の詞術までを幅広く含み、検証可能な物理法則に含まれない世界の仕組みを総称して“詞術”と呼んでいるのが現状です。

ただし、これらの仕組みの多くには生命の認識が関わっていることは間違いなく、例えば生命を成り立たせる詞術はその生命体の認識が続く限り、外界の法則にはたらく詞術は生命体の認識を表現する言語を通して作用しているのではないかと考えられています。

加えて言えば、現在知られている五系統の詞術分類も、実用上民間に普及した暫定的な分類でしかなく、特に修羅や魔王自称者のような領域の存在は、これらの系統に含まれない、あるいは複数の系統が高度に複合した詞術を用いています。

Q2. 逆に作中世界に詞術ではない不思議な現象はありますか？

存在します。例えばそれ自体が認識能力を持っていないと思われる魔剣や魔具に備わった異能は、上記の定義では詞術と呼ぶことが不適当な現象であるといえます。

ウハクがオルクトとの旅で実験した際、ウハクの異能が詞術以外の異能をも消すことができたという描写がありましたが、その時も魔剣や魔具の異能を消去できるかを実験したのだと思われます。

しかしこれに関しては異説もあり、異能を有する魔剣や魔具はそれ自体が詞術を行使できる「認識」を持っているという可能性も否定できません。魔剣の想念を読み取ることのできたおぞましきトロアは、そうした異説を裏付ける生きた証拠だったのかもしれません。

また、“客人”に備わった世界逸脱の力も、検証不能ながらも詞術ではない可能性が高いといえます。なぜならそれらの異能は、彼らが詞術の存在しない世界にいた頃から変わらず発揮していた力であるはずだからです。

ならば“客人”と同じ原理で作中世界に転移している魔剣や魔具の詞術説も否定されるのでは……と考えることもできますが、必ずしもそうではありません。

魔剣や魔具の場合、世界逸脱の理由が異能によるものとは誰も証明できないからです。つまり、元の世界では異能を持たない器物が「認識を持った」ことにより世界逸脱を果たし、その認識に由来して詞術という異能を得ていると説明付けることもできます。

また、“本物の魔王”の恐怖はそれら全ての分類に含まれない例外であるといえます。これは全く「原因のない」何かであり、詞術はもちろん、世界逸脱の力でもありません。

Q3. ロスクレイはソウジロウを不戦勝で下した後、どんな戦略で優勝する想定だったのでしょうか？

ソウジロウに勝利したロスクレイが準決勝で対戦する相手はサイアノプでしたが、クウェルを失ったサイアノプには現在擁立者がなく、六合上覧への参戦継続を望むのであれば、必ず新たな擁立者をつける必要があります。

ソウジロウに勝利している以上、大規模政変によって黄都二十九官からロスクレイの敵対勢力は排除されているため、ほとんど誰がサイアノプの擁立者となっても、ロスクレイの意向に沿って動くことが可能です。

決勝戦に関しては、最初の時点で具体的な戦略を立てていたわけではありません。決勝の一戦のために別の組の八名の誰を勝ち抜かせるかまでをコントロールする思考負担は非常に大きく、六合上覧を通じて情報を獲得しつつ戦略を立てる方が合理的だと考えていたためです。

しかし現在ロスクレイと別の組で勝ち残っている勇者候補は、クゼ、ゼルジルガ、シャルク、ウハクです。クゼにはノフトクが行ったような人質戦略が効き、ゼルジルガは六合上覧から逃走、シャルクは擁立者が弱点であり、ウハクも擁立者が死亡しています。

このうち誰が勝ち上がってきたとしても、ロスクレイが弱点を突くことができる相手でした。

Q4. 黄都二十九官の管轄省庁はどのようになっていますか？

それぞれ以下の通りとなっています。退場した人物に関しては、二十九官以下の官僚が代わりに長を務めています。

第一卿・基図のグラス　総務省
第二将・絶対なるロスクレイ
　人事局（総務省下位）
第三卿・速き墨ジェルキ　通産省
第四卿・円卓のケイテ　産業省
第五官・異相の冊のイリオルデ（空席）
　外務省
第六将・静寂なるハルゲント
　防空局（国防省下位）
第七卿・先触れのフリンスダ　保健省
第八卿・文伝てシェイネク　文部省
第九将・鏨のヤニーギズ
　警察庁（総務省下位）
第十将・蝋花のクウェル
　消防庁（保健省下位）
第十一卿・暮鐘のノフトク
　教団局（文部省下位）
第十二将・白織サブフォム
　防災局（建設省下位）
第十三卿・千里鏡のエヌ　建設省
第十四将・光暈牢のユカ　公安局
　（総務省下位）
第十五将・淵藪のハイゼスタ
　監察局（特別機関）
第十六将・憂いの風のノーフェルト
　地理局（建設省下位）
第十七卿・赤い紙箋のエレア
　情報局（国防省下位）
第十八卿・片割月のクエワイ
　技術庁（通産省下位）
第十九卿・遊糸のヒャッカ
　農林局（通産省下位）
第二十卿・鎹のヒドウ
　戦災復興庁（総務省下位）
第二十一将・紫紺の泡のツツリ
　通信局（国防省下位）
第二十二将・鉄貫羽影のミジアル
　体育局（文部省下位）
第二十三官・警めのタレン（空席）
　辺境開発局（外務省下位）
第二十四将・荒野の轍のダント
　王宮警護局（特別機関）
第二十五将・空雷のカヨン
　運輸庁（通産省下位）
第二十六卿・囁かれしミーカ　司法省
第二十七将・弾火源のハーディ　国防省
第二十八卿・整列のアンテル
　財務庁（通産省下位）

電撃の新文芸

異修羅《いしゅら》Ⅷ
乱群外道剣《らんぐんげどうけん》

著者／珪素《けいそ》
イラスト／クレタ

2023年10月17日　初版発行
2023年12月10日　再版発行

発行者／山下直久
発行／株式会社ＫＡＤＯＫＡＷＡ
〒102-8177　東京都千代田区富士見2-13-3
0570-002-301（ナビダイヤル）
印刷／図書印刷株式会社
製本／図書印刷株式会社

【初出】
本書は、カクヨムに掲載された『異修羅』を加筆、訂正したものです。

ISBN978-4-04-915172-5　C0093　Printed in Japan

ファンレターあて先
〒102-8177
東京都千代田区富士見2-13-3
電撃の新文芸編集部

「珪素先生」係
「クレタ先生」係